梅花语

徐祯霞　著

中国画报出版社·北京

图书在版编目 (CIP) 数据

梅花语 / 徐祯霞著 . -- 北京 : 中国画报出版社 ,
2022.9
ISBN 978-7-5146-2108-2

Ⅰ . ①梅… Ⅱ . ①徐… Ⅲ . ①散文集 – 中国 – 当代
Ⅳ . ① I267

中国版本图书馆 CIP 数据核字（2022）第 101202 号

梅花语

徐祯霞　著

出 版 人：方允仲
责任编辑：李聚慧
责任印制：焦　洋

出版发行：中国画报出版社
地　　址：中国北京市海淀区车公庄西路 33 号　邮编：100048
发 行 部：010–88417360　010–68414683（传真）
总编室兼传真：010–88417359　版权部：010–88417359

开　　本：16 开（710mm × 1000mm）
印　　张：17
字　　数：254 千字
版　　次：2022 年 9 月第 1 版　2022 年 9 月第 1 次印刷
印　　刷：涿州军迪印刷有限公司
书　　号：ISBN 978-7-5146-2108-2
定　　价：80.00 元

欲为梅（自序）

少年时，曾有人来村中刻字，村人群聚一处，我亦抱着孩童的好奇参与其中，总希望刻点什么，但我一个孩子，能刻个什么呢？想来想去，我掏出了自己的钢笔，让刻字人给我在钢笔筒上刻下了“梅花香自苦寒来”，这是我刚刚学来的一句诗“梅花香自苦寒来，宝剑锋从磨砺出”，而我独选了这句。

在那时，便喜欢上了梅，一个八九岁的孩子，竟然对梅情有独钟。

这是我从文章里得来的梅。

后来，母亲在亲戚处移来了一株干枝梅，栽植于我们的庭院，这时，我才对梅有一个真切而具体的印象，哦，梅原来是这个样子的哟！

其实，这只是干枝梅，是梅万千个品种中的一个。

每年的冬天，在春节将近的时候，干枝梅开花了，开出淡黄色的小花，零零星星地分布在那些散而无章的花枝上。光秃秃的枝光秃秃的杆上开放着一些零碎的小花，薄如蝉翼，一小朵一小朵的，并不艳丽，也并不灿烂，却倔强顽强，在严寒的冬日里竟是那样的清雅、温馨与隽永，甚至有一丝丝跳跃的俏皮与淘气，很多人并没注意到它，但我却喜欢它，我喜欢它的凌霜傲雪、不畏严寒，在天寒地冻中一枝独放，开出严寒岁月里仅有的雅意与美丽。王安石曾有诗云：“墙角数枝梅，凌寒独自开。遥知不是雪，为有暗香来。”似乎说的便是我家庭院里的梅。

童年的生活是苦涩的，可以说是天天吃糊汤，喝菜汤，但在母亲的调剂下，生活却有声有色，暖意融融。但前提是，我们每天必须劳动，只有劳动，收获了足够的粮食与蔬菜，在母亲的巧手中，我们才可以吃饱吃好。

苦难的生活，也磨炼了我们坚强的禀性，我们自发自觉地干着一些力所能及的活儿，甚至还想尽办法创收，去山里采野菜，摘野果，挖地根，我们尽着自己最大的能量创造着自以为的幸福生活，在那样的日子里，生活虽苦犹甜。

因此，每当我看到梅的时候，总是由衷地喜欢，那种喜欢竟是发自骨子里的，常常觉得自己已经幻化成一株梅，一株在严酷环境中生长的梅。

在梅的陪伴下，我一天天地长大。

曾经的那支笔一直陪伴着我，陪伴了我十多年的学习生涯，一直到我读完高中。毕业时，那笔破损得不像样子，再也不能使用了，才不得不遗弃。

虽然我以梅的精神立世，但我的生活并非一帆风顺。

我经历了中考失利，高考落榜，在四六不着的情况下流落到了社会，曾经的理想被束之高阁。

即使如此，我亦从来没有放弃对生活的真诚和热情。

在人生的每一个阶段，我都在努力地生活着，用自己的认真和执着，在做着每一件眼前的和即将到来的事情，而且每一件事，也算是做得有声有色。有老话说："机会永远是留给有准备的人。"而这句话，在我身上得到了体现。

我自学了打字，成了一名打字员。因打字员的职业，我接触到了文字，而后，我成了一个作者，又自修了汉语言文学专业，再后来，凭借丰硕的作品，成了中国作协会员，上了鲁迅文学院。而我也因我在文学上的诸多成绩，有了一份可以安身糊口的工作。

几乎每一步路，都有前一步路做铺垫。

此中种种，皆是因为我的顽强与不屈，我没有因为遭遇挫折就向人生屈服和低头，我没有因为人生失意而消沉，从此心灰意冷，一蹶不振。跌倒了，我重新爬起来，选择人生的另一个目标，继续攒足力气前行，总是相信，阳光会在风雨后。

而事实，也果然如此，我的人生一步一步走向佳境。

极喜欢辛弃疾的《念奴娇·梅》："疏疏淡淡，问阿谁堪比天真颜色。笑杀东君虚占断，多少朱朱白白。雪里温柔，水边明秀，不借春工力。骨清香嫩，迥然天与奇绝。常记宝篽寒轻，琐窗人睡起，玉纤轻摘。漂泊天涯空瘦损，犹有当年标格。万里风烟，一溪霜月，未怕欺他得。不如归去，阆苑有个人忆。"在这首词中，辛弃疾写出了梅的清雅，梅的风骨，梅的冰清玉洁，他让梅的精神呈现出一种立体式的完美。

于是，梅更成了我追求的精神境界和目标。

观世的时候，总在想，此生愿为梅，不求人夸颜色好，只留清气满乾坤。做一株清清雅雅的梅，带给世间一抹清新润心的芳香，足矣！

此为序。

目 录

第一辑 岁月留痕

第二辑　真爱无言

第三辑　万丈红尘

第四辑　远山近水

第五辑 津津乐道

第一辑　岁月留痕

一缕梅香入梦来

喜欢梅，非一日。

起初喜欢梅的时候，并不识梅，只是见画，数枝红梅傲然立于画中，便喜欢上它的那份倔强，它的顽强，它的清清爽爽和干净利落。

略懂事后，方知道，自己喜欢的并非花，而是梅的那种精神，一种孑世独立、傲然不群的高洁禀赋。

梅多生于南方，在北方少见，就算偶有，也多长在阔人家的庭院，或者是花园里，它是被人为移植过来的。当然，在北方的旷野里，更难得一见了。

因为喜欢，每年过年的时候，便会买一幅梅花图挂于墙上——有时是梅兰竹菊组画，有时是一幅红梅图——立时便觉满室清雅，活色生香，家里因为有梅花的熏染便觉出与别家不同，我喜欢，母亲亦喜欢。

而我的喜欢，是得益于母亲的。

母亲是一家大户人家的女儿，上过私塾，略读诗书，对外部世界有她自己的认知和喜好。年轻的时候，在家里过着一种很优裕的生活，春赏花，秋赏月，做做女红，秀秀茶饭。后嫁给父亲，遇上时代变革，他们从以前生活最优越的人变成了生活最艰涩的人，干重活，吃粗饭，但没有磨却母亲身上的心志和灵性。母亲依然爱穿干净平整的衣服，梳光洁雅致的头发，家里总是让她打理得窗明几净，来家的人均言母亲心灵手巧，而我们也以有如此贤淑聪慧、兰心蕙质的母亲而倍感幸福和自豪。

母亲除了将家里打理得干净利落以外，还将贫瘠的院子打理得如花园一般。她在院子里种上花草，春天有迎春花、牡丹、芍药，夏天有太阳花、指甲花、夜来香，秋天有菊花，冬天有梅花。那时，家里栽植的是干枝梅，不足一米高，少叶，在每年过年的时候，才会开淡黄色的小花，万类霜天时，它一枝独放，绽露着生命的顽强。很多人都不认识它，当然，也没人说它的好，因为它的瘦小，因为它的不起眼。在诸多人眼里，它算不得是花，它只是一株活着的小树苗，不显山，不露水，静静地生长在我们家院落的一角，唯有母亲和我珍视它，珍视它的存在，珍视它健康强壮的生长，每每闲暇，总要去看一看，看看它并不肥硕的叶，看看它瘦小精干的杆，只要它枝叶充沛地活着，我们就欢喜。

后来，我们搬家了，撇下了很多东西，唯独没有撇下这株干枝梅，因为它已经成了我们生活中的一部分，我们生命中的每一个冬天和春天，都有它绽放的喜悦和快乐，当然，也因为除了我们，在这个村里，别人也不会这样善待它。或许，它的另一个主人会将它拔除，做了柴草，这也是我们最担心的。我们将它连根挖走，栽进了我们新家的院子。

在新家的院子里，它又陪了我好多年，直到我出嫁。

但每次回家，总不会忘记那株干枝梅，在同母亲说叨的时候，还要亲自去看看，看看它是否完好，看看它会否生出病枝。而它一直就那样默默地生长着，没有带给我们太多的惊喜，也没有让我们失望，它就那样平凡着，又是那样不平凡着，在四季的起起落落中焕发出生命的坚韧与顽强。

再后来，母亲不在了，老家荒芜，艾草长至膝高，那株干枝梅被荒草遮蔽，最后淹没在荒草丛中，它是死了，还是被人移走了？不得而知。

在我偶尔回到那已经不能称之为“家”的老屋中时，那株干枝梅再也寻不见了，我的心中唯有叹息和遗憾。

我没有栽植它的地方，倘若有，我如将它移植出来，或许它还在。

每每想到母亲时，我便想到它，想到它时，便又想到母亲。

后来，忙生活，忙孩子，忙大大小小的琐事，但对于梅的喜爱一直不能释怀。

想它的时候，就买来一幅画，悬于室内，以供观之。

后来，遇上绘画的朋友，我说，给我画幅梅吧，朋友欣然允诺，于是，家里便有了一贴宣纸染就的梅花，浓墨重彩，红梅点点。

或许，在很多时候，梅就是我的一个影子。因为，梅已经在我的身上烙下了深深的印迹。

梅自小伴我成长，已经融入我的灵魂，在我做人和处事的风格上，都与梅有着极为相似的地方，我不喜张扬，只喜欢默默地以自己的方式立世处世，走自己的路，做自己喜欢的事。

某一年，恰逢三八，见网上消息，说小雁塔的梅花开了，我便对老公说，带我看梅去吧？老公说，喜欢就带你去吧，给你过节！

我挽着老公的手，走进了小雁塔的梅林。说是梅林，但梅并不多，只稀稀落落的有几十株，有红梅、有白梅、有粉梅，有单瓣的、有复瓣的。赏梅的人颇多，许多人在花下徜徉，我便叹，这世间，并非我一人爱梅，爱梅喜梅大有人在，我便更加欣喜。

一对老夫妇，相携而来，满头银丝华发，神态安详自得，却不知那妇人却是一位盲者，我便疑惑，如此妇人，怎可赏花？

妇人曰，听花开的声音。多么诗意的生活，多么顽强的生活态度，不屈于生活的人，在任何境况下都能生活得怡然自得且从容洒脱。她是一个盲者，但有着如梅般的心性，不禁令人肃然起敬。我再看那妇人，似乎已幻化成一株梅花，笑立春风中。

多年来，我经历了很多，有过收获，也有过挫折。人生起起落落、一波三折，但这都没有动摇我做人的信念和执着，有人被我折服，有人被我感动，有人给予我真诚的友谊。面对生活，我感慨良多，生命本是一支苦与乐交织的歌，如果没有苦难，怎会感知幸福？如何没有挫折，又怎么会感知收获的喜悦？

冬日的一天，收到鲁院录取通知书。我手捧通知书，喜悦在我的脑海里无边地漫延，有半个小时，我就那么静静地躺着，任凭思绪翻滚，心涛汹涌。我，一个没有上过大学的人，却走进了中国文学的最高殿堂——鲁迅文学院，这于我，曾经是天方夜谭，太渺茫，太遥远，太不真实，但又分明是确凿的，因为鲁院录取通知书正在我的手中握着。

当然，从这个角度来说，也体现了我们社会的公平机制。

尽管，都说作家与学历关系不大，但在许多方面还是被学历牵制着，许多人对此常常显得无奈，无奈到只能听凭命运的发落。

我带着一种期盼已久的喜悦，怀揣着文学的梦想走进了鲁院，却没想到，迎接我的是一片扑面而来的梅林。我来的时候，它们一律青枝青杆，枝与杆均倔强地伸向天空，显示出一种骨感与强劲的力与美。

我方知道，我此生注定与梅结缘，我的人生，必定会有它相伴，它或许不是这世间最美丽的风景，但它却是顽强和坚韧的。

数天后，它便打起了花苞，并以春风拂面的速度迅速开放，顿时，馨香四溢，花香满园。

每每清晨、傍晚，我们便在花间徜徉，看花开花谢，听花开花落。

从来没有一下见到这么多梅花的时刻，而在鲁院，邂逅这么大一片梅林，心里竟涌起一阵无边的幸福和喜悦。

坐在花下，我就这么静静地待着，或者什么都想，抑或什么都不想，只为静享有梅花盛开的时光。

常常，晚上睡前，我会刻意地打开窗户，让梅香飘进来，滋润我忙碌的心田，嗅着它的香气，在键盘上敲下一行行的方块字，而后伴着梅香入眠。

梦里，母亲说，来了就好好学习，不要辜负这一段时光。我醒了，母亲已不见，只有梅香透窗而入。

窗外，已泛起鱼肚白，又一个黎明即将来临……

（原文刊发于2016年5月2日《人民日报》海外版）

烟柳一座城

说起商洛，人多熟悉，因为商洛出了著名作家贾平凹。说到柞水，有多少人知道，我不确定。柞水是陕西省商洛市下辖的一个县，位居秦岭腹地，群山环绕，依山傍水，气候宜人，是一处休养生息的好所在。

有山必有水，有水好长树。因而柞水的地面上植被丰盈，而柞水人尤喜柳。以前，家家门前的院子里喜欢栽植一棵柳树，风吹柳动，丝丝飞扬，总让人有说不出的美妙。春看柳花飞舞，夏观绿柳垂条。正午之际，一把竹椅，一壶清茶，三五个人闲话，男人们大讲“三国”“西游”“三侠五义”，女人们家长里短，一坐便是两三个小时。

后来，高速公路开通了，来柞水的人多了，人来了柞水，看过之后，皆有不舍，说柞水山美水美，气候养人。诸多的人涌进柞水，旅游开发势在必行，柞水利用其天时地利，打造十里休闲长廊，一河两岸，全是绿柳，上望不到边，下望不到边，十里烟堤，缈若绿云，如画如锦，美不胜收。

绿柳之侧，是河堤，全是汉白玉护栏，上面刻有花鸟、人物、诗词曲赋，人从河边走过，便如通读了一本唐诗宋词。于是，便有“人在柳下走，目过诗千行”。这于小城人来说，实在是一件怡心怡情赏心悦目之事。

人走累了，便要歇息，不远处会有一个石椅，可供两三人小坐，再不远处就会出现一个亭子，亭子间有石椅、石桌、石凳。有来此晨读的，有来此下棋打牌的，还有来此唱歌弹琴的。每天天一亮，亭子里便有了人，夜深了，人们仍不愿离去，人们喜欢这诗情画意的氛围，喜欢这绿柳如烟的俊美。

这一河绿柳，不仅柞水人喜欢，外来的人亦喜欢不已。

在休闲长廊上，常常会遇到不同口音的外地人。他们三五成群，或者更众，大批地从河堤边走过，一边走，一边看，一边品评，你看，这水多清，这柳树多绿，美，太美了，人行在此中，如在画里，看，看，这儿还有苏轼的诗，“竹外桃花三两枝，春江水暖鸭先知”，还有孟浩然的，“野旷天低树，江清月近人”，能住在这样的地方，太幸福了。一路走来，尽是欢喜和雀跃，看到他们欢喜，我亦是欢喜的，因为我的欢喜和他们的一样，真挚而浓烈。

人多向往大城市，人多以能够在大城市居住为荣，而我偏偏爱柞水，爱柞水这山这水，爱柞水这一河烟柳，爱柞水这走不够的休闲长廊和这恬静清雅的生活版图。

在我看来，所有的树里以柳为最美，它有着男人的风骨，亦有着女人的优雅与柔美。它看似柔弱，其实极为坚强，任狂风肆虐，不为所动，依然能够在风中舞出最惊心动魄的美丽。而后，风去了，树依然是树，根扎在地下，枝叶招展。它不仅坚强，还有着极强的生命力，水分充沛的时候可以生长，天气干旱时依然能生机勃勃，我想这可能是柞水人喜欢它的原因吧。

如果，人的一生能够以“柳”的形象存在，想必，那也是一种成功和完美。

走进柞水，迎接你的是柳；走出柞水，目送你的依然是柳。那成行的绿柳，恰似小城的仪仗队，又似小城的东道主，它以它的深情传递着一座城的精神与风范。它坚忍不拔，却又风姿绰约，让人怜，让人爱，让人心生眷恋。

一座城，因为柳姿翩翩而风情万种；一座城，因为万千柳树而巍然入画。然而在诸多柳树的背后，是一个个的柞水人，他们热情憨厚质朴坚强，他们在经营着自己的家园，亦在经营着自己的内心。因为柳，他们的生活情趣无限而诗意盎然。

我站在阳台上凭窗望去，尽是柳色青青，它们一直在我眼前伸展，直至云烟深处……

（原文刊载于 2014 年 7 月 26 日《人民日报》“大地”副刊）

古城的年

在古城过了几个年，却从来没有好好地端详过古城的年。今年的新年，因为不用忙年夜饭，所以我有时间在古城的街上恣意地游走。

我的游走是从钟楼开始的。在粉巷医院里看望完婆婆，我便走上了街道，可能是因为心闲的缘故吧，我感觉今日的阳光出奇好。阳光是那样清澈、明亮，朗朗地照在古城的街道上，在高楼与树缝间洒下斑驳的投影，将人的身影拉得老长，人在前面走，影子在身后清晰地跟着，同人相随相形。

今日的西安，让人感到从未有过的悠闲。街上的人不多，稀稀朗朗，个个都漫不经心地走着逛着，有携妻带子的，有祖孙三代的，有小夫妻俩的，还有如我一般散心的，在新年的阳光下享受一份生活的自在与悠闲，没有紧急的事宜，也没有明确的方向性，只是随意地在街上寻找一份闲趣。车也少了许多，为数不多的车辆在街上宽松地跑着，让人能清楚地看到空旷的路面，这在平日，是难得一见的。在这座城市，可以说，天天人流滚滚，车流滚滚，人们走在街上，摩肩接踵，一不小心，你磕着我，我蹭着你，是常有的事。西安，作为中国四大古都之一，吸引着南来北往的人，人们来这里兴业，来这里投资，来这里旅游。西安以它超强的吞吐力和吸纳力迎接着每一个走向它的人，它的匆忙和拥挤是许多城市都具备的，又是许多城市所不具备的。有人说，走在西安，一脚踢下去，就能踢出一个宝来。这话是有点夸张，但西安的名胜古迹确实在全国是首屈一指的。

西安，作为十三朝古都，作为历朝政治经济文化的中心，有着1100年的历史。早在100万年前，蓝田古人类就在这里建造了聚落；7000年前的仰韶文化时期，这里已经出现了城垣的雏形。经过光阴的沉淀，西安的古老已不再仅仅体现在其历史文化上，也体现在这座城市的建筑上。钟鼓楼、大雁塔、小雁塔、古城墙、书院门、碑林等，向人们讲述着一个又一个的故事，讲述着一个又一个朝代的更迭，讲述着那些朝代曾有的繁荣与辉煌。而今，它们作为历史的沉淀物，安静地坐落在西安这座城市中，观看着每一个日出日落，每一年光阴的轮回。

走在古城，总感觉西安就像一个阅尽人世沧桑的老者。它阅尽了很多的人，它经历了很多的事，有过盛世繁华，也有过枪林弹雨；它以它的剽悍、倔强和不屈，从远古时代一路走来，沐雨栉风，饱经人世的苦难，却从不曾为之倒下；它以一种精神和文化挺立在大西北，从而坐镇一方，让历史有了一种发人深思的味道。它安详且端庄，它沉静而不阴郁，它是沧老的，却又是极强健的，它是古意深重的，却又是朝气蓬勃的。且看今日之西安，它如一只身姿矫健的雄狮，奔跑在西北这片土地上，焕发出前所未有的神采与活力，把一座古老的城市写在了青春的面颊上。

阳光正好，心情正好，满大街的气氛正好。火红的灯笼在我眼前密集地如行走的人一般闪过，它们遍布在城市的大街小巷，无时无刻不在提醒着我，今天是新年，中国人的除夕，大年三十。俗话说，初一的鞭炮，三十晚上的灯。三十晚上，灯是必需的，而且是长明灯，要亮上一整晚，它在于驱邪，也在于启明未来，照亮未来的三百六十五个白天和黑夜。这一盏盏的红灯，是中国新年必不可少的元素，它们通过不同的排列与组合，通过不同的形状与姿态出现在人们的面前，但所有的灯，都须是红色的，是鲜艳明丽的中国红，以一种光照千秋的气势与豪迈呈现出来，引领着人们走进另一个时光的年轮。

书院门，仍有很多写对联的人。尽管在时下，印刷的对联很多，但人们还是崇尚毛笔书写的对联，红纸黑字，既显庄重，又能将自己的主观意愿和人文气息融合在里面，纵然时去已久，也依然能透出一股淡淡的墨香，这便是手写对联与印刷对联的不同之处。一个摊点被众多人包围着，原来是一白发银须的老者，看模样极有大师范儿，他在书写一幅巨型的对联。这样的对联多是给公司和机关单位写的，门大，对联也须得大，而能将这样的对联写好的人也非寻常之人。看写对联之人对于老者的极虔诚与恭敬之态便知，文化向来被人尊重，更何况是能将文化拿捏得炉火纯青的人，更让人尊崇。

年是喜庆的，年是热闹的，年是火红的，年又是欢天喜地的，年与每一个家庭息息相关，年又与每一个人息息相关。

一个老者，正吸着一只旱烟袋，坐在城墙根的花坛旁晒太阳，烟袋呈烟褐色，估计有些年头了，它的古老或许正如老者的年龄，想必这只烟袋已经陪伴他很久很久了。在他的这个年龄，已经不用再为一家老小的生计发愁了，在新年的日子，也不用再为年夜饭操劳了，在袅袅浮动的烟雾里享受着一份生活的安闲，也算是一种幸福。他眼望蓝天，紧一口慢一口地咂着嘴里的烟锅。

地铁里，一个小孩正弹奏着一把吉他，小孩只有十一二岁的模样，一唱歌，露出了嘴里的豁牙，估计正是换牙的年龄，但弹奏吉他的神情却颇老练，酷似歌手，“池塘边的榕树上，知了在声声地叫着夏天。操场边的秋千上，还有那蝴蝶停在上面……”声音稚嫩且童真，在他面前装吉他的皮套上面，有路人抛下零零散散的票子，面额大小不一。看着小孩，我不由自主地笑了，我打开钱包，拿出五元钱，放在了那些大小不一的票子上。一对外国夫妇走来，站在小孩面前看了看，也丢下了一张钱。钱的多少都不是主要的，主要是对孩子行为的鼓励和赞赏，做一个热爱生活、热爱生命、勇于进取的人，总是可贵的。而古城的未来，便在于他和如他一般的少年身上。

歌声依然在回荡，在我的遐思中，新的一年已翩然来临……

（原文刊载于2016年2月15日《西安晚报》）

我的老家在下梁

下梁是一个镇，我就生在这个镇子里的一个自然村中，我出生的时候，下梁不叫镇，叫公社。

我第一次知道下梁这个名字是在1976年，毛主席逝世。那一年，我4岁，村里的人都在给毛主席做花圈，当时只觉得村里的人都在忙，而且很哀痛。村里几个手巧的人在扎花圈，男的在做框架，在竹子做好的花圈架上捆上一些柏树叶子，母亲和另外几个女的在做往花圈上绑的各色纸花，做完了纸花，又做每个人身上佩戴的小白花。我站在母亲旁边，母亲像是对我说，又像是自言自语：花圈做好了我们都要到公社去，我们伟大的领袖毛主席逝世了，村里的人都要去给他老人家开追悼会。

追悼会在第二天的中午举行，我和母亲随着成群结队的人来到了下梁公社，只见每个人的胸前都戴了一朵小白花，母亲也给我戴上了一朵。人很多，大家都不说话，也不笑，气氛相当凝重与肃穆。公社前面是一个很大的土场院，平日用作集体开会和举行活动，毛主席的遗像就放在院子中间的最前方。人们将花圈一个挨一个地摆放在毛主席遗像的周围，哀乐缓缓地从喇叭口流出，气氛相当庄重和肃穆，这是我第一次来下梁公社。

从那一天起，我知道了我不只是王坪人（现并入沙坪），我还是一个下梁人，这个地方对我来说也是很重要的。

我真正和下梁走近是在我上学的时候，父亲是县中的一名教师，将我带去了县城，因而我便随父亲一直在柞水县城读书。每次从家到县中，要经过下梁，从县中回家，也要经过下梁，于是下梁在我的记忆里便变得非常重要，以至于无法忽略。

尽管下梁在我们县里是一个仅次于凤凰镇的大镇，但那时的下梁并不繁华，可以说整个柞水县都谈不上繁华。在这个镇上，没有很多饭店，也没有很多商铺，我们买东西都是在一个叫合作社的地方，那是一个有三间房子大的综合性商店，里面有卖衣服的，有卖副食的，有卖生活用品的，还有卖农机用具的。柜台里侧通常有两个女售货员，一个站南头，一个站北头，有人买东西了，她们就收钱取货，而我每次在这儿能买得起的就是那一毛钱十颗的水果糖，因为我身上装的钱从来不会超过一元。我们买上一毛钱或者两毛钱的水果糖，一边开心地吃着，一边欢快地往学校走。在那时，能吃上水果糖就是人生最大的幸福。

我们去学校要从公社前面经过，那是一条泥沙路，可容两辆车并排通过，这在我们整个下梁地区是最宽阔的一条马路，它上通县城，下到邻县镇安，可以说是一条县级公路，从小学到中学，我一直在这条路上走着。天晴的时候，路比较好走，下雨天就有点麻烦，雨水会给路面冲出一个一个大小不一的水坑，车子一开过，便溅起浓浓的泥浆往人身上乱飞乱射，躲都躲不及。往往我们刚换上母亲洗净的衣服，还没走到学校就是一身泥，满身的麻点，花得不能穿了。因此，遇上雨天，走这条路总让我们很沮丧、很懊恼，不走不行，走起来实在闹心。有一年发大水，道路被冲断，车不能通行，人要从冲断的路中间爬上爬下，用了好久的时间才将它完全修复。我高中毕业那一年，这条泥沙路铺成了柏油路，当我再走上这条路时，心中总有说不出的惬意与感慨。

从我们家到公社要过一条河，一条很宽的河，也就是我们现在一直叫着的“乾佑河”，而下梁，正在乾佑河的下游。最初的时候，河面是没有桥的，只有在冬天的时候，人们会将几根粗一点的木头用铁丝捆绑在一起搭成一个简易的桥，供人们过往。春天以后，河水经常上涨，这样的桥总会在某一场大雨过后消失得无影无踪，我们再过这条河的时候，就不得不脱下鞋子，光着脚从水里走过。有一个雨天，依稀记得，当时是上小学五年级吧，我一个人回家，走到这条河上，河水已经有些上涨，我在水里试走了几步，水劲太大，我身子小，冲得我直打晃晃，我心里害怕，就折了回来。但看看已经不远的家，我又壮着胆子往河里走。可走在水里，觉得自己的脚根本就踩不着沙石，有种被水托起飘浮的感觉，吓得我赶忙往回退，却被一只大手牢牢地抓住，将我连拉带拽地提过了河。当我在河边站定，我惊魂未定的心方落了下来，那一刻，我满心的感激和庆幸，万分感恩地扭过头望了望拉我过河的人。那是一位中年男子，身着一件已经有些灰旧的蓝色的卡中山装。他松开我的手，就开始穿自己的鞋子，我站在他身边，满心的感激，却不知道说什么。他穿好鞋子，上下打量了我一眼，对我说："以后过河一定要小心，水大了，千万不要自己过！"说完，他便径自走了。望着他的背影一点点走远，我心想：要不是他，我能不能安然回家？要不是他，我说不定会发生什么样的意外和危险，这都无法确定！而那时的我，却连一句"谢谢"都不会说。多年以后，每每想到这件事，我心里还会感动，还会感激，还会感恩那位在我孩提时最需要援助甚至是在我生命即将遭遇危险的时候伸手拉我过河的陌生男子，这也是我至今乐于帮助别人的原动力。

后来政府出资修了一座吊桥，钢丝做的栏杆，木板铺的桥面，人走在上面，晃晃悠悠，仿佛荡秋千，好玩，也带着几分惊险。人空着手在上面走倒是可以的，倘若带了重的东西或者是推着车子经过，桥就会失去平衡，左右晃荡，让人惊惧不已。据说有一次一个推自行车的妇人连人带车子掉到了桥下面，被河水冲出好远，所幸水浅，人尚无事，算是大幸。此后，再过这桥，我便有些战战兢兢，每每总是小心翼翼地扶着两边的铁丝栏杆。这件事情发生后不久，吊桥拆除，据说国家要在这里修建一座水泥大桥。河两岸的百姓听了，无不拍手叫好，欢欣鼓舞，因为这是多年来大伙一直做梦做了多少回盼望着的事情。一年以后，大桥落成，东西贯通的视觉，宽阔平稳的桥面，让一河两岸的百姓心里充盈着满满的欣慰和喜悦，人走在上面，如履平地。

自此，河灾成为历史。

某一天，有人对我说，下梁将被规划为新城区，我说："真好，我的老家就在下梁呢！"那人戏谑道："那这回你就成了一个地地道道的城里人了！"我笑。我是城里人与不是城里人都没关系，只要家乡能发展和建设得好，就是我最大的开心。果真，没多久，新城动工在建了，街道统一规划，民居统一修建。几年的时间，下梁已大改了模样，一幢幢高楼如雨后春笋般建起，饭店门市迅速扩张，下梁一下子繁华了起来，人多了，车也多了，很多的外商看好这片宽广的土地，纷纷来此经商和投资。下梁一天比一天繁荣，展现在乡人面前的是从未有过的宽阔与繁华。

下梁最大的变化还要数县中的搬迁。县中的搬迁一下拉动了下梁的内需，学生和老师的整体迁移，使下梁的人口一下子增加了好几千；家长的频繁走动，让下梁的人口一下子密集起来；人口大量输入，贸易也跟着繁荣起来，各类商店、超市、菜市场应运而生；人口剧增，餐饮业也得到了迅速的发展；店铺的兴盛，为下梁注入了鲜活的生命力。一个崭新的下梁横空出世，以它的端庄、鲜亮与欣欣向荣呈现在人们的眼前。思其昔，观其今，恍如隔世，大有一种沧海桑田之感。

2011年的冬天，龙钢公司借用县中的体育场举办了一场新年答谢演唱会，多位明星前来助阵，可谓万人空巷，人声鼎沸，其场面之火爆，其激情之高涨，盛况空前，这等于免费为县中做了一个广告。有孩子上学的，没孩子上学的，都知道县中搬到下梁了，下梁也因为有县中这样一所庞大的学校而备受外界的关注。

下梁的变化，我看在眼里，喜在心头，我为下梁能够在短短几十年的时间里发生如此巨大的蜕变而欢欣不已，我也为自己曾是这片土地的主人而自豪和快慰。她就像是我的娘家，或者说是我的母亲，她的贫穷留给了我深深的烙印，她的富足和繁荣又让我有说不出的欢喜。我知道，变是趋势，变是发展之道，未来的下梁还会再变的，它将会变成什么样子，毋庸置疑，一定会变得越来越好。

走在下梁那洁净平整的柏油马路上，道路在眼前向远处无限地伸展，以前只能两辆车并行的泥沙路，拓宽成了四车道的省级公路。路宽了，眼界开阔了，人心顿时敞亮，天空也变得明净高远，一切都是那么适心适意，让人如沐春风！

（原文刊载于2016年《燕赵文学》第1期）

大哥的京剧梦

第一次庄重地听大哥唱京剧是在母亲的生日会上。

母亲六十岁生日那天，家里所有的人都回来了，说是给母亲庆寿，母亲苦了一辈子，让母亲好好乐呵乐呵。见大家这么有心，母亲也很高兴，做了一大桌子菜，一家人在一起好好聚聚。

生日宴会上，二哥提议我们每人表演一个节目，大哥是老大，第一个节目当然得从大哥开始。大哥酷爱京剧，众人都让大哥唱一段，大哥看了看母亲说："妈不是最不喜欢我唱京剧的吗？"母亲讪讪地说："那都是什么年代的事了，现在还说！"众人皆言："就是，现在不让你唱了吗，让你唱你就唱不就得了！"大哥理了理嗓子，字正腔圆地唱起了《红灯记》。大哥的嗓音很好，浑厚高亢，干净明朗，且情感拿捏得好，一下子就将人带到了剧情里面，一个活生生的李玉和的形象出现在了我们面前，我们都忍不住拍手叫好。在我们的鼓励下，大哥越发唱得有劲和投入，突然间觉得我们家已经好久好久没有陷入这种情致与氛围里了，一家人可以无所顾忌地开心和快乐着。

大哥自小伶俐，因为族人中有一个堂叔会唱京剧，大哥自小便迷上了京剧。他的梦想是做一名京剧演员，可是他的这个梦一生都没有实现的机会。

由于我们家里人口众多，大哥只上到小学毕业便辍学了，因而他的梦想便离他越来越远。这个梦想便成了他的业余爱好，只在茶余饭后时，自己哼上几句，过过瘾，聊以自慰罢了。

母亲生产太多，又加上农活的劳累，年纪轻轻就患上了许多病，经常身上痛，头痛头晕。病中的母亲，最听不得吵闹的了，而我的大哥，偏偏就好这个，他学会了京剧，而且还学会了拉二胡，每天在干完农活的午后，就坐在院子里的大石凳上唱开了。为此，母亲和他大吵了一架，并且摔了他的二胡，自此大哥很少在家中唱京剧了，实在想唱了，便在无人的山坡上高吼几嗓子。为此，母亲很内疚，有一次拉家常时，她对大哥说："你不要怪我，我知道你喜欢唱戏，但你们好人不知道病人的痛苦，我躺在床上晕得天旋地转，头痛得要裂开了似的，你却一直在叽叽哼哼地唱，我当时真是控制不住自己。"大哥说："没事，都过去这么久了，还提它干什么！"眼睛却望着远处的高山，透出一股淡淡的哀伤。

于是，大哥的京剧梦便成了一个遥远的梦，而且是一个永远无法企及的梦。

大哥的两个儿子成家之后，都去了西安，大嫂也去了西安帮着儿子带孙子，家里就剩下了大哥一个人。土地被征收了，且被移民重新安置，好在有自己的庭院，有自己的天台和阳台，没事了，大哥就跑到屋顶的天台上晒晒太阳，唱唱京剧，或者一个人跑到后坡上去吊嗓子。当然，碰到闲时，村里的人也会让他唱上一段，这是大哥最为开心的时候，因为对大哥来说，尽管一生没有成为京剧演员，但是京剧却一直浸润着他的生活，让他在繁忙的劳动中调节心情，身心愉快，这就已经足够了。及至老年，打发一个人的闲居时光，在京剧中快活地老去，也算是一件美事。

因而，我觉得大哥的京剧梦也还是有意义的。记得于丹曾写过一篇文章《人生有梦不觉寒》，不管什么样的梦，也不管这个梦最终能不能实现，只要人生有梦，生活就会温暖而充实，生命就不会寂聊无趣和枯燥，它就像是一堆美丽的肥皂泡，一直环绕在我们的周围，让我们心灵愉悦，让生命多彩。

虽然京剧对大哥来说一直是个梦，是一个没有办法实现的梦想，但是这样一份梦想，让大哥平淡的生活有了许多雅趣，更让他晚年的时光有了寄托，有了追逐和快乐的内容，这于晚年的大哥来说，也算是一份难得的欢乐和幸福。

（原文刊载于2015年6月4日《西安日报》）

渐行渐远的青纱帐

新城开发，让很多土地变成了道路和楼盘，于是土地少了，庄稼少了，那些夏天里整片整片的麦田和玉米林便也少了。每每走在这里，我便充满了怀念，怀念那铺天盖地浓浓的油亮的翠绿，怀念那一望无际永远让人充满遐想的稼穑，怀念那因为庄稼而生机勃勃的土地。在那些庄稼里，苍翠的玉米林是一个永远不可忽视的物象，它霸气又咄咄逼人地出现在每一个人视线所到的地方，出现在村人和路人的生活里。那青绿得闪闪发光的玉米林，便成了我童年生活中一道永远抹不去的风景。在读过郭小川的《甘蔗林——青纱帐》之后，我便将那一眼望不到边的玉米林称为"青纱帐"，因为它确实是一道阻隔了人的视线和眼界的青纱帐，在那些茂盛的青纱帐里，储满了母亲太多的希冀和盼望，也储满了我孩提时诸多的欢乐和幸福。

我的家乡，让我最引以为骄傲的是有大片的肥沃的农田，看着那些平整的郁郁葱葱的土地，我的心里就有说不出的喜悦，这种喜悦是母亲传递给我的。母亲热爱土地，因为土地养育了母亲和我们一大家子的人，母亲对于土地的深情丝毫不亚于对我们每一个儿女的感情。她精心地侍弄它，卖力地耕耘着，只为能够多收一些粮食，让我们能够吃饱饭，让我们健康茁壮地长大，这便是母亲生命里最大的盼望和希冀。受母亲的感染，我也深深地恋上了土地，恋上了那些能够为我们长出庄稼和蔬菜的土地。在那时，只有土地可以让我们的日子活色生香，只有土地能够让我们收获可供我们一年吃的粮食和蔬菜，我们所有的生活都寄托在土地上，土地是我们赖以活命的根，土地是母亲养家糊口的赌注，土地是我们欢乐生活的源泉。我们视土地为亲人，视土地为我们一家大小世世代代必须看护好的宝贝，母亲珍视它，我们也一样无比珍视它。

夏天的时候，在锄过二遍草之后，玉米地便蓬勃地绿了起来，它以一种铺天盖地的绿色覆盖着土地，土地便隐遁起来，眼前出现的便是那蓊蓊郁郁蓬蓬勃勃的绿色，它绿得鲜亮，绿得养眼，绿得让人充溢无尽的喜悦和希望。无事的时候，母亲便会站在青纱帐旁出神地张望，一站站上许久，有时也会呼唤我们一起，一边看一边遐想，一边遐想还一边叨叨着："今年好哇，今年苞谷成了，你们看那苞谷苗子长得多喜人！"然后摸摸我和弟弟的头，欣慰地说："我的娃们又能够吃饱饭啰，不用饿肚子了，多好！"我和弟弟仰起头，开心地看着母亲，欣慰着母亲的欣慰，快乐着母亲的快乐。又回过头来，看着那片玉米林，就像是在看着一盏阿拉丁神灯，它们一样能够像变魔术一样变出我们想要的食物来。

家里，就我和弟弟最小，我俩也是最淘气的，夏天的早晨和傍晚，我们会偷偷地钻进玉米地里，去挑那些公玉米。公玉米只长杆，不结玉米棒子，在我们眼里，它是无用的，但是作为植物来说，它是有用的，这是后来我在初中的植物课本里才知道的。公玉米虽然不结玉米棒子，但是它是负责受精的，有公玉米，母玉米才能够长得好，结出大且多的玉米棒子。它是依靠风力授粉，如果一片地里完全没有了公玉米，那么母玉米的产量便会大大降低。但是在那时，我们并不知道，我们只知道贪嘴，公玉米秆好吃，就像甘蔗，水甜水甜的，咬一口，嘴里甜半天，可比糖好吃多了。当然，母玉米秆也是一样的，但对我们来说，我们是不敢随意破坏母亲的希望的，最主要的是害怕母亲责罚。我们偷偷折的往往是公玉米，折上一根，从中间一分，一人半截，就躲在玉米林里吃了起来。我们偷吃，多数时候是不让母亲知道的，母亲知道了，会说我们将玉米地踏坏了，要批评我们的。因此，想去的时候，我们便在母亲不知道的情况下相互使一个眼色就悄悄地溜出去了，美滋滋地吃完之后，再悄悄地溜回来，装作一副若无其事的样子。躲在那片玉米地里，我和弟弟就觉得自己是世界上最幸福的人，吃的是世界上最美的美味，那甜甜的滋味从我们的嘴里一直流进我们的心里，让我们欢欣不已。

当然，我们还会在玉米地里捉迷藏，那也是一个非常有趣的游戏，有时是我找弟弟，有时是弟弟找我。玉米地太大，找着找着就迷路了，分不清东南西北，找不着时，就佯装生气，对着玉米林大声喊：“你出来不出来，不出来，我回去吃饭了，你就一个人待里面啊！”待在里面的人一听吃饭，忙不迭地从那茂密的玉米林中钻出来，一边钻还一边说：“出来了，出来了，等等我啊！”对我们小孩子来说，吃饭是头等大事，误什么都不能误吃饭。当然，也因为那时粮食少，顿顿饭都会被抢得光光的，先去的就多吃，后去的就少吃。因而对于吃饭，谁都不甘落后，唯有母亲，等我们都盛好了，她才不紧不慢地拿了碗，盛了饭，在门槛上或者屋檐边的大青石上坐下。吃完后，等大家都盛过第二碗了，她才又去盛，有了，就吃一点，没了，就算了。而我们，从不理会母亲的不积极，只管自己抢着吃饱，吃舒坦了。等我当了母亲，我才体会到母亲的良苦用心。饭后，如果母亲没有给我们安排活儿，我们就又悄悄地拿着扑克牌去玉米林里打扑克了，这时，我们会再叫上人，人多了就打画鳖，人少了就抽王八，反正对于贪玩的我们，总有玩的。一直待到天黑，我们才意犹未尽地钻出来，有时，弄上一身的玉米胡子也无所谓，因为这片天然的浓荫，只有夏天才有，这片神秘的青纱帐，也只有夏天才有。由于它具有季节性，我们觉得格外有趣，最主要的是因为里面有我们可以偷吃的香甜的玉米秆，于是，一个夏天，都让我们觉得生活丰富有趣，甜甜得如同吃了蜜一般幸福和欢乐。

而这些欢乐，都与那浓绿如森林般的玉米林有关，与那遮云蔽日的青纱帐有关，是那片油绿的溢着希望和幸福的青纱帐，让我度过了一个又一个快乐的夏天，直至我长大。当我长大后，一切都变了，人们获取生活资源有了多种多样的方式，土地已经不再是人们赖以生存的根本，它不仅可以长庄稼，而且可以盖成房子和商铺，变成纵横交错的道路。而我，有时真的真的希望，还能时时地看到那一片一片纯美的没有一丝杂色的绿意盈盈的青纱帐，也让我的孩子看看那些在我的语言里深情地叙述着的那些丰硕而大气磅礴的青纱帐，它们有着怎样无与伦比的美与蓬勃的生命力。曾经，是它们养育了我的生命，是它们让我的生命浸润了太多的美好与诗情画意；尔今，它们已经渐渐远去，远去到在我的身边很难再看到它。或许，或许，别的地方还有我遐想中的纯美醉人的青纱帐，而这个夏天，注定有些贫乏，我将目光投向了远方……

（原文刊载于2015年8月12日《社会保障报》）

鲁院的清晨

从某种意义上来说，我是第一个住进鲁院的人，因为在我之前来了一个女同学，又走了，据说是去亲戚那儿了。于是在整个鲁迅文学院的大院里，那天晚上就住着我一个学员，我带着一种远足抵达的欣慰和对于未来生活的憧憬，安然而心满意足地住下了。

因为睡得早，早上也便醒得早。五点多，就再也睡不着，一直在床上挨到六点多，见天光大亮，我赶紧爬了起来。拉开窗帘，整个院落已经能清清朗朗地映入我的眼帘。这个房间视线很好，立在窗前，整个院子的面貌都能看得清清楚楚，院子里有一个河流型的小湖，一池湖水平静地映着天光，泛着莹莹的光亮，周围是林木和花径，一直在我的视线里铺向远处。在花木的尽处，是一幢别致的房子，上面写着“中国现代文学馆”七个宝蓝色的字。两条宽阔的大道从楼下呈十字状向外延伸，当然，一条道通向我昨日走进鲁院的门，另外一条道通向哪里，我尚不知。对于这样一个未知的环境，我不仅是好奇，也是充满遐想的。

看着看着，我在楼上已经立不住了，我换了鞋子，沿着昨日上楼的路径下了楼。出得楼来，立在我面前的是一块石碑，上面写着“传承、创造、担当、超越”，是前任院长白描题的，这或许是鲁院对所有有幸走进这里的作家最殷切的期望。我四处看看，从一条石径走进了院子，我没有选择走大路，我走的是林中小径。在我内心，渴望大路，但我的人生却一直走的是小路，或许走小路于我来说已经成为习惯，或者走小路让我觉得有安全感，抑或说在我看来小路风景会更加别有洞天。我在林中穿行着，看看这棵树，又看看那棵树，树木都没有发芽。那多是一些梅树，尚未打出花蕾，只有一些青灰色的杆，在时下的季节，它们一律密密疏疏地伸向天空，显示着一种生命的昂扬和倔强。

园中有很多人物的塑像，我第一个见到的是顾毓琇先生，著名教育家兼诗人与科学家，博古通今，学贯中西，一生充满传奇，清华大学工学院创始人，南京大学校长，曾受聘于十多所院校任教授和名誉教授，并在南京大学设立“顾毓琇奖学金”，及至百岁高龄过世。在教育界，他可以说是一个响当当的人物，说到中国的教育，他必定是绕不过的一个坎。早闻他的大名，没想到在鲁院的第一个清晨，与他不期而晤，我在先生塑像前静静地站立了几分钟，算是表达了我对先生的无限崇敬之情。

除了顾毓琇先生，园里最多的还是近代作家的塑像，有叶圣陶、巴金、曹禺、朱自清、丁玲、赵树理等，他们都是中国文坛颇有建树的精英，也都是在近代中国极具影响力的文化人物。他们或以思想著称，或以文章名世，在中国现代文化史上留下了精彩的一页。他们的文学成就是有目共睹的，而且也都是为后世所称道和推崇的，作为中国近代文学的先圣，他们用思想和作品影响了很多人。如今，他们安处在这座园子里，不仅仅供人观摩与瞻仰，更是一种精神和风范，一种光耀中华的大道传承，当然，更是一届一届鲁院学员竞相追逐的精神高地和文学典范。

在这众多的人里，最让我觉得亲近的是冰心。这是一尊白色的玉石塑像，正如她的名字一样冰清玉洁，冰清玉洁中又透着一种圣洁，一种纤尘不染，一种跳出尘世之外的仙气。她端庄地坐在那里，托腮凝思，眼里充满了向往和美好。冰心先生，可以说是在所有的作家里被人非议最少的一个，不论是她的人品，还是她的文品，都可圈可点，堪称完美。因此，我这么说她，并非过誉之词，实是对先生一生真性情的解读。我作为她的一个女性崇拜者，亦是对她欣赏有加，在此之间，抑或印证着我的人生观和价值观。我来到她的塑像前，见她的身边摆放了一束玫瑰，且正鲜艳着，或许是前日，也或者正是昨日，才被人放上的。想必，这也是一个跟我一样喜欢冰心的人，因为喜欢，因为敬爱，也才对她格外情有独钟。对于一个女作家，读者对她的最好的祭典便是向她献花，让她心灵愉悦，让美好与她永远相伴相携。而我，对于先生的喜欢，并不仅仅因为她的文章写得精彩，同时我也是一个喜欢写作散文的作者，我视她为同道中人，或者说是同路人。当然，确切地说，她应该是我的领路人，因为她是我的前辈，是大师级的。目前为止，她在中国文坛的地位还无人可以取代，或者超越。此时此刻，在冰心先生面前，我已经不敢称自己为作家，因为她是大师，而我正求学在路上，我还有许多的东西需要学习，我还有很漫长的路要走，而大师们必将是我永远学习的榜样和楷模。我就这么久久地凝望着她，一任思绪翻滚，心浪如潮，此中有对她文采的膜拜，亦有对她人格的赞赏。我以为，一个作家，不仅仅要做好文章，更要做好人，甚至有时，做人会比做文章更难，难得的是抵御世俗的诱惑，难得的是道德品行的坚守。文学本是人类的精神食粮，如果一个人做人有污点，那么他又如何能够以文正己，以文正人，以文正天下人？当然，这是一个太大的话题，该留待学者或者是评论家们讨论。

在鲁迅文学院中，最不能忽略的一个人当是鲁迅先生，先生用他的一身铮铮风骨和铿锵正气向世人昭告，文人的灵魂是纯洁的，文人的骨头是最硬的，它足可以抵御世间的任何刀枪箭雨。在那样的一个腥风血雨的时代，他没有仅仅只为自己苟活，而是投医从文，毅然肩负起了救国救民的责任，用一个文人微弱的声音在苍茫暗淡的世间呐喊着，多少年如一日地呐喊着，他要唤醒混沌和麻木的民众。“哀其不幸，怒其不争”，我们的被欺被侮，除了外强的可恶，同时也有我们的问题，一个民族若不自强，别人如何能够救得了？他的文章如利剑、如匕首，刮骨三分，直刺敌人的心脏，让亲者畅快淋漓，让敌人有一种血淋淋的痛疼。在那个时代，先生的文章便担当了一味猛药的作用，药料足且后劲大，他在《华盖集续编》中写道："惟有民魂是值得宝贵的，惟有他发扬起来，中国才有真进步。"其实不只是在国难当头，在任何时候，在社会发展的任何层面，民魂都应该是我们必须挖掘和发扬的，一个有民魂的民族才是有尊严的，一个有民魂的民族才是一个国家长久发展的命脉和根基。而我们作家，理该担负起这个责任，接过鲁迅先生手上的接力棒，让文学真正成为引领人类精神生活的坐标和指南，让美的善的东西传承，让邪恶与丑陋逃遁，从而让人类向着一种道德的合法的文明的有序的健康的积极的社会前进，这该是我们文学人最终追逐和努力的方向。

在这个清晨，我一个人的鲁院，我接受了一场精神上的洗礼，这是鲁院的清晨，会否也是我文学路上的清晨？我放眼远望，楼前的玉兰花已经打上了花骨朵，正欲绽放。这个早晨，鲁院一片宁静，春光却悄悄地跳上了枝头，或许，或许明天，将是花满枝丫，馨香一片，我满眼憧憬……

（原文刊载于2016年《西北文学》第2期）

一滴原浆酒

自小生活在农村，品尝过许多酒，那些都是周围的乡亲们自酿的酒，有麦子酒，有苞谷酒，有柿子酒，还有洋姜酒。那时没有现在这些五花八门的饮料，因此，在童年的记忆里印象最深刻的便是酒。

那时，大凡家里有事，酒是少不了的，无论贵贱，桌上都得有点酒。有了需求，也就有了最原始的酿酒作坊，有家庭自酿的，也有小型的酒厂酿造的，供当地的乡亲们饮用。在乡亲们的眼里，酒是个好东西，可解乏，可招待亲朋，可令人高兴，还能帮人解愁。

有一年，柿子丰收了，看着满树红彤彤的柿子，母亲说："今年这么多柿子，吃不了，我试着给咱家做点柿子酒吧！"我们一听，连连说："好！"能尝到母亲亲手酿制的酒，应该是一件有趣而新鲜的事。

哥哥姐姐们将柿子采回来，母亲先将它放在锅里脱涩，水温保持在40℃，经过一天一夜，也就是24小时，在母亲来说，那叫一个兑时。一个兑时过后，将柿子取出来控干水分，捣碎，按照它的重量加入25%的苞谷糠，搅拌均匀后放入一个大铝锅中蒸上20分钟。蒸好后，放冷，待温度冷却至35℃，加入适量的碱，拌匀，再加入4%的麦芽。充分搅拌均匀后，放入我们冬日腌菜的大缸，封闭严实，进行发酵，周围围上锯末子，始终保持一定的热度。10天后，启封，再拌入20%的苞谷糠，进行二次蒸馏，使其成为不干不湿的状态，太干出酒少，太湿一时半会儿蒸发不了，影响出酒的时间和数量。因此，掌握好这个度是酿好酒的关键。蒸好后，对酒渣和酒进行分离。这时，母亲会拿一根竹筒作为引管，将酒从竹筒中导引出来，流入塑料壶或其他的装酒器皿中。

当第一滴酒从竹筒里流出来时，我们个个都围拢在旁边，兴奋得不得了，就像看见了大猩猩和大熊猫一样新奇，个个瞪大了眼睛，趴在跟前饶有兴趣地望着。一边看，还一边伸长了脖子去闻，很想知道柿子酒的味道。因为这是妈妈给我们酿造的，它不同于一般的酒，它有母亲的心血和汗水，还有我们所有人的期待，最主要的是，有酒出来，证明柿子酒酿制作成功了，我们可以喝到自己酿制的酒了。我们这些小孩子就会在一旁兴奋地嚷道："成功了，我们成功了，酒出来了，看，好清呢，妈妈了不起，妈妈好伟大！"母亲也会欣慰地笑，眼神中充满了喜悦，喃喃地说："是啊，成功了，成功了，总算没有将柿子糟蹋了！"看着我们这一伙儿女急不可待的神情，母亲便会吩咐姐姐拿来酒盅，盛起一点，让我们每人都小尝一口。我们能喝酒的不能喝酒的都会轻轻地抿上一点，为妈妈的劳动成果，更为自己的那份好奇。

柿子酒相对于别的酒来说，要甜一点，但没有酒量的人还是不能多喝，虽有甜味，可没有酒量的人喝了仍会醉的。在那个时候，自己酿造的酒，都是原浆酒，后劲比较大，因而母亲总会说："尝一点就行，这是酒，可不要贪嘴，留着以后有客人了再喝！"我们都乖乖地听了母亲的话，协助母亲将酒过滤完，装进容器里，我们的柿子酒也算是宣告成功了。近半个月的辛苦盼望与期待，总算让我们看到了希望的成果，那每一滴酒中，都有我们的热望和妈妈的煎熬。

这是母亲第一次给我们酿酒，也是我亲身经历的唯一一次酿酒全过程。

一个偶然的机会，我来到了凤翔县的西凤酒厂。一进酒厂，那熟悉的浓浓的酒糟气味扑面而来，那是多少年前的气味了，我已经记不太清楚，只感觉记忆已经很遥远。当熟悉的气味再次充溢着我的鼻腔时，记忆中妈妈酿酒的画面又浮现在我的面前，只不过，那时，妈妈全是自己手工酿制，而现在，在这个大型的酒厂中，已经有了庞大的现代化的酿酒设备，有制曲车间，有发酵车间，有蒸馏车间，有包装车间。但我发现，虽然有这么多的机器设备，但酿造程序仍是一样都不能少。看着那些工人挥汗如雨忙碌的场景、凝重专注的神情，不得不感叹，那每一滴原浆酒都凝结着酿酒人的心血和汗水，还有他们的期待，在酿酒人眼中，它们是那么地神圣，是那么地珍贵，是那么地令他们欢欣和喜悦，是那么地令他们有成就感。

酒本是一种珍贵之物，有“粮食精”一说，滴滴皆是粮食之精华。可好多人误解了酒，拿酒当水喝，这就歪曲了酒本身的作用。喝适量的酒，可疏经活络，解除疲劳，还可活跃思维，激发灵感，甚至提神壮胆；但过量饮酒，于人则是有害的，它会严重伤身，影响到人的健康，甚至危及人的生命。凡事有个度，过则不及，酒本无错，错在人的无度，与酒无关。我们该珍惜古人的发明创造和智慧，让酒真正成为有益于我们身心健康的佳酿与饮品，以不负古人酿酒的初衷，让中国酒文化真正地传承和发扬光大。

（原文刊载于2015年8月10日的《西安晚报》）

打香椿

路过菜市场时，看见了卖香椿的人，蓦然眼前一亮，香椿下市了，又可以吃到醇香可口的香椿菜了，真好！

我问卖香椿的人："香椿多少钱一斤？"那人回答："六块钱一斤！"虽然心里觉得有点贵，但还是毫不犹豫地买了，一者因为我确实喜欢吃香椿，二者因为我知道采香椿的辛苦。

童年的农村，很少买菜，当然，也没有现在菜市场上这么多花样繁多的蔬菜。自己吃的蔬菜多是地里种的，或者是从山上采回来的野菜，而香椿就是我们童年生活中必不可少的一味野菜。

这些香椿从哪里来？多数是从大山里采回来的。每年的春天，母亲都会和隔壁的阿姨去山上打一些野香椿。村里，好多人都有打香椿的习惯，每年四五月份，人们就会约着三三两两地走上山坡，因为野香椿多长在高坡上的向阳地带，一个人进大山，总是有些怯，尤其是妇女，多会担心遇到野兽的袭击，因而人们总会结伴成行。

后来，我们大了，母亲也会带我们去山上打野香椿，我们方知母亲采野香椿的辛苦。

打香椿的前一日，母亲就会反复地说："明天要去打香椿了，都要起早啊！"次日一早，天刚蒙蒙亮，母亲就会挨个地叫着："起来了，起来了，赶快起床，我已经把饭做好，起来吃了我们好上坡！"我们一个个极不情愿地从被窝里钻出来，嘴里一连地咕嘟着："天还没亮，就叫人起床，都没睡够！"母亲就会斩钉截铁地说："没睡够也要起来，晚上回来再睡！”于是，我们迷迷瞪瞪地吃了饭，迷迷瞪瞪地跟着母亲上山了！

往往，近处的山上很难采到香椿，而且也很难采摘到较大数量的香椿。多数的时候，近处的香椿还没长成新芽，就被人采摘了，因而要采到一定数量的香椿，须得跑到更远处的大山中。母亲走在前面，我们走在后面，我们顺着山上的羊肠小道一路上行，走过一座山，绕了一道梁，再走过一座山，又绕过一道梁，母亲说：“快到了，再坚持一会儿，我们就可以打到香椿了！”本来，我们走得腰酸背痛，听到母亲说可以采到香椿了，就又都来了精神，你催着我，我催着你，一路向着母亲所指的方向奔去。

到了有香椿的地方，却并非我们期望的那样成片成片的，它们东一棵西一棵，一棵与一棵之间隔着很大的距离，低处的还好摘，高处的就要用镰刀绑上木棍往下钩，打完了这棵，你得再去寻找下一棵。山上满是荆棘，满是灌木丛，甚至还有乔木，它们阻挡着我们的脚步，阻隔着我们的视线，我们得在树丛中钻来钻去，钻得满身满脸都是草渣和树叶。背篓还没装满，就已中午，人又累又饿，母亲就会鼓励我们：“忍着点，忍着点，我们将这背篓打满就回，回去了中午给你们做椿芽炒肉吃！”一听说有肉吃，我们立时来了精神，因为在那个时候吃顿肉不是件容易的事，若非家里来了客人，我们能跟着一起沾个光，平日里煮肉的时候几乎很少。除非特殊的节日或者是家里谁的生日，我们一般很难吃上肉，在那个物质匮乏的年代，吃顿捞面都是件很奢侈的事，更甭说肉了。

我们又鼓足力气在丛林里寻找，但又都不敢走远，害怕迷失在山林中，我们一边走，一边相互叫喊，给自己壮胆，以为大家不要跑散就都能聚在一个坡面上。好不容易将背篓装满了，我们才如释重负地松了一口气，总算是完成任务了。这时，个个累得筋疲力尽，却不敢歇息，背上背篓赶快下山，因为我们得赶在太阳落山之前回家，否则，就要摸黑，山里的夜路可是不好走的，不光高一脚低一脚的，更有那黑黝黝的树影，让人不寒而栗。

这些香椿拿回家后，剩下的就是母亲的事，我们便都呼呼大睡去了。母亲将香椿去了老杆，摘叶，将它切碎，放在锅里用开水一烫，撒上少许盐，拌均，放在簸箕和筛子及椤子里均匀地摊开，在太阳下晒干或者是风干。一定得是干干的，然后用一个蛇皮袋子装起来，等到过节或者是某个特殊的日子时好食用。当然，在我们不停地念叨下，母亲也会做上一些给我们吃。在香椿丰产的年份，母亲还会用小坛子腌制一些，那又是另一种余香绕舌的美味。

母亲能用香椿做很多饭，光香椿饺子她就可以做两种，香椿豆腐的，香椿鸡蛋的，用香椿炒肉就米饭或者是糊汤，那也是一种极可口的美味。还可以用香椿鸡蛋蒜苗（葱花）来上宴席，甚至还可以给我们用香椿韭菜粉条做菜盒子。在母亲的一双巧手下，有香椿的日子就是生活中最醇厚的美味。

今日见到这些刚下市的香椿，仿佛又回到了与母亲一起打香椿的时光！

（原文刊载于2015年4月22日《陕西工人报》）

早市的核桃

这里所说的“早市”，并非早晨的集市，它是早下市的意思。在西安，核桃还没有大量上市的时候，会有一部分乡民带上那些尚未完全熟透的核桃来到西安出售。这些乡民都是附近县市的，这些提前上市的核桃便被人们称为“早市的核桃”。

早市的核桃，又称“青皮核桃”，是在核桃长势最旺盛的时候摘下的，它将熟未熟，但是已经具备了核桃的性状。这时的核桃仁鲜脆可口，清香诱人，是人们茶余饭后闲食的时令佳品。正是因为人们喜欢核桃的这种与众不同的口味，于是每年的盛夏便有了早市的核桃。

一下公交车，一个妇人便撞进了我的眼帘，吸引我的不是妇人本身，而是她身边三轮车上堆的核桃。那些核桃个大饱满，尚带着植物原有的新鲜和水汽，它们湿漉漉地堆在那里，诱惑着来来往往的人们。

我本来要向相反的方向去的，因了这堆透着水汽的核桃，我停顿了脚步，并不由自主地向着卖核桃的妇人走去。那妇人见我走来，忙招呼说：“要核桃吗？新鲜的核桃！”我微微一笑，算是对她的回应。看了看她的核桃，遂问：“你这核桃是哪里的呀？”她说：“户县的。”她一边同我说话，一边用钳子夹核桃，将那浑个的核桃夹破，以便买核桃的人好剥，也是为了能让买核桃的人清楚地看到里面白亮亮的核桃仁。我心里默了一下，哦，不是我老家的，我的老家在商洛，那里也是核桃的盛产地，不过相对户县来说，是要远一些的。我又问：“多少钱一斤？”她回答：“十五元钱。”我笑了笑说：“挺贵的。”她解释说：“都这个价。”我明白，每年新下市的核桃都要比正常的核桃价高一点，因为它特别的口味，因为它的新鲜，也因为它可以卖的时间很短，前后也只有半个月的时间。喜欢吃的人大略也不会怎么计较这个价钱的，想吃了，就买一点，吃个新鲜，也吃个念想。

在农村生活过的人，对核桃大抵是熟悉的，田间地埂，道路两边，甚至是场院旁边，都会时不时地冒出几棵核桃树，有自己栽的，也有遗落的核桃核自己长出来的。核桃树的生命力很顽强，常常有这样一种感觉，核桃树就像是没有娘的孩子，一旦它以一棵树的样子长在了那里，便很少有人关注它。在人们眼里，核桃树就是生长生长，不断地生长，长大以后赶快结核桃，这是很自然的事，也是核桃树的使命。一般的时候，人们很少想起它，任它自生自长，只有在核桃成熟的时候，人们才会想起来：我在哪儿哪儿还有几棵核桃树，今年还能打多少核桃？打下来的核桃，一部分留作自己吃，一部分拿去送亲戚朋友。核桃树的价值只有在这个时候才体现出来，因而每年打核桃的时候，也顺便把核桃树底下的草给锄一下，一年四季，核桃树也只有在这个时候才能得到人们额外的重视。

多数吃过青核桃的人都有这样的经历：在核桃快要成熟的时候，用一柄小刀将青皮核桃撬开，剜出里面的核桃仁，美滋滋地吃起来。就包括我，也有过这样的壮举，因为贪嘴，冒着不惜被刀子划破手的危险，去费劲地撬那一个个结构紧密坚硬的核桃。好不容易撬开一个，还不够吃上两口，但心里那个开心劲呀，甭提了，就像是自己吃上了世上最美的美味那样得意和自豪，因为这是我自己剜出来的。在很多时候，真正的喜悦不是轻易得到，而是在自己费尽千辛万苦努力去得到的过程，这种喜悦才是最值得回味和印象深刻的。贤惠的妈妈就会给我们烤上几个鲜玉米，让我们就着嫩玉米吃，这种吃法要多美味有多美味，我们总会吃得口舌生津，满口留香，而这种滋味便成了我故乡中最深刻而又最回味悠长的味道。

今天，在熙熙攘攘的闹市，在人潮如流的街头，又看到了那些我记忆中亲切的核桃，那熟悉的乡味乡情便扑面而来。核桃及那些陪我一起长大的核桃树，是我生命中永远也抹不掉的风景。核桃树的坚强，核桃树的不惧风雨，以及核桃树在风雨雷电中自我修复的能力，令稚嫩的我也学会了坚强，也学会了从容面对世事。当我从一个青涩的少女成长为一个可以独立抗击人生风雨的社会人，我应该是感激那些核桃树的。尔今，远离了乡村，远离了核桃，也远离了那些核桃树，但核桃带给我的记忆却从不曾磨灭。

我对那位妇人说："来，给我称二斤！"妇人认真地给我称了。我提着核桃，犹如提着难忘的往昔！

（原文刊载于 2015 年 8 月 19 日《陕西工人报》）

抛瓦

在童年的记忆里，有这样一种景象，让我一直难以忘怀，那就是“抛瓦”。

有过农村生活经历的人都知道，在2000年以前，人们盖房子，多用瓦片封顶，一种谓之“红瓦”，一种谓之“灰瓦”，这两种瓦片都是用黏土烧制出来的。这种经过高温处理的瓦片具有防水隔温的作用，一者防雨雪，二者隔温阻寒，冬暖夏凉。在旧时的农村，瓦片是盖房子必须用的屋面封顶材料。

在老家的农村，盖房子可谓一件最庄重最慎重的事情了，比娶媳妇都郑重，下屋基要看日子，开板筑墙要看日子，上梁要看日子，上瓦封顶也要看日子。因为，对于老百姓来说，盖房是生活中的头等大事，这关系到一家人的生活，关系到一家人的兴旺发达，关系到子孙后代的基业，这样的事是丝毫含糊不得的。

上瓦封顶这一天，全村的人都会来帮忙，自个儿家里即使再有事，也得将手头的事放一旁。一个村里的人，大家都如兄弟，兄弟家最大的事，是不能不去帮忙的，否则，事后会被人戳脊梁骨的。因而，就算是再大的房子，因了人多，一天也就顺顺当当地盖好了。

一家盖房，全村忙碌，一村的男女老少都会到场，男人在屋外忙，女人在屋里忙，屋要盖好，饭也要做好，活卖力地干，饭往饱里吃。这一天，最显手艺的不是饭菜做得如何好，而是抛瓦，抛瓦者惊险绝伦漂亮的绝活是盖房子中最吸人眼球、最惊心动魄且最令人叹为观止的场面。

抛瓦者，多是两人一组，一个在上面接，一个在下面往上抛，好的瓦抛上去，破损的瓦抛下来，一丈多高的房子，瓦片就像飞碟一样，在两个人的手中飞来飞去。那优美的弧线在我眼里，就像是天边的彩虹，有说不出的神奇与美丽。我常常站在旁边一看就是半天，在我的惊讶和钦佩之中，抛瓦者却能谈笑自如、意气风发。

在我以为，单片的瓦就像打球，你打来，我接住，我打来，你接住，这是一种单一的一对一的互动，只需要考验人的眼力和方向感；而抛瓦片不同，它是由很多个单片的瓦组合在一起，一般情况下，最少是五片，五片瓦组合在一起，厚厚的一叠，在抛瓦的过程中，要让这些瓦能按照一个速度飞上去，又能被抛瓦人整个接住，这是一种高难度的技术活。在物理学中，这就牵扯到共振和频率的问题了，五片瓦只有在保持一个速度和频率的情况下，才会成团地在空中抛来抛去，倘若没有掌握好这个速率，瓦片就会自动分离，散向别处，给抛瓦者和接瓦者带来危险。像瓦片这样棱角分明的硬物，是很容易伤到人的。

抛瓦者，在一个村里，最多也只有那么几个人，多是反应敏捷、眼疾手快之人。这是一种能力，也是长期训练的结果，多数人是不敢尝试这项技术的，就算在下面试试手，也少有人敢在盖房子这样正式的场合里到房顶上去显露一番。因为玩得好了是精彩，玩得不好就会出事故，唯有胆大心细者才敢为之。因而对于稳坐屋顶的抛瓦者，人们除了尊敬，就是佩服，因为这样的活并非人人都可以胜任。

一幢房子的瓦片，少则几千，多则数万，这些瓦片全是由抛瓦人一叠一叠地抛上去的。早起的时候就开始，一直到房子盖好算是结束，这种运动几乎要持续半天或者是一天。实在是胳膊酸了，调换个位置，上面的下来，下面的上去，仍旧继续做“抛物线”运动。如果把抛瓦片比作打球，那么这绝对是一场高难度且非常有看点的球赛，这不仅考验人的眼力、心力及定力，而且还要考验人的体力与耐力。每一叠瓦片都有着沉沉的分量，要把它们整团安全地抛上去，送到接瓦人的手中，双方都不能失手，这不仅是一种技术，也是一门绝活，而这种绝活，唯有抛瓦人自己才能掌控。

而今，我离开了农村，再难见到抛瓦的景象了。当然，现时的农村，几乎已没有人再盖那种老式的瓦房了。但那抛瓦的场景，以及抛瓦人的从容淡定与收放自如却时常活灵活现地浮现在我的脑际，那些瓦片仍旧不停地在我的脑海里上下翻飞，一如从前。

或许，很多年后，没有人再见得到抛瓦，也没有人再知道如何抛瓦，当然，也就没有了抛瓦人。那么，抛瓦是什么？抛瓦便成了来自民间的一种久远的传说。

（原文刊载于 2014 年 12 月 16 日《西安日报》）

秋熟，摘猕猴桃去

国庆节，表姐自西安回来，说想吃山里野生的猕猴桃，眼里流露出深深的渴望。我说："现在正是猕猴桃下市的季节，咱们去山里摘，怎么样？"表姐惊喜地说："能去山里摘，那可太好了！"

表姐长我一岁，我们自小一块儿长大，一起打猪草，一起掐韭菜，一起采香椿，一起拾柴禾，我们的童年和青年时代是混合着彼此的味道走过的。后来，表姐嫁到了西安，我们见面的次数便逐渐减少，每一次相聚便变得匆匆且难得。

我去找了西川林区的护林员，说我有亲戚自西安来，欲去山里摘猕猴桃，想请他给我们当个向导。护林员闻言，欣然应允。护林员，长年在山里行走，对山里的地形非常熟悉，山里的野果野菜，哪里有，哪里多，他们都一清二楚，有他带路，我们自然不会空跑。

清早，大哥就为我们准备好了背篓，我和表姐匆匆地吃过早饭，就随护林员上山了。我们来到高砭沟，这是一条狭长幽深的山沟，沟里只住着为数不多的几户人家，人们住的多零散，隔好远好远才会出现一家。我们说话的声响，惊着了看家护院的狗，先有狗叫，接着主人出来，唬住自家的狗，狗就乖乖地立在主人旁边。主人见我们走近，就用好奇而又热情的眼光打量着我们。护林员和他们相熟，说话便显得亲热和随便。打过招呼后我们继续往山里走，绕过几条沟，过了几条小溪，护林员带着我们开始爬山，一边走一边对我们说，路虽然难走点，但是到了地方，保证叫你们一次摘个够。我们听他如此说，上山的劲头顿时足了，紧紧地跟着他。表姐也真是好样的，好多年没进山了，却能跟上我们的脚步，我朝她笑笑，投出了赞许的眼神。

突然，护林员对我们说，到了，看到没？在那棵大树后面，有猕猴桃藤子了。我顺着他手指的方向望过去，果真，有猕猴桃叶子，圆圆的，茸茸的，在树那边一闪一闪的，像是在向我们招手。我和表姐顿时来精神了，大步地走了过去。护林员帮我们拨开猕猴桃树附近的杂枝和杂草，我们来到了猕猴桃树藤下，看到藤蔓上那么多的猕猴桃，我的心里甜津津的，深觉不虚此行。表姐也非常开心，不停地说："太好了，太好了，今天可以摘好多。"山里长大的孩子，对野果总会有着一种特别的舍不掉的感情。猕猴桃，因为猕猴喜欢吃，人们便给它起了一个学名叫"猕猴桃"，但在我们柞水，被叫作"洋桃"，大抵是它身上长毛的缘故吧！它是一种藤类植物，果实呈椭圆形，秋天成熟，果实青褐色，上面密密地长着棕褐色的细细的茸毛。猕猴桃的果实就生长在那长长的藤蔓上，三五个一起，甚至有七八个、十多个长在一起的，一簇一簇的，很是喜人。

我和表姐迫不及待地伸手去摘，护林员说："等一下，让我看看有没有野蜂。"在确认没有野蜂之后，我们将猕猴桃枝压低，开始快速地摘，压根顾不上爬坡的疲劳，一会儿就摘了半背篓，嘴里还不停地说着"今天真是找对地方了，多亏有了个好向导"。我们摘够了想要的猕猴桃，再看看周围，还有好多，但是我们的背篓已经差不多快满了，再摘也带不走，就说："希望会有人再来将这些猕猴桃摘了，要不然会可惜的。"护林员说："没事，过不了几天就会被周围的村民摘了，拿去送给城里的亲戚朋友，城里的人稀罕着呢。"

稍作休息后，我们就背着猕猴桃下山了，虽然背负着重重的背篓，但是心里却是快乐喜悦的。今天采摘到了这么多的猕猴桃，足足可以吃一个秋季，还可以分送给亲戚朋友一些，和大家一起分享我们劳动的快乐和久违的山趣。这种开心满足和成就感，没有参与其间，是体会不到的。

这些才摘下来的猕猴桃是硬的，放上一个礼拜后，猕猴桃就变软了，这时就可以食用了。剥开外面棕褐色的皮，一口一个，浑个下肚，酸甜爽口，甚是好吃。它含有丰富的维生素 C，且有通肠道的功能，是山里人非常喜爱的一种野生时令水果。

我们一步一步坚实地走着，走过的是蜿蜒崎岖的山路，却像是走过一个沉甸甸丰硕的秋季。秋天，在猕猴桃的气息里有了一股酸酸甜甜的味道，且逐渐浓郁芳香了。

（原文刊载于 2014 年 10 月 15 日《陕西工人报》）

小城秋韵

山上的树叶渐次变红的时候，小城的秋天就来了，小城的秋天来得很快，一来就呈铺天盖地之势。

小城四面环山，因而小城的秋天就显得格外地浓烈。在某一个有着白月光的晚上，或者是某一个朝阳升起的早晨，山上的树叶就“哗”地一下改了颜色，起先是由绿变黄，然后在阳光的照耀下开始变红。

山很长，连绵起伏，呈东西走向，顺着公路顺着河流无限地延伸，一直到我们的目光所不能及的地方。一棵棵浓密的树给大山披上了一件厚实的衣裳，山的轮廓便变得柔和而有致。一棵树变红，接着便有很多棵树迅速地变红，很快便红作一片。于是，小城的秋天在人们的期待中隆重地登场了。

最先红了的是那种叫“糖李子”的树，叶坚挺，呈椭圆形。这种树的生长和繁殖力都极强，在秦岭这脉山上极多。树上会结一种指头大的圆果，甜且可以食用，此树故而得名“糖李子”。这种树红了的时候，人们便强烈地感觉出秋天的味道。你说它是花，它却分明如骨般地静立，坚韧挺拔；你说它是树，它却如花一样绚丽夺目，迷乱了人的眼。此时，树已非树，花已非花，它成了承载秋味秋韵秋意的一个载体，它用它火红的叶托起了一个诗意的秋天，秋天便如霞般在天边绽放，绽放出一树又一树朱叶红花，红了山头，醉了深秋。一山红了便山山皆红，红得烂漫，红得热烈，红得妩媚，红得浓艳。在片片红叶中，秋天便如一杯酿造了多年的红葡萄酒，透着诱人的气息，蛊惑着你我，蛊惑着尘世的人们一次一次地走向那山山岭岭。

对秋感知最深的要数诗人了。诗人的多愁善感给秋天平添了无限的意象，秋的情，秋的美，秋的伤，秋的悲，在诗人的笔下可谓是意态万象。他们赞秋，咏秋，颂秋，叹秋，把一个秋天舞弄得万般情态，于是，秋天就变得立体了，抽象了，多维了。

最能表现出诗人对秋天眷恋的，要数金秋诗会了。在盛秋之时，由某个诗人倡导，诗人们便会自发地组织一个诗会。他们择一个阳光明媚的日子，最好有菊花和红叶在侧，来诠释他们对秋天的理解与喜爱。在这个时候，他们绝不读名家的作品，就是再拙劣的诗人，也会用自己的语言写出自己关于秋天的感知与体味。由于诗人，秋天多了一份郑重与庄重，也多了一份浪漫与诗意。

在秋的味道里，有叶的绚丽，也有果的甜香。自八月以后，农贸市场上就在不断地增加着各类鲜果，起先是核桃、板栗，接下来是猕猴桃、山药，然后是红红的柿子。当这些鲜果一堆一堆地摆放在街边或者是行人的脚旁，秋天的味道便已很浓很浓。它们是成熟，它们是收获，它们是一生的成长，它们是从春到秋的孕育，然后，将倾其一生的努力化作甘美的营养，奉献给人类，成为人们口中的美味。为谁辛苦为谁甜？此中幸福，只有果知道。

小城里，既能吃又能让人充分欣赏到它生命的神采的鲜果当数丹柿了。在某一处坡边，在某一个农家小院的门口，或者在某一条深长的巷子里，不经意间，就会出现一树火红的丹柿，圆圆的柿子，硕大而饱满，一撮撮、一挂挂，骄傲地站立在枝头，炫耀着它们的娇艳与美丽。醒目的色彩和另类的丰满，总会召来一些拍客，他们徘徊在树下，不停地变幻着角度与镜头，来摄取丹柿俊美的容颜。丹柿于秋天来说，无疑是最大的盛典，它比叶更厚重，更富有深意。一个生命，从长叶到开花，再到结果，才应该是一个最圆满的结局。虽然每一个生命都期待圆满，但并不是所有的生命都能够圆满，在生长的过程中，它会遭遇种种变故，甚至是变异。生命是一个艰难而又漫长的过程，有自身的因素，也有环境的因素，如果能修成正果，当然更好，没能修成正果，也会有一种别样的美丽。也正是因为有了生命际遇的种种不同，所以才有了如火的红叶和甜美的果实，是它们共同缔造了一个丰盛妖娆的秋天，让我们领略到了秋天不同于别的季节的丰硕与灿烂。

走在小城中，仰首是秋，俯首也是秋，它在我炽热的目光中，它在我行走的步履间，秋的气息无所不在，它正同我如影随形。我从农人手中买过一个柿子，掰开，真甜……

（原文刊载于2016年11月15日《北海日报》）

岁岁重阳

第一次对重阳节有印象，还是我上小学的时候。一天放学，我在路边采了一束野菊花拿回家，母亲说："快过重阳节了！"我好奇地问母亲："什么是重阳节？"母亲望着远方，悠悠地说："重阳节是个思亲的日子！"而后，从我手中接过那束金黄的野菊花，插进了家中仅有的那个蓝色的水晶花瓶里，放在了临窗的桌边，顿时我觉得家中有了一种温馨的味道。

其时其境，我并不能真正理解母亲的心情，多少年之后，我才明白，那时的母亲想起了我的外公外婆。外公外婆过世得很早，我和我的姐姐都不曾与他们见过，我们对他们的印象皆来自母亲的一些时断时续的描述：外婆小脚，是一个很贤淑的老太太，一辈子相夫教子，恪尽妇道；外公很能干，一生大起大落，在年轻的时候曾经创下了很大的一桩家业，却生逢乱世，未得善终。

三年级的时候，学了一首诗《九月九日忆山东兄弟》："独在异乡为异客，每逢佳节倍思亲。遥知兄弟登高处，遍插茱萸少一人。"这是唐朝诗人王维十七岁的时候在长安作的一首七绝，诗人写出了自己离家在外孤独寂寞的异乡生活，同时也道出了自己思念亲人，以及亲人也正在远方的家乡思念自己的思亲之情。读罢此诗，我对重阳节有了新的理解，重阳节不只是思念故去的亲人，也是亲人之间彼此相互思念的节日。

后来的重阳节，于我便有了一种新的意义，我会思念在外教学的父亲，对他的牵挂无端地变得迫切起来。我翻开日历，哦，这一天不是正常的礼拜，父亲无法回家和我们团聚，他还得站在三尺讲台上给学生悉心地讲课。不过，在他工作的间隙，我想，父亲的脑海里也会掠过母亲和我们兄弟姐妹的影子。尽管父亲是一个不善于表达感情的人，但是父亲对我们的爱却是真挚而浓烈的。

不久，哥哥考上了学，离开家去很远的地方读书。于是哥哥成了又一个离家的人，每年的重阳，我们又多了一个思念的对象，我们在思念父亲的同时，也会想念起在外求学的哥哥。我们想知道哥哥这一天除了上学，还会做些什么，他会不会想起家里的我们，会不会如我们想念他一样深切地想念着我们。哥哥的行动证实了我的猜测，哥哥一直是在惦记着我们的。假期哥哥回来了，给我们带回来了新鲜的荔枝，这在我们山里是难得一见的稀罕水果，很多人不仅没有吃过，更没有见过。我第一次吃的荔枝便是由哥哥带回家的，那浑圆的果肉，那莹白的颜色，是那么的美，以至于让我拿在手中久久地不舍得去咬，入口之后的那种香甜，一直留在我的唇舌之间。尽管我后来常常会有很多机会吃到荔枝，但总没有哥哥买的荔枝甘甜醇美，也总没有那时的记忆隽永深刻。

在我的记忆中，很多个重阳节，我们会和母亲一起坐在家门口的大石头上，望着远方的天空，叙说着我们在外的哥哥和父亲，不知他们此时此刻在做什么，身体是否健康，一切会否安然无恙？这一天，哥哥和父亲便成了我们最深最重的牵挂。我们谈着重阳，我们谈着远在异地的亲人，我们谈着他们和我们之间永远也谈不完的亲情，谈至尽情处，母亲说："走，我们采菊花去！"我们兄弟姐妹欣然同往，我们去屋后的高山上采回一大束金黄的菊花，将它仍旧插进那个蓝色的水晶花瓶里。小小的屋子里有了这样的一瓶炫目的花，顿时变得亮丽而温情起来，我们的心也因此变得温暖而充盈，似乎在此时，我们采回来的不是花，而是一束束的亲情。

于是，后来我便明白了，何为重阳？重阳，重阳，便是双阳相叠，自古九为阳，在人们的心里，双九呈天，这是一个非常吉祥的日子。人们借这样一个日子来抒发对亲人的思念，祝福活着的人健康平安，祈祷死去的人魂安九泉，人们赋予了这个日子一种特殊的感情。所以这个节日也就变得与众不同，平添了一些怀念与感伤，又增加了一些牵挂与惦记。岁岁重阳，重阳岁岁，思念的人不同，怀念的人也不同，我们从小到大，年年过重阳，但是每一年的心境又不尽相同。天依然很高，云依然很淡，我们眺望远方的目光却随着时光的流逝在不断地更迭。有的时候，我们的心中会凋落成霜；有的时候，我们的心中会花开满园。无论什么时候，无论在什么心境下，因为心中总有那份割舍不下的牵绊，所以我们在人生的路上不再寂寥，不再孤单，为了让逝去的亲人心安，我们会坚强地生活，为了让活着的亲人不要为我们过多地担心，我们会更加努力地生活。这便是"重阳"这个节日予以我们最深最重的意义。

如今的重阳，又被人们称作"老人节"，人们赋予了它一种新的含义，双九高阳，有久久长寿的意思，旨在希望我们这个社会的老人都能够幸福安康。这体现着社会的高度进步和发展，也是一个社会文明程度的重要体现。时下，尊老爱老已蔚然成风，成为一种时尚。在这个节日里，每个单位和团体都会开展一些老年活动，将尊老爱老的风尚深入人心，让每一个为人子女的人都能记得回家去陪老人过节，让老人尽情地享受着天伦之乐。在当今这样一个时代，老人已不再是社会的弱者，也不再是被社会遗忘的人，他们充分享受到社会方方面面的尊重与礼遇。

只是而今，我的父亲和母亲均已故去，我无法为他们尽一个为人子女的孝心。重阳的时候，我唯有拾起母亲旧有的习惯，采上一束野菊花，为父母，为远在异地的亲人，送去我对他们深而浓的思念。我的手抚过花枝，一股幽幽的花香扑鼻而来……

（原文刊载于2010年10月15日《齐鲁晚报》）

怀念母亲

时至今日，母亲故去已经十个年头。对于母亲，我除了怀念，更多的是愧疚。

我是一个在农村长大的孩子，自小家境贫寒。母亲生了九个孩子，结果只养活了我们兄妹六个。母亲在地里刨，在土里刨，辛辛苦苦将我们抚养成人。

在那个年月，生活是苦的，母亲更苦。父亲是一名教员，在离家很远的一所学校里教书，远且不说，工资极低。家里的活全仗着母亲一个人做，母亲种地、打柴，甚至会常常抬石头修路修地，女人的活她要干，男人的活她也要干。她用她瘦弱的肩膀扛着我们一家人的生活。但母亲极为坚强，从不叫苦，也不抱怨。

为了我们能生活得好一点，母亲年年养两头猪，杀一头，卖一头，以使我们这些馋嘴的孩子有肉吃，手边也能有个买油盐酱醋的钱。那两头猪可将母亲害苦了，母亲一年到头哪儿也去不了，整天围着猪打转转。母亲要打猪草，剁猪草，喂猪，还要侍弄地里的庄稼。一年到头，母亲都在忙碌着，忙完了家里，忙地里，忙完了地里，又忙家里。

白天忙完了，晚上母亲也没能歇下来，哥哥的鞋子小了，弟弟的鞋子破了，姐姐长高了没可穿的衣服了。母亲将大衣服改小，将小衣服拆成片做成鞋子。在昏暗的油灯下，母亲常常一坐就是半夜，很多时候，我一觉醒来，见灯亮着，揉揉惺松的眼睛，发现母亲还在一针一线地为我们做着衣物。我说：“妈，你咋不睡啊？”母亲笑笑说：“你睡吧，我再有几针就好了！”第二天，母亲又带着一双充满血丝的眼睛下地干活了。

年少的我们并不能领会母亲的辛苦，我们个个都很贪玩，很少想到去帮帮母亲。母亲只在忙不过来的时候，才吩咐我们，而我们不是磨洋工，就是耍些个小聪明，千方百计地少干或者不干。

农忙时节，母亲没空去给猪打草，就让我和小伙伴一起去打猪草。我们上了山，在一个平坦的山坡上坐下来，打起了扑克牌，一打就是一个下午。天黑了，看看背篓还是空空的，想到回来不好向母亲交差，用小木棍在背篓里搭上架，然后将路边地里的红薯叶子割了一些，盖在上面，背着竹篓悄悄地往家溜。谁知碰上母亲正在院里撕玉米棒子，母亲见我回来，连忙过来将背篓接下，往地上一倒，看到那些红薯叶子，母亲生气了："你这孩子，怎么这样？叫你去打猪草，猪草没打倒也罢了，怎么去割人家的红薯叶子，小小年纪不学好，净学着祸害人！”并问我是谁家地里的，当晚拿了一升玉米带着我去向人家道歉，自此，我再也不敢在外面使坏了。

母亲有个腰痛腿痛的毛病，一到阴雨天气就会加重。母亲常说她身上这儿痛那儿痛，但我们见母亲身上痛依然能够做饭干活，就不以为意，认为母亲只是说说而已，并无大碍。每天照样有着大堆的活等着母亲去干，我们照样等着吃母亲做好的饭。直到有一天，母亲心慌气短突然晕倒在地。送医院一经检查，医生说母亲有风湿性心脏病，我们才吓着了，我们才意识到对母亲的关心太少，以至于母亲积劳成疾。我们伏在母亲的床前，让她多休息，但身体稍好一点的母亲仍然操心着她的菜园子，操心着她的庄稼，操心着她的猪呀鸡呀。可怜的母亲，为了我们家里的这么多张嘴能吃上可口的饭菜，可谓操碎了心。

母亲做了好饭，总是先给父亲和我们一个一个地盛，每次将她自己放到最后。在我们农村，饺子是平日里很难吃到的饭，因为这既费时间又费东西，所以隔上好长一段时间，母亲才会为我们包一顿饺子，而我们家唯有的原料便是那自产的猪肉和鸡蛋。一大家子人，吃一顿饺子需要耗上母亲半天的时间，做馅儿，擀皮，再一个一个地包，做上半天，吃起来也不过就十多分钟的时间。因为很少做这种饭，我们吃起来都特别馋，比起平日要吃得多，这时母亲就给自己下一碗酸菜面，一个人盛上坐在坎檐边上吃，我也会问母亲："妈，你咋不吃饺子？"母亲则会说："我不爱吃饺子，我喜欢吃酸菜面！"我信以为真。后来舅舅来了，母亲也是这样，她给舅舅和我们下鸡蛋臊子面，自己吃酸菜面，舅舅一语道破天机，你妈哪是不爱吃啊，她是省着让你们吃呀！

家里人口众多，加上我的侄儿、侄女、外甥、外甥女，过年过节总是一大桌子。母亲将我们安顿好后，自己则一个人待在厨房里不停地做呀炒呀，我们吃饱喝足了，母亲也被油烟子熏饱了。很多年，母亲过生日，我们美其名曰是回家给母亲祝寿，到头来，却是我们饱餐一顿，母亲粒米未进。我们兴冲冲地回家，吃饱喝足后，兴冲冲地离去，给母亲留下满桌子的杯盘碗盏和一屋的狼藉。

直到有一天，我突然回家，母亲听到我的声音，一骨碌从床上爬起来，拖着患病的身子，给我打了一碗荷包蛋。我捧着碗，心安理得地吃着。蓦然抬头，我才发现，母亲老了，母亲真的老了，在母亲那满头的白发和黑瘦的脸颊中，我看出了母亲的疲惫。那一晚，我和母亲坐了好久。

但我没有想到，母亲会去得那样快。我总以为母亲很坚强，我总以为母亲有着无穷的能量，因为母亲总说自己有病，却还总要下地干活，母亲躺在床上彻夜不眠，天一亮也照常起来为我们洗衣做饭，哪能想到母亲会说去就去的。可母亲，就在那个冬日的夜晚，在她七十岁生日过后还不到一个月就突然离去。母亲就这样悄悄地走了，她没有打扰我们每一个儿女的睡眠，独自带着一身的疲惫和再也无力支撑的眷恋，静静地去了。当我听到这个消息时，我痴了傻了，我不相信这是真的，我踉踉跄跄地扑到母亲的床前，母亲一脸的安详，一如睡着了一般。我的泪顺着脸颊无言地流下，是不舍，是难过，还是懊悔？几种心结都有，它们在我的心里交织迭荡，将我的心撞击得生痛，而母亲终究去了，永远地去了。

多少年来，我始终忘不了母亲，一闲下来，母亲的身影总在我的身边晃动，母亲的音容笑貌就会浮现在我的眼前。善良的母亲，正直的母亲，贤淑的母亲，仁爱的母亲，您为儿女付出了一生，而您的儿女又为您做了些什么呢？

当又一个清明节来临之际，在这样一个细雨霏霏的日子里，我遥望远方的天空，写下了这篇文字，也记下了一个为人子女的心路历程。很多时候，我常在心里对自己说："母亲，如果有来生，我一定会善待您！"

可是，人会有来生吗？

（原文刊载于2015年7月1日《武汉开发区报》）

不一样的童年

收拾完锅碗，我往沙发上一蜷，摁开了电脑，让劳碌了一天的身心稍事歇息。

儿子推开书房的门，径直走到我面前，俯下身子对我说："妈妈，让我玩会儿电脑吧！"我转过脸说："你的作业做完了吗？"他很爽快地说："做完了！不信你去检查。"我自不含糊："拿来妈妈看了再说！"儿子将作业取来递与我，还真做完了，我说："那和妈妈一起看会儿电视吧！"儿子央求着说："妈妈，你就让我玩会儿电脑吧，我班的同学玩得可拽了，他们玩儿的我都不懂，会被他们笑话的。"我站起身来，拍拍他的头，半怪半嗔地说："这个也比啊！"遂去解除了电脑的密码。

儿子现在的生活，同我们的童年相比，真是一个在天上，一个在地下。儿子有宽绰的房子可以住，有自己独立的书房，每天吃着可口的饭菜，穿着时尚舒适的衣服，玩着各种层出不穷的玩具，品尝着各类名目繁多的食品。儿子的生活何其幸福，我为儿子深感欣慰。

我常给儿子讲我们小时候的事情。儿子好像是在听着一个来自异国的童话，边听还边问："你们小时候怎么会是那个样子啊？"是啊，连我自己也没有想到，短短几十年的时间，我们的生活会有这样大的变化。我欣慰，我感慨，我亦百感交集。

我的童年是在农村度过的。

夏天我们穿着打了一层又一层补丁的衣裤，冬天我们常常穿着棉絮都裸露在外面的袄子，我们的小手冻得通红，小脸冻得乌青。

有一年冬天，我的脚背冻了。爸爸不在家，妈妈在山上修农田，由于无人照管，后来就烂了，溢出黄黄的脓汁，穿不得袜子，也穿不得鞋子，一穿上就会粘住脚背，脱不下来，撕扯着脚背上的肉，那痛啊，真是犹如针扎。我便不能再下地走路，每天要被哥哥姐姐背出背进。

一天晚上，妈妈回来了，看到我的脚烂成了这个样子，妈妈哭了，我用手去替妈妈擦脸上的泪，妈妈拉住我的小手，心痛地说："小女，妈妈明天就去向队长请假！"第二天，妈妈去找队长请好了假。

妈妈找来大蒜辫子、茄子秆子和辣椒禾子，放在锅里煮，然后用煮好的水给我洗脚、泡脚，擦拭伤口，还逮来麻雀，取出麻雀的脑子敷在冻伤部位，据说这是一种偏方，可治冻疮。每天中午，妈妈将我抱出来，坐在院子里的阳光下，用棉花一点一点地将伤口里的脓汁蘸出，然后抹上自制的偏方。过了好久，我的脚才好起来，伤口虽然好了，可是脚背上却留下了一个月牙形的大伤疤。

上学后，每天早晨自己要起来生火。头一天晚上，将剁好的柴禾放在火盆里（那种火盆多是自制的。废旧的洋瓷盆，在它的边沿打上眼，拴上两根铁丝，一个简单的火盆就做成了）。次日一早，用黄豆秆或者是干竹茸引着，将它烧旺，烧到出一些红火炭，然后提到教室里。

妈妈会想着法子给我们改善伙食，漏个玉米凉鱼儿，打个洋芋糍粑，或者烙个玉米饼，蒸个玉米干饭，遇上这样的饭，我们总要多吃好多，而且吃得很开心，一家人围在灶台间，热热闹闹，就像过年一样欢喜。妈妈是个勤劳的人，只要她有时间，她就会尽量让我们这些孩子吃得高兴一些。

稍大一点儿的时候，妈妈就会对我说："小女，你现在是大孩子了，应该帮着家里做一些事情了。下学了，跟着村里的小姐妹，一块给家里打打猎草，拾拾柴啊，将弟弟领着。"于是，每天放学之后，我和弟弟各自背上一个背篓，约上村里的小伙伴，来到田野里，小河边，山坡上，有柴就捡柴，没柴就打猪草，反正回家竹篓不能空着。那个时候，家里养有两头猪，其中一头是母猪，特能吃，可是最终一个猪仔也没下，后来被杀了腌肉了。

再后来，更不用说了，家里的活儿我们都得分担着。

母亲患有严重的风湿病，不能受冷，不能受凉，一遇冷，就会手脚麻木，失去知觉。一到冬天，洗衣服就是我和姐姐的事。姐姐出嫁后，家里洗衣服的活儿就得我来做。在农村，用水都是从河里挑，冬日洗衣，多是先在家里用热水洗了头遍，然后再拿到河里清洗，这样就可以省去很多水。一家人的衣服，足足有两竹笼，母亲帮我挑到河里，我就一件一件地清洗。数九寒天的时候，河面上会结出一层厚厚的坚冰，砸开一个大窟窿，将衣服放进冷彻入骨的河水，温热的手顿时变得冰凉。几件衣服下来，手便冻得麻木，不能自由地屈伸，只得将手塞进棉衣里依靠体温来捂热，然后再洗。就这样得反复好多次，才能将衣服洗完。回到家里，母亲先倒出热水，才兑入凉水，让我把手放入温水中，将寒气一点一点地从我的手上、我的胳膊里吸出来，得好久，人才能恢复到正常的体温。

我说的这些，现在的孩子已经没有办法体会到了，但那些童年的记忆，于我，却是刻骨铭心的。我们这一代人，饱经生活的艰辛与磨难，也感受到了生活的幸福与甘甜，过去生活太多的艰苦，让我们更加珍惜眼前的幸福。

现在洗衣服有全自动洗衣机，自己只放只取即可；做饭全都是电器化，干净卫生又省时间；冬日有暖气，夏日有空调，四季的冷暖似乎在不经意间已转换。我们住着宽畅明亮的房子，为孩子提供最好的教育，所有的父母都在竭尽所能给孩子一个无忧无虑、健康快乐的童年。我不由得深深感慨，儿子这一代人是幸福的，更是幸运的。

当我写下这段文字的时候，夜已深深，我却辗转不能入眠。我的童年，儿子的童年，这两种落差很大的画面，不停地在我的眼前交替出现，过去与现在，苦涩与甘甜，最后定格成一个画面：一轮红日冉冉升起，万道霞光洒向九州方圆，红红的光辉，照在我们的家里，照在儿子的身上。我带着微笑甜甜地进入了梦乡。

（原文获得新中国成立六十周年金丝峡杯散文大赛二等奖，
并刊发于《阳光报》）

关中麦客

麦子熟了，令我想起了麦客，那些活动在关中平原上的麦客，曾经是这片辽阔的土地上一道最夺目的风景。可是随着收割机的大量出现，他们已经渐渐地从我们的生活中退出，淡出了我们的视线，成为一道历史的缩影。

关中平原地域辽阔，在工业相对滞后的年代，博大的土地除了种植粮食，也似乎不能再做什么，靠地吃饭的农民唯有广种薄收。他们种下了大片大片的庄稼，收获以后，一部分留给自己吃，一部分用来卖钱。在所有的作物中，麦子的成熟期最短，麦黄时节，也就是半月左右，不赶快收割，麦粒就会炸裂在地里，若遇上雨天，未能及时收割回来的麦子就会长芽，当地人称它“芽麦子”。这种麦子做出来的食物口感会差很多，有甜味，且做不成像样的饭食，比如说擀的面条，就不够筋道，煎饼就烙不成整张。所以麦收一定要抢时间，这便为麦客的出现提供了市场。

甘肃、商洛及安康地区的人们，便是这些麦客中的主力军。关中平原光照时间长，所以麦子就成熟得早，而高山地带，光照时间短，麦子就成熟得晚。麦客算着麦黄的时差，从一个地方赶往另一个地方。

每年的五月底至六月初，关中的麦子渐次金黄，麦客们就开始整理自己的行囊，准备外出割麦。家人给他们准备好铺盖和干粮，最重要的是还要有一把锋利的镰刀，这是他们出门挣钱的工具，能不能赚下钱，就看有没有一把好镰刀。刀利落，割起麦子来就轻松，而且能赶得出活儿。因为他们在给雇主家割麦的时候，往往是以亩数来计工钱的。在算好的时间内，他们拎着行李就上路了，从东向西一路割过去。

他们来到麦熟的村庄，等待着被雇，找到了活儿，麦客就扛着行李跟雇主走了。雇主将他们带到自己的田地边，在指定的麦田里，收割成片的麦子。

六月的关中平原，四点多钟天就亮了，麦客们在微弱的光影中就开始了一天的劳动，他们在黎明的天空下快速地挥舞着镰刀，麦子在镰刀的嚓嚓声中纷纷倒地，当太阳出来的时候，他们已经割下了一大片的麦子。作为麦客，他们从来不知道什么叫作累，只是在汗水漫过脸颊的时候，取下脖子上的毛巾擦把脸，然后又搭在脖子上，继续俯身割麦。他们挥洒着汗水，在收割麦子的同时也收获希望。

为了赶时间，吃饭多会由主人家送到田地间，他们就蹲在田间地头，三下两下将饭扒拉完。搁下碗，顾不上歇息，又拾起了镰刀，看着那一片片在他们手中倒下的麦子，他们的脸上就会浮现出满意的笑容。作为麦客，他们的全部希望都在麦田里，能多割麦子就能多赚钱，每一个出门的麦客都希望自己回去时口袋能多装一点钱，不让自己失望，也不让家人的希望落空。

中午的太阳像火一样炙烤着大地，空旷的关中平原就无遮无拦地暴露在火辣辣的太阳之下。灼热的太阳烘烤着大地，也烘烤着麦客汗流浃背的身体，高温熏蒸出来的汗液令他们的衣服和身体粘在一起，像被雨淋过一样湿漉漉地难受。更糟糕的是，还有那些蚊虫，嗅着他们的汗味相继而来，一两个他们是懒得理会的，多了，痒得难受，他们不得不取下头顶上的旧草帽使劲地扇两下将他们赶走。这些讨厌的小蚊虫被赶走了，一会儿就又飞来了，无可奈何的麦客只好顶着被它们叮咬的困扰继续割自己的麦子。一天下来，麦客身上裸露的地方就会有一个一个的小红点，奇痒无比，但这些他们都得忍受，因为他们是麦客。

一天下来，腰酸背痛，疲惫不已，麦客匆匆地用过晚饭，倒头便能呼呼大睡。对于麦客，主人家一般是不提供住宿的，他们会在主人家的屋檐下，或者是废旧的棚屋里，将自己所带的铺盖卷摊开，席地而眠，一会儿便发出了“呼呼”的鼾声。

这样艰苦的生活，这样大的劳动强度，一般人是难以承受的。只有麦客，为了讨点生活，苦挣苦熬，他们在卓绝的劳动中让他们普通的生命生发出了令人无比震撼的生命力。他们就像一群离家的候鸟，在异乡的土地上迁徙，不停地从一个地方到另一个地方，不为别的，只为收麦，那金黄的麦子就是他们眼里全部的希望。

当关中平原上的麦子被一茬一茬地割完，山里的麦子也快成熟了，于是又匆匆地赶回家里，收割自己地里的麦子。当所有的麦子全被割完，麦客的使命才算完成。

如今，现代化的收割机代替了麦客的原始劳动，麦客已经在这片土地上消失。路过金灿灿的麦田，仍会不自觉地想起麦客们弯腰挥镰割麦的场景，而那已经成了逝去的记忆，眼前的收割机和那些麦客显然是两种截然不同的画面。

曾经的麦客已然远去，如今的他们，或许正以另一种方式在更好地生活着！

（原文选入 2016 年《新高考·语文学习》第 7 期）

观荷

鲁院里有一池荷塘，在我们必经的地方，出出进进，我们都要从它身旁经过。因此，我们无法忽略它，甚至还不得不重视它。

池塘呈湖泊状，不算太大，却颇为精致。它静静地卧在我们必经的路边，聆听着我们每一个人或快或慢的脚步声。

初来的时候，荷塘里是没有荷的，只有许多鱼。这些鱼多是红色的，大大小小，在池塘里欢快地游来游去，过着不知天上日月的生活。

某一日，池塘里的鱼被打捞，水被放干，问起，说是要种荷。于是池塘里便被放进了一些咖啡色的瓦盆，原来，鲁院的荷是这么被种出来的，新鲜，我的心中充满了好奇。

好奇之余，我就在想，这些荷会怎样地生长出来呢？数天后，荷塘里冒出了豆瓣般的小芽，然后慢慢地长到指头大，再到铜钱状、饼干状，最后冲出水面，游浮于池塘。不几日，荷塘便变得生机勃勃了，那些嫩绿的小叶挤挤挨挨在水面，像一群调皮的孩子，簇拥在那里，释放着生命的美和纯真。于是，每每打此经过的时候，便要在荷塘边停驻一会儿，用我十二分的好奇观望着这些荷们生命的律动。

荷塘里因为有了荷，便日日有了些变化，荷叶长大了，长得肥厚了，鲜绿了，荷茎长高了。这些变化虽然细微，但是它每一天都跟前一天不一样，在不经意中，荷悄悄地生长着，一如在我指缝中溜走的时光。荷每长大一天，意味着我在鲁院的日子会少一天，因而我的心情是喜忧参半的。之所以言喜忧参半，说到底，我是恋着这儿的，恋着这儿的一草一木，恋着这儿的人文气息，恋着这片可以滋养我心灵的园地。在这里的每一天，都被书香填充得满满的，归去之后，这样的日子可否再有？归去之后，这样的心情可否再有？

起初，我以为这是一池睡莲，因为它们在很久的一段日子都浮游在水面。可是，突然某一天的早晨，有数枝跳出水面，亭亭于池塘中，像一个个舞蹈的小姑娘，随风摇曳，虽然那身子仍是小小的，矮矮的，甚至是弱弱的，但是已让人觉出与往日的不同。它们是要往高长的，它们是要从水中站起来的，它们是不甘于做一池睡莲的，它们是要做一池风情万种、摇曳生姿的荷的。于此，我又是喜欢着的，我喜欢富于变化的生命，我不喜欢生活的单调和一成不变。开始是数枝，后来便变成了一簇簇、一团团，它们相互簇拥着，团在一起，像一个个小家庭，或者说更像村庄中分布均匀的房舍，相互之间独立着，却又是一个疏密有致的整体，点缀着鲁院的一角。

在池塘旁边，端坐着一位先生，青衣棉袍，双目眺望远方，一副沉思状，朱自清先生是也。来到北京，在鲁院的荷塘还未鲜绿之时，我去了清华学府，只为看一看先生笔下的荷塘，体味一回先生笔下的荷塘月色。

那是一个春日的周末，我与同学相携，走进了清华园。一走进园内，便急急地寻找记忆里的荷塘。在清华学生的带领下，来到了朱自清笔下的荷塘。荷塘中的荷尚未露头角，只是一些小浮萍，静静地漂浮在水面上。荷塘边有一些学生在读书，荷塘恬静并安详着，充溢着书香之气，我们在荷塘边徘徊着，体味着朱自清笔下的荷塘的意境。只是，那些曼妙的荷，那些美丽的荷还没有新长成，徒留一种寻而不得的遗憾。其实，我也知道，时代是在变的，就算是我真正见到了朱自清笔下的荷塘，我的心境同朱自清彼时写这篇文章的心境也是不一样的。在那时，他写这篇文章，心情完全是低落的，对现实是悲观和无奈的，他把对现实的不满和逃避寄托在这片荷塘上。而现在，百姓安宁，生活祥和，江山一统。只是先生笔下的荷塘月色太美太美，以至于让我循着那片荷塘月色矢志不渝地走上了文学道路，并且一路循到了北京，循到了鲁院，循到了心中那个美不胜收的清华园。

如今，历史已远，乾坤另立，那个时代已经一去不复返。此时此境，先生观望这一切，该是欣慰的，也该是展露笑容的。他苦苦担忧和希冀的一切，今日，终于得以实现。先生安处荷塘边，观望着一枝枝新荷的自然成长，观望着满池泰然的荷塘月色，心情该是平静、淡定且惬意的。他们那一代人的努力和奋斗都是为了这一天啊，为了所有人都能够过上幸福安宁的生活。而今，他的这个愿望已经得以实现！

荷花一天天地长大，一天天地长高，如拔节的竹笋，“噌噌”地向上蹿，长到两尺高的时候，打起了花骨朵，圆嘟嘟的，极饱满。于是，每一天的清晨和黄昏，我们就倚坐在荷塘边，静等着荷花的开放，因而鲁院的池塘边便常常留下了学员们一阵又一阵清脆而透亮的笑声，惊得池塘的鱼儿四处逃散。待笑声过后，它们又再游回来。时间久了，已成习惯，它们已不再惊，亦不再逃，鱼儿知道，这是一伙没有恶意的书生，因为他们还常常带来面包屑和碎馒头喂它们，他们只是，只是喜欢这一池绿色和生机。

某一天，有同学兴冲冲地发布消息，荷花开了！人皆问，真的开了？真的开了，可不是，不信你们看去！我急急地去了荷塘，开了，荷花真是开了，虽然只是一朵，但已令满池生辉。那粉粉的，嫩嫩的，如初生的婴儿那样明媚与可人，让人情不自禁地喜欢。这是新荷，鲁院的第一朵荷花，开在北京仲夏的天空，如一只破茧而出的蝴蝶，醉了荷塘的天空，醉了鲁院的夏阳。

一朵荷花开了，接着便有很多朵荷花开放，它们像一群豆蔻年华的少女，灵动而娇妍地开放着，令荷塘妩媚嫣然。只是，只是当满池荷花开放的时候，却是我们该离开鲁院的时候了。我站在荷塘边，心中充满了感伤，荷呀荷！在你最美好的时刻，我却要与你别过，此一别，将是何年？相信，我还会再来，只是不知是不是在你最美的时刻？

我用手机留下了与荷最后的影像，而这片荷塘也会是我心中最美好最恒久的向往。此后，别处也是有荷的，但它终究不同于鲁院的荷了，那么，我且将它珍藏在心间，让它时时在我心中散发着文辞墨香。

又一轮朝阳升起，我再看了一眼那些兀自妖娆的荷，别过……

（原文刊载于2016年7月22日《中国建设报》）

第二辑　真爱无言

路中间的一棵树

我是一棵树，路中间的一棵野生核桃树，我在这条路上生长了多少年，以我的树轮计算，少说也该有一百年了吧。

说到野生核桃树，多数人是不认识的。它没有饱满的叶片，没有鲜艳的花朵，甚至也没有浑圆的果实，在不认识和不了解的人眼里，常被误认为是漆树，或者是臭椿树。因为，它跟人们日常见到的经常吃的核桃的核桃树太不相同，又因为野生核桃多生在深山大林中，多数人难得一见。他们并不认识这种树，也没人理睬这种树，就算有认识的人，他们也会觉得野生核桃的壳太厚太坚硬，想要吃到里面少许的一点果实，实要费上一番力气。山里人有句口头禅："三棱子核桃要砸着吃。"说的便是这种野生核桃。就算是费好大的力气将其砸开，也不能轻松地剥出里面的果肉，更何况壳一厚，果肉便少。还得要用针及铁丝，或者是小刀掏着吃，及至掏出，果肉也成了小米粒，既没有吃相，也没有看相，费神费力太不划算。因此吧，这种野生的核桃，一般多是自生自灭，春生秋落，或者成为一些鸟雀和松鼠的口腹之食。

我作为长在牛背梁这样的高山大壑中的一棵核桃树，多少年来，几乎无人问津，当然，我也是很少有机会见到人的。我寂静地生，寂静地长，寂静地长在这深邃幽静的秦岭山中的牛背梁，没有人知道我的欢乐，也没有人懂得我的孤寂。我就这样默默地生，默默地长，从春到秋，从冬到夏，在岁月的更迭中，增加着我一圈一圈的年轮。

春天，我会开出不起眼的小花，细细的、碎碎的，暗淡的黄绿色，像一条并不被人们喜欢的毛毛虫，遍布在绿叶之间。没有明亮的颜色，也没有鲜艳的花朵，更没有芳香的味道，甚至还带着一点淡淡的苦涩，因而引不起任何的注意，就连蝴蝶和蜜蜂，也很少到我跟前来，它们只喜欢鲜艳的花朵，追逐芳香的滋味。

其实，很多年了，我已经习惯了这种寂静和孤独。可是有一天，牛背梁上来了一群人，说是要在这里开发一个森林公园，他们在这座山上跑上跑下，跑出跑进，也在我的身边跑来跑去，最后，一伙人在我的身边站住，研究我的去留问题。有人说，这个地方要修条路，这棵树正长在路中间，碍事，应该将它砍掉。一个年龄稍长的长者开腔了，说这棵树应该留下，虽然野生核桃不是名贵的树种，但这棵树少说也有上百年的树龄了，砍了挺可惜的，咱们建的是生态公园，就是在不破坏原有植被的情况下进行原生态建设。于是，我就这样被保留了下来，留在了路中间，他们在我周围筑石铺路，独独绕开了我，我没有受到一丝伤害和疼痛。为此，我的心里充满了感激与感恩。独处的时候，我会情不自禁地想，如果我被砍下，能做什么呢？被人做成家具、肉板，抑或被人劈成柴火，扔入灶炉，化为灰烬，这都是有可能的。

牛背梁国家森林公园建成，我就这样，站立在了道路中间，成了最显眼和最耀眼的一棵树。本身，我是再普通不过的一棵树，可是，因为生态保护，我成了一棵重要的树，成了一棵来牛背梁的人都无法忽略的树，他们来来去去都要从我的身边走过，他们说的悄悄话，甚至包括亲昵的爱语我都能听到。这么多年来，我见证了无数的人与事，南来的，北往的，说普通话的，说方言的，男的，女的，老的，少的，城市里的，乡村里的，无数的人，无数的欢喜和悲伤，我都看到了，并且与他们一同悲与喜，一起经历着人生和岁月的四季。在这座山中，他们从不避讳我，我也一直坚守着他们所有的秘密，他们是我身边的过客，而我却是他们一生中最忠实的朋友。

所有的生命在大自然中都是平等的，就像是红花和绿叶一样，各有各的美丽，各有各的风韵，绿色的叶和红色的花，都是大自然中不可分割的一部分，各有各的价值，也各有各的风情。就正如，我作为一棵野生的核桃树，没有吃相，也没有看相，甚至没有卖相。但是，这几年来，因为我长在路中间，秋天的时候，一些游客从树下经过，见到地上滚落着我的果实，就小心翼翼地拾起来，剥去皮，拿到泉水中一清洗，他们看出了我的价值，说我的果实可以作为文玩，或者用来赏玩，或者用来健身，或者用来雕刻。于是，我便成了文玩核桃。想必许多人读过魏学洢的《核舟记》吧，这个小小的精妙绝伦的核桃小舟，刻的是苏东坡与黄庭坚一行游赤壁的事。有人五，有窗八，还有对联几幅，并且都能看得清清楚楚，刻艺不能不说是精湛，内容不能不说是饱满，而这个精巧的核舟，便是用小小的野核桃雕刻成的，正是因为它的厚度和硬度，它有了供人雕琢和玩味的价值。他们在树下认真地找寻我的果实，于我又似乎是莫大的安慰，仿佛在他们的认真中找到了我存在的价值和意义。牛背梁是“养在深闺人未识”，我又何尝不是“养在深闺人未识”？

在以前的人们的认知里，我是吃不能吃，看不能看，犹如鸡肋，食之无肉，弃之可惜；现在，我又成了人们眼中的艺术品、稀罕物，他们将我捡拾起来，或者串线成珠，或者握在掌心通经活络，或者用来雕刻成各种各样的艺术珍玩。小小的野生核桃，也从深山里走进了都市人的生活，有了存在的意义和价值。因此，对于生命，我更加热爱和珍惜，我希望我能够活得久一点，再久一点，永远青枝绿叶，青葱茂盛，绿绿地站在这条路的中央，为人们送来生机和清凉，以不负这无数人对我的关怀和爱护。一棵树，就应该永远地开枝散叶，呈现出生命的蓬勃和活力，我愿意和牛背梁所有的树一样，为人类绿水青山的梦想贡献一份微小的力量。大自然不以我而伟大，而我却愿意因为爱和呵护绽放出生命全部的光芒。

我这么想着，雨便来了，好像上天通晓我心事似的，为我洒下春日的甘霖，让我心愿达成。雨细细的，以润物细无声的姿态慢慢地滋润着我，一会儿，我的叶子便鲜绿起来，有了水汪汪的清灵。

哦！我见青山多妩媚，料青山见我应如是。

（原文刊载于2020年6月6日《人民日报》海外版。

原名《我是一棵树》，现更名为《路中间的一棵树》）

牛背梁之春

春天来了，牛背梁又开始慢慢地变绿了。牛背梁的春天比柞水县城的春天总要迟上半个月左右，因此，城里早已草色青青了，牛背梁才开始渐渐地返青。常言道，山高气寒。高一丈，不一样，更何况牛背梁海拔2800多米，因此，这绿色便显得格外柔嫩、妩媚，甚至带着一点婴孩般的淘气和顽皮。

山体的绿是从山脚下开始的。起先是那些溪边的小草，慢慢地，到山坡上，到树梢上，再到一座座峰峦叠嶂连绵的群山，就像是一个画家在宣纸上泼墨似的，一点一点地晕开，依次渲染过去，最后成为一幅五彩缤纷的水墨山水画。

望着青青的牛背梁，记忆又如潮水一般汹涌而来。

我是在2010年的春天来到牛背梁的，也是这样一个树木泛着鹅黄新绿的春天，阳光和暖，草木开始吐绿，我以一名工作者的身份走进了牛背梁。此次上牛背梁的任务是给牛背梁景点取名。那时，牛背梁国家森林公园才开始开发，我被抽调到牛背梁管委会，就是为牛背梁做文化包装的。我们拿着笔和本子，还有照相机，为了随时随地抓住那些稍纵即逝的灵感。

牛背梁真是一个奇特的地方，它有着小桥流水，也有着高山大壑；它有着崇山峻岭，也有着峰林秀谷；它有着世纪冰川，也有着我们司空见惯的草木。在它的脚下，是乔木和灌木混杂的山林；到了半山腰，就成了高大笔直的灌木，高耸入云，有的要几个人环抱，有的如儿孙满堂，有的如五子登科，最大的一棵树上竟多达21个分枝，就像是一位老人养育了21个儿女，有曰“树中之王”，有曰“树仙”，我们给它取的名字是“合家欢”，因为不论怎么看，它都太过于神奇和不可思议，总能诱发人诸多的想象与联想；再到高山上，就成了遍地的毛竹和盆景，还有那一棵一棵红的或者白的桦树，我们叫它红桦或白桦，有着薄薄的通透的皮。最奇特的是，在这寒气森森的山上，还有众多如牡丹般娇艳美丽贵气的花朵，这种花儿就是秦岭上有名的“高山杜鹃”。每年4月中旬开放，天气好的时候，花期一直可以延续到5月中旬，因此，春天到牛背梁上赏杜鹃花，是柞水人的一大雅趣。这美丽的杜鹃花不止柞水本地人喜欢，远远近近的人都喜欢。每年春天，秦岭内外的人都会抽着闲时来牛背梁走一遭，如若没有看到怒放的杜鹃花，好像整个春天都不曾隆重地降临。

站在牛背梁上，我总会情不自禁地想：牛背梁的春天，可否也是我的春天？我就如牛背梁上的一棵小树苗，这么多年来，孤独地生，孤独地长，孤独地成长到今天。终于，在经过数年的艰苦奋斗之后，可以用自己的特长为社会做一点事情，让自己有限的生命有了些许价值。或许在旁人眼里，觉得我是苦尽甘来，其实于我来说，我的人生才刚刚起步。总觉得以前的时光有些浑浑噩噩，不知所向，不知道自己究竟该做什么，能做什么，究竟该往哪个方向发展，当然，也因为自己没有合适的位置和平台。而今，蒙领导赏识，让我来做一份自己喜欢做而且力所能及的事，于我来说，有多幸运，有多欣慰，有多喜悦，又有多感恩。我是抱着一颗一切从头再来的心来到牛背梁上班的，这里将是我人生新的平台、新的起点、新的航线。我带着十二分的虔诚和认真，走进了这样一个新的单位。

当时，牛背梁国家森林公园刚刚筹建，工作人员都是从四面八方抽调来的，有水利的、林业的、工程的……众多人组成了这样一个筹建单位。在这个单位，每个人都倾尽所能，有一分力出一分力，有一分光发一分光！在保持一切都是原生态的情况下建造，可牛背梁却以破天荒的速度进展着，三年竣工，完成建园。作为牛背梁人，是多么自信、自豪和激动！牛背梁国家森林公园以原生态的国家级森林公园面世，以其秀、峻、险、幽、奇，吸引着远远近近的众多来客。不要说游客喜欢，就连我这个整天在牛背梁工作的人，也总是流连忘返。

牛背梁最大的特点是景观的多样性，它有峡谷风光、峰林风光、高山风光，还有牛背草甸。登一座山，可以看到百花开放；登一座山，可以从峡谷到高山再到草原，甚至可以从春天到冬天。在这样的山上，说它“一日历四季”，一点都不夸张。在山脚下你还穿着短袖衬衫，到了山顶，就要穿棉袄了。如若看到牛背梁顶的植被，那些如鸡骨头一般的树木，若盆景一样矮小苍劲，便会明白，牛背梁的风有多么凶猛和凌厉！也只有在这样高寒而冷峻的自然环境中，才能长出这么遒劲而有力度的树。正如人一样，只有在艰苦的环境中，才能成长为优秀的人才。人生总要吃过一些苦，才懂得珍惜和奋斗，真正的人才都是经过千锤万凿的。俗话说：不经一番寒彻骨，哪得梅花扑鼻香？

终究，我没有辜负牛背梁，牛背梁也没有辜负我，它给了我坚韧顽强的意志，而我给予它一腔火热的真情。我在那个万物萌动的春天深情款款地走来，在三年后的那个春天，杜鹃花开得正艳的时候离开。

蓦然回首，离开牛背梁已经六年了，可牛背梁上的一草一木、一花一树，甚至是一只羚羊或者燕雀，在我心中还依然是那样熟悉与清晰，依然是那样深刻与隽永，就像一个我亲手带大的孩子，闭着眼睛都能知道他哪里有颗痣。

人的一生，就是这样，每走一步，脚下就会留下一串串深的或浅的脚印，正是这一串串脚印，串起了我们或苍白贫瘠、或丰厚饱满的人生。路在脚下，我们人生的每一条路如何不是自己一步一步脚踏实地地走出来的呢？

2020年的4月20日，又是一个春天，牛背梁的天空飘飞着蒙蒙的细雨，到处氤氲着青草芳香的气息。一个年愈六旬的老人君临牛背梁，他带着“绿水青山就是金山银山”的梦想，登上了雄伟高峻的牛背梁，希望我们的山永远青着，草永远绿着，希望我们永远与大自然为友，保护大自然，做大自然最忠实的守护者，远离杀戮和伤害。我们不仅要想着当下，谋在当下，更要为后世子孙着想，只有这样，人类才有长久的幸福和安乐。

山不在高，有仙则名。水不在深，有龙则灵。在这一座山里，老子骑过牛，李白醉过酒，唐太宗题过字，孙思邈采过药。而今，这个肩挑江山社稷、心怀天下的老人也来了，他带着国民的幸福和安乐，带着人类的梦想和未来，深情款款地来了，于是牛背梁的雨变得分外迷人。神秘的牛背梁，以秦岭主脊东段最高峰而君临天下，让众多的文人墨客，以及贤者智者前来寻访探幽。于是，一座山便不再是一座简单的目力所及的山，它有了一种深深的内涵与人文精神！

（原文刊载于2020年5月4日《中国文化报》）

油灯下的母亲

坐在明亮的电灯下，我的眼前常常晃着的是一盏小油灯，还有油灯下母亲坚定的身影。

那是一盏旧式的煤油灯，在童年的很多年中，家中一直亮着这样的一盏灯。灯是用墨水瓶做的，在用完的墨水瓶的铁盖上打一个小孔，再用铁皮卷一个两寸长的小铁管，从瓶盖上那个绿豆大的小孔穿过去，小铁管一定要比瓶盖上的孔略大一点，要不然就卡不住。瓶盖上留出指头厚的一截小铁管，然后将搓好的旧棉花用细铁丝推进去，瓶外露出绿豆大一点的棉花就行了。再给瓶里倒上大半瓶煤油，一个小油灯就做好了。儿时的家中，经年用的都是这种灯，包括过年，也是一样。

因此，童年的夜晚，是小油灯陪着我度过的。

与小油灯相伴的，还有我不知疲倦的母亲。

每天晚上，天色暗下来的时候，母亲就点起了小油灯，为一家人烧好了洗脚水，做好了夜饭。各人都在脚盆里洗了脚，吃了母亲粗粮细做的杂饭，一天在地里的劳动才算结束。

吃完了夜饭，便是一天中自由活动的时间。大家坐在灯下聊天，抽烟，干杂活，而我的母亲，就打开了她的针线包，开始做针线活。

我们兄妹六个，加上母亲和父亲，一家八口人的穿戴都在母亲的手上，她要为我们做鞋子，缝制衣袜，还要缝缝补补。一年到头，她的手都没有闲着，做完了大的做小的，做完了小的又得做大的。衣服且罢了，鞋子尤其穿得费，一双布鞋，穿不上两三个月就烂了，不是脚底穿通了，就是脚指头给鞋子撑破了，常常是这个的鞋子刚刚做好，那个的鞋子又穿烂了。我的母亲一年到头都歇不下，一年到头都在做鞋，做完了单鞋做棉鞋，做完了棉鞋，又要做过年的新鞋，在我眼里，母亲年年都有做不完的鞋。

而这些鞋子，都是母亲用晚上休息的时间为我们做的。白天，母亲是没有时间做鞋的，地里有好多活等着她干，她只有在天黑之后，在油灯下为我们做鞋。那盏油灯呀，永远都是那么昏着、黄着的，在灯下读书，常常是看不清的，得将头凑到煤油灯跟前，才能将就着看，稍远一点，看着字都是模糊的；而我的母亲，常年就在这样的灯下做着针线活，大睁着眼睛，一做做到深夜。因为灯光暗，因为熬夜久，因为全神贯注，母亲的眼里常常布满了红血丝。

当别的屋子都响起了均匀的鼾声时，母亲的屋子里灯还亮着。我和兄弟姐妹都折腾累了，香甜而困倦地睡了起来，母亲仍在油灯下一针一针地纳着鞋底，没有焦躁，没有不耐烦。针涩了，她在头上划一划，眼睛睁不开了，她抬起头来看看熟睡的我们，看一会儿，似乎就精神了，又一针一针地纳了起来，好像我们就是她的兴奋剂，我们就是她的力量，我们就是她永恒闪烁着的希望，我们可以让她永远不知疲倦地做着手中的一切。母亲啊，母亲！

常常一觉醒来，我迷迷糊糊地睁开眼，屋子里的灯还亮着，我在睡眼蒙眬中看到仍然端坐着的母亲的身影，心痛地问一声：“妈，你还不睡呀？”母亲说：“你们睡，我再纳一会儿，想睡了就睡！”母亲哪里是不想睡呀，她是想挤着时间给我们做衣服鞋袜呀，她害怕我们没得穿，害怕我们冻着。她跟我们一样的肉身，会知道累，会知道乏，怎么会不想睡呢，又不是铁打的。我虽然心疼着母亲、怜惜着母亲，但瞌睡来了，身不由己，一会儿，我便又呼呼地睡去。母亲仍旧一个人独坐在煤油灯下，一针一针地纳着那鞋底，在昏暗的灯光下，母亲的身影被拉得比黑夜还要长。

我不知道，在油灯下，母亲弄断了多少口钢针，在油灯下，母亲戳破了多少次手指头。灯实在不亮了，母亲将烧焦的棉花头用针挑挑，让煤油从下面渗上来，灯光又能稍亮一点。母亲就这样不知疲倦地为我们缝制着生活。

一日日，一月月，一年年，在这盏油灯下，母亲送走了我的二哥，送走了姐姐弟弟和我。我们一天天长大，母亲却在一天天地老去，我们渐渐地离开了母亲，但油灯下的母亲，却是定格在我心头的一幅永不褪色、永远生动鲜活的画面。每每想到母亲，我的心里就无比温暖。在那盏油灯下，我们有着怎样温暖温馨的时光，母亲就像一只母鸡保护着小鸡崽一样，生怕我们被时光和生活伤害，她用她那并不丰满的羽翼，保护着我们一年一年地长大。在那样艰难的岁月里，我们既没有冻着，也没有饿着，我们兄弟姐妹都有着一个温暖而幸福的童年，这是我们应该永远感激和怀念的。

现在，已经少有人再使用煤油灯了，煤油灯的年代已经过去，而油灯下的母亲总会时不时地闪现在我眼前。那盏小油灯尽管昏黄，但是它却一直在温暖和照亮着我的人生，让我循着那盏灯的光亮一路向前。

今夜，月凉如水，霜寒露重，我又想起了母亲，又想起了那盏小油灯，以及油灯下端坐如佛的母亲的身影……

（原文刊载于2016年10月21日《中国艺术报》）

玉兰花盛开的春天

走进北京，走进鲁院，第一个迎接我的竟然是玉兰花。

这些玉兰花，就像是列队的哨兵，整齐地排列着，在我的眼前一直延伸过去。

家乡也是有玉兰花的，因而我识得。在童年的村庄，在我每每走过的道路旁，有两株高大的玉兰花，独独两株，这一点，一直让人深为奇怪。

在我们方圆几十里的地方，也只有这两棵玉兰花，但我们不叫它“玉兰花”，只叫它“望春树花”，因为它是最早带来春天讯息的花儿。它一开放，春天便接踵而至，故有“望春”之意。

每年，在树木还没有发青的时候，望春树花就开了，在那一片山野里开得雪白雪白的，就像是一个个跳上枝头的白鸽，吸引着人们的目光。于是，我们每每上学或者是下学的时候，便会在那条道路上逗留。我们想摘上一朵两朵，却又够不着，只有看看，站在路边，或者是越过小河，在树下看看，即便是那样，整个春天于我们来说，也是美丽的。

望春树花开的时间比较长，前后可以开到半个月左右，它慢慢地开，慢慢地谢，慢慢地凋零。就算是它落下的花瓣，亦是美的，我们常至树下，捡拾那一枚一枚的花瓣，将它夹在书中，制作成书签，留下一季最美的春色。

制作过书签的人都知道，做的时候是什么颜色，做好便是什么颜色，它损失的是水分，颜色却是大抵不做改变的。红的便是红的，白的便是白的，绿的也便是绿的。我们爱做的，常是选择一些漂亮的花和树叶，将它们夹进厚厚的书本，一个礼拜的时间，水分便会干得透彻。我们或者将它们当书签用，或者将它们压进玻璃台板下，还有有心人，将它们夹进影集中。在童年的时光中，制作书签是女孩子最喜欢的事情。

在我的记忆里，每年的春天，我都会制作一枚或者数枚望春树花的书签。我拾取最新鲜的花瓣，将它夹进我的字典里，等它干好后，将它拿出来。其实啊，这样的书签，我多半是舍不得用的，害怕一不小心，给弄破了，或者是碎了，于是我将它们一枚枚又还原成花本身的模样，夹进我们家里最体面的一张桌子下面的玻璃台板里。那里，经常放进的是我们家的一些具有纪念意义的照片，我小心翼翼地放进去，只是为了保留它的完好无损，只为能常常看到望春树花俊美的模样。

后来，我走进了县城，便常常会见到望春树花。但在人们口里，已经不叫它“望春树花”，而叫“玉兰花”，从这一点上，体现出城市文化与农耕文化的差异。农村人多追求实在，实话实说，城市里则讲究动听、雅致，这或许便是城市文明和农耕文明的区别。

一些机关单位里，多爱栽植一些玉兰花，临河的公路边，也有着很长的一排玉兰花。因而，春天，在行走的路上，常会见到玉兰花。因了自幼的熟悉，故而亲切，当然，也因为它的纯美与高贵，我对它格外情有独钟和刮目相看。它总是站在枝头最高处，在万物尚未苏醒之际，便绽放在枝头，带给人一季最耀眼的春色。我想人们爱它美丽丰硕的花朵，也爱它纯洁高贵的灵魂，我是这么认为的，我想爱它的人大抵也会这么认为。

家乡的春天因为有玉兰花的点缀，便分外迷人，也分外耀眼。在初春，人们常常奔走相告的一句话就是：“玉兰花开了！”可见，它不仅是春的消息，也是人们呼唤春天的方式，人们盼春、望春，期待着万物复苏，春回大地，而玉兰花无疑便做了春天的信使和代言人。

而今，我走进鲁院，再次与玉兰花相遇，相遇在这个阳光灿烂的三月，我竟有了一种失而复得的欢喜。

自我进鲁院的那一刻起，玉兰花便相继开放，它们似乎是在等我，它们似乎是在为我绽放，要不，为什么会这么巧呢？早也不开，晚也不开，只在我到来的时候开，不早不晚，正巧赶上，让我目睹了这一季最绚丽的春光。

记得，有人对我说过这样一句话："你希望的事，总有实现的一天！"是指我和玉兰花的邂逅吗？

看来，冥冥之中，世事自有定数。

或许人生有什么样的希望，便有什么样的人生。

我凭窗望去，院中正有人在花间读书。此时，阳光正好，春色也正好！

（原文刊载于2016年4月21日《商洛日报》）

花儿朵朵

在我家附近，有一所幼儿园，这所幼儿园是我们县的一所中心幼儿园。每天一早一晚，成群结队的孩子们便成了这条街上一道最醒目的风景。

孩子早上由家长送进园里，下午由家长接回，这已经成了园里一条不成文的规矩。

我的儿子，也是在这所幼儿园里上出来的，如今他已经读初中了，想着他小时候的事，似乎是一眨眼的经历。

那时，同他在一起上学的有很多小朋友，有同学的孩子，有朋友的孩子，有同事的孩子，年龄相仿，一般大小，一样的调皮与可爱，一样的快乐和幸福。

在园里每天都有营养早餐和午餐，下午还会额外加一道餐，园里会给每个幼儿提供一份时令水果，或苹果，或梨，或香蕉，或枣，不一而定。儿子在这样的环境里度过了他的幼儿时期。

转眼的工夫，儿子和他的小伙伴们跨进了小学，成了一个名副其实的学生。他们走了，新的一批幼儿又走进了幼儿园。每次经过幼儿园，看见这些花朵般的孩子，我总有一股说不出的欢喜，尽管他们不是我的孩子，但是从他们身上总能看到一种美好和希望，那是缘自人类的希望。

烦恼的时候，看见孩子，烦心的事也就去了；忧愁的时候，看见孩子，忧愁也就远了；绝望的时候，看见孩子，心中就又会燃起一种新的希望；失意的时候，看见孩子，人生的一切悲苦又都是无足轻重的。我们的生活，因为这些可爱的孩子，而生出许多许多的惊喜；我们的生活，又因为这些天使般的孩子，而变得意趣盎然，美丽诗意。

那一朵朵花儿，如雨后的新荷，纤尘不染；那一朵朵花儿，如春日的晴空，明丽纯净；那一朵朵花儿，如大海中的珊瑚，多彩多姿；那一朵朵花儿，如初长的新苗，朝气蓬勃。我们喜它、爱它、惜它，世上的好东西千千万，但没有任何一样物件能够代替得了这些花朵般明媚的孩子，也没有什么能够比他们更能让我们欢欣和快慰。

生命很神奇，生命也很伟大，这些来自不同家庭、来自不同环境的孩子，在他们的身上却有着一样的共性——善良和纯真。这是人类与生俱来的禀性，是我们最值得珍惜的优点，也是我们人类希望守住的心灵家园。而这在这些天真无邪的孩子身上，表现得是多么充分且完美，以至于我们无法不对这些孩子生出无边的爱意。

很多时候，我会一个一个地凝视着那些孩子，想象他们以后长大了会是什么样，会做什么？其实从他们的脸上和身上，我是看不出什么名堂来的，但是我仍然忍不住幻想，忍不住好奇和探寻。

任何一棵参天大树都是从一棵幼苗开始的，而在这些花朵般的孩子们中间会生出多少参天大树？我无法预计，也无法推测，但有一点是肯定的，我们未来社会的天空必然是由他们支撑起来的。

一个生命的诞生往往诱发着人们很多的希望，一个生命的成长也往往承载着人们很多的愿望，而在这个成长的过程中，人为的疏导和呵护又是必不可少的。有道是：十年树木，百年树人。花儿很好，但往往又是脆弱和娇嫩的。爱不一定意味着娇纵，爱也不一定意味着必须严加管束，在温暖敞亮的地方，生命才有足够发展的空间。

物质生活的优越只能说明我们幸福，我们遇上了好时代，并不能因此而养尊处优，忽略了生命存在的本质。生命的本质就是成长，成长，不断成长，从一个生命阶段跨越到另外一个生命阶段，而生命的价值便在这成长的过程中一一凸现。

在衣食无忧的环境中长大的孩子，固然是幸福的，他们有美服可穿，有玉食可享，住华宅坐豪车；但他们同时又是娇弱的，如初出窝的小鸟，如刚刚飞上天空的雏鹰，因而他们也极易受到伤害，一个不小心，他们便会受伤，有性格上的，也会有身体上的。无疑，我们家长身上的责任艰巨而又重大，我们须得在他们成长的时期给予其足够的营养，这既有饮食上的，也有精神上的，而精神上的尤为关键。

眼前的孩子，较之我们那个年代，无疑是幸福的，他们充分享受到了社会的富足与充盈。他们一如春天的花朵，灿烂地绽放在每一个城市和乡村，我们的生活也因为有了这些花朵般的孩子的点缀而更加春意盎然、风光旖旎。

而祖国才是一座最大的花园，在这座大花园中，绽放着数以亿万计的天使般的花朵。这些花儿在阳光下快乐地绽放，快乐地成长，他们呼吸着自由空气，感受着惠风和畅，祖国的天空也因此而灿烂在这一片花的海洋之中，生生不息。

（原文刊载于2016年5月31日《商洛日报》）

无言的感动

这件事情已经过去好多天了，但总有一种感动时时激荡在我的心胸，它如火苗一般，时时地向外蹿，令我不吐便觉得憋得难受。当然，作为一个作家，这更应该是一种使命，如果对这样一件发生在我自己身上真实的确凿的令我感怀至深的事，我只是唏嘘慨叹一番，那么，我这个作家显然是不称职的。

清晨，吃过早餐，我和李心丽去园子里散步。园子里有很多塑像，有朱自清、巴金、曹禺、叶圣陶、丁玲、冰心、赵树理等。他们都是中国近代颇有建树的作家，他们的存在，为鲁院洒下了文学神圣的光辉。我们俩在他们的塑像前徘徊着、辗转着、流连着，以期与大师的精神走近。

来到冰心塑像前的时候，我再一次站住了。这是一尊白色的玉石塑像，通体莹白，透着一种圣洁，她托腮凝思，眼里透出一种无限的向往，我被她的端庄和优雅深深吸引。冰心，冰心，可谓冰清玉洁。她是一个普通的女人，却又是一个极不普通的女人，普通的是这世间的女性有千千万万，而不普通的是，她活出了一个女人的精彩与大情怀。同为女性，我是以她为自豪的，同时，亦以她为楷模，甚至是我做人的方向。

基于此，我很想同她合张影。李心丽说："那我给你照！"我走到冰心像前，在她的左侧站定，对好镜头后，李心丽说："将你手上的包取下吧，拎着包不好看！"我说："那好！"遂从手腕上取下了自己的钱包，将她放在了冰心像下面的底座上。我在她左侧和右侧分别照了两张，照过之后，李心丽说："你看行不？"我便走了过去，我俩在手机上来回地看着，几张都还不错，我满意地说：“行啊！”她说：“那我们再去别处看看！”于是我们便相携而去。

放下的钱包也因为我们的乐不思蜀而被忘在了脑后。

在丁玲像前，有人在给树浇水，我笑曰：“看，你都给人丁玲浇湿了！”那人说：“湿倒不怕，浇湿了反倒更干净！”我说了句打趣的话：“你们在这儿工作真幸福，天天跟大师在一起！”他说：“即便在一起，大师还是大师，我不还是我吗？！”听他如此说，我们都乐了，扔下一句：“你忙着，我们去别处看看！”便离开了。

赵树理的像前有扇门，正有人出去，我们问：“这里是什么？”被问的人说：“是一个展厅！”遂生好奇：“展的是什么呀？”人言：“抗战文学！”我们便问：“那我们可以进去看看吗？”答曰：“可以！”我们便推门而入。

入得其内，见我们来，走出一位工作人员，上下打量着我们说：“是来参观的吧！”我们说：“是，我们是这儿鲁迅文学院的学生，听说这里有展览，来看看！”那人和蔼地说：“随便看，里面还有！”展厅里有玻璃画、有油画、有水墨画、有抗战文学作品，内容很多，我们逐一看了。看完之后，工作人员说C馆也开放着，那里都是现当代作家的作品，有时间的话也可以去看看。于是，我们又去了C馆，在那儿看来看去，一看就过去了两个多小时，中间李心丽说手机要充电，回去看手机，我仍留在C馆。看完之后，出馆，复回宿舍。取房卡时，方记得钱包放在冰心像前，忘记拿了。

一时，我如惊弓之鸟，心里一片慌张，时间一去两个多小时，钱包可否还在？但在心里，仍然侥幸着，冰心像的背后应该没有人去，就算人去了，多不会注意那背角的一个地方，我的钱包兴许还在。等我到冰心像前，却什么也没有了，原来放钱包的地方已空空如也，那个钱包不见了，如人间蒸发了一样，好像从来也没有在那儿存在过。我顿时慌了神，心“咚”地一下掉进了冰窟窿，如何是好，如何是好，如何是好？我不甘心，反复地来回地一遍又一遍地找寻着，我怎么也不愿相信它真的会丢失，但它却是真的真的丢失了，丢失得无影无踪。

在数遍的找寻之后，我绝望了。我垂头丧气地回到楼上。第一反应是问一下班主任，看能否联系到工作人员，会否是工作人员在清理卫生时给捡到了？物业的王姐很热心，立时打了电话，让他们看看可有人捡到一个钱包，并让人调出监控录像看看，有没有被人拾到！值此，我只有静候消息。在这种等候中，我的心中充满了焦虑、懊恼与自责，我怎么可以这么大意，怎么可以这样不小心，怎么会这样没记性，我怎么可以如小孩子一样一开心就忘乎所以？此时，我的沮丧已经漫延到了身体的每一个细胞。

班主任张老师说，你也可以在微信群里发个消息，看是否有同学捡到了。若同学捡到了，你一说丢了钱包，同学自会交于你。我照着张老师的话做了，却无人捡到钱包，但同学们却以他们的方式给予了我种种关心，让我不要着急，慢慢来，说不定会找着的，他们很多人提出中午吃饭帮我刷卡。我虽然沮丧，却又万分感动，同学相识不过才一天，而他们却给了我人与人之间最真诚的爱心与关怀。

午餐是徐庶帮我刷的卡，害怕我买东西没有钱，又给我找了四百元现金，让我先用着，不着急还。我满心感激地接过了钱，也接过了他的那份帮助。

李心丽看出了我的失落，说：“要不，咱们再去找找？”我知道她是想宽慰我，我不忍拂她的好意，我们便再次寻去。没有，依然什么也没有。此时，恰有工作人员路过，我们相询求助，工作人员依然不知情，但让我们去物业看看。经他指引，我们来到 B 座一楼，物业人员正在吃饭，见我们来，探问我们何事。我将自己丢失钱包一事说了，却不料旁边的李心丽扬手一指：“看，就跟那个钱包差不多！”我顺着她手指的方向一看，那桌里边放的不就是我的钱包吗？我心中一阵狂喜，禁不住脱口而出："就是，就是，那个就是我的钱包！"物业看了我一眼，仍不动声色，说："那你包里都有什么呀？"我说："有二百多元钱，一张身份证，一张六百元的饭卡兼房卡，一支口红，一支唇膏，还有一个U盘，大概就是这些！"他听了我的话，从旁边拿出一个手抄的单子，上面如数写着我所说的物品品种及件数，甚至连钱数几块几毛都列在上面了。

一般情况下，包里没钱，多数不会丢失，就算丢了，也没人要，但包里有钱，就不一样，倘若丢了，那可就很难说了。可在今天，在鲁迅文学院，在几个单位共处的一个大院里，在一个开放观赏的文化场所，我的钱包却失而复得，在拿到钱包的那一瞬间，我觉得就像是天上掉馅饼一样，有点不相信那会是真的，好像做梦一般。我是那样地意外和惊喜，我是那样地感慨和感动。这件事，让我改变了对人的许多认知和看法，在这世间，确实有很多不为金钱所动的人。于此，我不得不承认这儿的服务和管理真的是细致完善周到，素质教育更是可以让人性趋于更善更美，让人性焕发出光照天地的光芒。

一个失而复得的钱包，那会是我在鲁院终生难忘的记忆，而这个经历，也会激励着我用爱去回报更多的人。这时，我的脑海里冒出了罗兰的一句话："爱是生命的火焰，没有它，人间将变得黑暗！"

（原文刊载于2016年5月15日《中国散文报》）

聆听梅开

听人说，小雁塔的梅花开了，我便有了想去赏梅的愿望。

周末，老公说：“你想看梅花，我陪你去！”听了老公的话，我的心里涌出一丝暖暖的感动。

翌日，我们早早地吃了早饭，便向着小雁塔的方向走去。

现在的小雁塔已经开放，凭着身份证就可以领到进园的门票，我们俩办了领票手续，就踏进了小雁塔的门。其实，我是第一次来小雁塔，虽然常常从小雁塔经过，但没有专门进去看过。在很多时候，我们决定一件事情都需要有一个可以说服自己的理由，而今日，来此赏梅，就成了我一个刻意而无法延缓的理由。因为花开是有时间的，而且具有季节性，错过了就错过了，只有再等来年。而小雁塔是一个固定的建筑，它在那儿，就永远在那儿，我任意一个想来的时刻都可以来，这也是我这么多年一直没有走近小雁塔的原因。

进到门里，呈现在我们面前的是一个很大的园子，小雁塔就在远处我们视线可及的地方，庄重而古朴，透着时光的沧桑与厚重，就像一个经历了很多世事的老人，平静而安详地静观世间百态。我们穿过湖上的一座拱桥，向园子的更深处走去，在湖水延伸的地方，梅林出现了，有白梅、有粉梅、有红梅，它们在初春的气息里尽情地怒放。这时，绿叶尚未跳上枝头，因而朵朵花儿便显得格外明艳妖娆，引来成群的蜜蜂在花间翩跹起舞。

我走进梅林，一股浓浓的喜悦溢上心头，说实话，我很少看到这么多的梅树，或者说是一整片的梅林。以前，只是在阔人家的庭院里偶尔看到一簇干枝梅或者一树梅花，但今天，走进梅林，看着这么缤纷的梅花，心里的喜悦顿时满满的。我四处观望着，绕着一树一树的梅花穿行，老公说：“小心蜜蜂把你蜇了！”我说：“没事，蜜蜂正忙着采春天的第一箱蜜呢，它顾不上我的！”我徜徉在梅林里，在泥土与青草的气息里聆听梅开的声音。人都说，花开是没有声音的，但我分明能听得见梅开的声音。在很多人眼里，一朵花便是一朵花，一个花蕾便是一个花蕾，而其实，每一朵花在每一个时刻都在发生剧烈的变化。对花来说是剧烈的，而在我们的肉眼中，它的变化又是微妙的，以至于一朵花正在倾尽生命的能量开放，我们却浑然不觉。其实在每一刻，每一秒，花的数量与花的形状及花的颜色都在发生急速的变化，只是在芸芸花丛中，我们感觉不到而已。花的开与谢正如人的生与死，有的生命正在欢喜地绽放，有的生命却已走向凋零。对于花开花谢，林黛玉有最深的体会，在多数人的眼里，花开花落是一种自然的物像，但在黛玉的眼里，花落即是花儿生命的终结，意味着死亡。她怜惜那些凋落的花儿，将它们收入锦囊，掩入黄土之中，质本洁来还洁去，一抔净土掩风流，她想让花儿永远保留着生命里最美好的时刻。有人说黛玉多愁善感，我也恰恰要说，这是黛玉对花儿短暂的生命感触最深的体悟。

正当我陷入对眼前的梅花无边遐想的时候，一对老人进入了我的视线。两人头发都已花白，相互搀扶，步履蹒跚地走进梅林，老先生说：“梅林到了，你听，梅花正在开放呢，你听听它们盛开的声音！”老太太仰起脸，认真地听了听，喜悦地说：“嗯，我听到了，我听到了。梅开的声音就如春夜里细雨润万物的声音，声虽不大，但能明显感觉到它在春风中的律动，嘭嘭嘭，好像某一种东西在被用力地撑开，如书页被翻开，如气球在逐渐饱满，如麦苗在拔穗！”我听那位年迈的女士说得那么意象连连，不禁赞道：“您说得真好！您对生命的蜕变感悟得真深！”老者讪讪地说：“她看不见，但是她喜欢梅花，每年春天都要来这儿走一遭。这不，听说这园里的梅花开了，就央求我带她来，为了让她高兴高兴，我就带她来了。一个人眼看不见的时候，听觉就会变得灵敏。”我听了老者的话，仔细地打量了一番他的老伴儿。乍看起来，她与常人无异，眼睛睁得大大的，只是眼层表面有一层雾状的东西，白蒙蒙的，我方明白，老人是青光眼。但在她身上，看不到身染恶疾的颓废，她很平和，很安详，身上洋溢着一种清雅欢愉和知性的美，我不禁感悟到：“您眼睛不好，还这么热爱生活，真是好样的！”她娴静地笑了：“如果生命还在继续，就得追求美好，追求一切让自己愉悦的东西，这样，生活才不会百无聊赖！”而后，他们相互搀扶，一同走进阳光灿烂的春天。

（原文刊载于2014年4月10日《自学考试报》）

路遇

那一日，我走在上班的路上；那一日，我行色匆忙；那一日，我正要赶去参加一个会议。

我走在西河长廊的路上，脚步匆匆，目不斜视，大步向前。一个孩子生硬地闯进了我的视线。我注意到他是因为他手上的血，那殷红的血让我震惊了，那血让我将目光移向了孩子。那是一个十二三岁的孩子，穿着一件藏青色的牛仔夹克，当时，他的手正扶着头，血从他的头上流下来，流到他的手上，再从手上顺着胳膊往下流。那鲜红的血让我惊住了，我刹住了脚步，惊恐地问："你怎么了？"那孩子并不回答我，只是一个劲儿地说："谁有手机，谁有手机啊？"

其实，在我向前走的时候，我就看见前面有一群孩子，我也听到有人一直在喊什么，但是因为我急于赶路，所以就不曾留意他在喊什么。这时，我才明白，他是在向路人求助。但是，就在我伸手往包里掏手机的时候，我又犹豫了，这孩子受伤了，他的父母会不会怪到我的头上，我给他的父母打去电话，他的父母会不会就赖到我的头上？

想到这里，心里又犹疑着，可看到孩子头上的血还在不断地往下流，我的内心又非常恐惧与不安。我环顾四周，周围没有别的人，除了我，不会再有第二个人能够给孩子提供帮助。于是，把心一横，顾不得那么多了，先救孩子吧，做人做事各凭良心，然后毫不迟疑地拿出手机，问了孩子要拨打的电话号码。孩子的母亲不在，孩子让我打给他的父亲。我拨通了孩子父亲的电话，焦急地等待着电话那头的回声，电话铃响了一会儿，才被接起，我急促地说："你是李小明的父亲吗？"一个男声回答说："是！"我说："你的孩子受伤了，头上正在流血，他现在正和几个同学在西河边，你赶快过来！"然后我在电话里再次将具体的位置和他重复了一下。我说我单位有事，不能留下来照顾他的孩子，让他赶快过来，他在电话里感激地对我说："谢谢你了啊，我马上就到！"

我挂掉电话，回头看看孩子，那孩子的头上仍然血流不止。我对孩子说："你的父亲马上就到，我要去上班，不能留下来照顾你，你将手捂在头上，能让血流得少一点！"那孩子恐慌地点点头："谢谢阿姨！"我又对旁边的几个孩子说："你们在这儿帮着照看一下他，不要走了！"那几个孩子看着我，点点头。

我走后，又不放心地回头看了看。这个受伤的少年，让我想起了我的儿子。我的儿子在学校和同学玩耍，一不小心，被同学推倒，撞在了台阶上，额头上磕下了一道很深的伤口，缝了十几针，到现在头上还有一道很明显的伤痕。我每每看到，心里都会不安和难过，我不知道该如何还回一个完好的儿子。在孩子成长的路上，会有很多风险，自身的，外在的，以及不可预测的一些临时突发性的状况，都会给一个完好的生命带来伤害，轻者受个小伤，重者带来长久的懊悔与遗憾。生命如花，我多么希望每一朵花都能灿烂地开放，长出茂盛的枝叶并修成正果，因为，这才是一个生命应该经历的过程。

走在路上，我一直在为那个孩子祈祷，我希望那个孩子没有受到大的伤害，仅是一点皮外伤而已，经过他父母的悉心看护和治疗，仍旧能够健康如初、活泼依然，一如既往地学习和生活，这是我的希望。为此，我默默地为孩子祈祷着！

已经好多天了，没有人给我打来莫名的电话，也没有人找我麻烦，看来，不是所有的好心都会被亵渎，也不是所有的帮助都会带来纠缠不清的麻烦。我相信，多数人是善良的，多数人也都是能明辨是非的，多数人也都是知晓好歹的，他们懂得理解，他们懂得尊重，他们懂得感恩，他们懂得在别人给予他们帮助时，他们也能用他们的行动来回报社会。

社会需要热心肠，人生需要彼此传递爱和温暖，我们相信别人，也被别人相信，生活才会暖如春风。这便是我写这篇文章的意义所在！

（原文刊载于2012年4月17日《法制今报》）

杜鹃朵朵开

杜鹃又名布谷鸟，也叫子规，我喜欢它则是缘于“杜鹃滴血”这个典故。据说在很早以前，杜鹃花并没有名字，正当它含苞待放的时候，杜鹃鸟成天围绕着它歌唱，唱得嘴中流出血来，花儿终于在歌声中开放了，人们就将它称为杜鹃花。李白诗云：“蜀国曾闻子规鸟，宣城还见杜鹃花。”白居易也有诗曰：“杜鹃啼时花扑扑，一声催得一枝开。”

久闻杜鹃花美艳，但一直未得一见。两年前，去朋友家中做客，见到一株盆养的杜鹃，花若月季，只是娇小，桃红色的花瓣，层层叠叠，饱满而浓艳，异常美丽，我赞不绝口。朋友说她老公出差，特地从南方带回来的。于是我常找着借口去她家，只为能够看一看我喜爱的杜鹃。

忽然有一日，同朋友闲聊，说牛背梁上有成片的高山杜鹃，那花儿可比家养的杜鹃美艳多了，碗口大的花朵，整树整树的，花开满山灿烂，那才叫美呢！唔，牛背梁，我是知道的，是我们柞水县正在开发的一个国家级森林公园。得此消息，我便意欲前往一观。

五一前后，正是杜鹃花开的时节，与文友相约，登牛背梁赏花。

五月的天气，大地回暖，万木葱茏，到处泛着浓浓的青气。走在山中，似乎可以听到植物挣裂泥土节节拔高的声音。我们由于观花迫切，一路并不觉得劳累，偌大的牛背梁，很快便被我们摔倒在脚底下。

我们渐行渐高，空气中隐隐有了一股袭人的寒气，我披上外套，继续攀登，不远处的山上忽然有了一种温馨且亮丽的东西，星星点点地分布在山坡和山谷中，一刹那，我意识到，那就是杜鹃花。我无法扼制自己的兴奋，不由得加快了登山的步伐。

当整片整片的杜鹃在我眼前出现的时候，我只觉得自己的一双眼睛简直不够用，不知道该看哪儿才好。硕大的花朵，朵朵饱满，缀满了整株整株的树，在枝头昂扬地开放，有桃红的，有粉红的，有梨白的，缤纷且美丽，似牡丹，似芍药，却又大出许多。无数娇艳的花儿让清冷的牛背梁一下子变得温情而诗意起来，有了一种不一样的情致与味道，山因花而妖娆，花因山更灿烂。最让我惊奇的是，杜鹃花的叶子是那样别致，与众不同，叶形奇大，状若香蕉，且有六七片长在一起。它并不按照一般植物的长势向上生长，相反，叶片全部向下，好像在拼着全身的力气在将硕大的杜鹃花用力地托起。我见过很多名花，却从未见过这样的花儿，此杜鹃，真乃奇花也。

我走到一棵粗大的杜鹃树下，手扶树杆，仰望满树的花儿，不禁心有感慨，沉吟片刻，即兴赋诗一首《杜鹃颂》：

久闻杜鹃美名扬，
今日得见汝红妆。
众叶拱身催花蕾，
花满春山叶向往。

眼前的花出现得越来越多，起先是一棵两棵，渐渐的是一大片一大片。于是我知道我们已经来到花山了，满枝满树满山的杜鹃花汇成了一片花的海洋。走进山中，才觉得树是那么大；走在树下，才觉得花是那么美。每一朵花都傲然、独立地绽放在枝头，用它们怒放的生命来迎接着每一位爱它的游客。在这种地方，杜鹃的生命力似乎都特别强，每一棵杜鹃树下面都有好多的小杜鹃苗，它们可以在土上生长，也可以在悬崖峭壁上生根，甚至一小片苔藓下面都可以成为它们扎根的土壤。可能是由于杜鹃繁衍得很旺盛吧，这座方圆几里地的杜鹃花山上，除了极稀有的一些冷杉外，便少有别的林木，与它相衬的多是一些毛竹。这些毛竹匍匐在地面上，最高的也超不过一人高，所以越发凸显了杜鹃树的英姿，它霸气而傲然地俯视着周围的一切，雄心勃勃地打造着属于它的杜鹃王国。因为杜鹃花没有香味，所以尽管花满沟壑花满岭，但少有蜜蜂和蝴蝶。

置身在这花山，置身在这花海，让人的心里也平添了许多浪漫的情愫，不由得令我浮想联翩：花是妩媚的，花是绚丽的，但是此花却与别花不同。它挺拔的枝杆，它阔大的绿叶，它丰硕的花朵，似乎就像一位位军中儿女，为了我们幸福美好的生活心甘情愿地奉献着自己的一切。他们虽不芳香，但没有人会将他们遗忘；他们虽处险远，但让我们所有人都对他们心生敬仰。

杜鹃，哦，美丽的杜鹃，你生于牛背梁，长于牛背梁，你让初春的牛背梁上有了一片最美、最绮丽的春光。

（原文刊载于2010年3月9日《商洛日报》）

妈妈的洋芋糍粑

提起洋芋糍粑，凡来过柞水的人，都是有些印象的。它是柞水一道很有名的特色小吃，酸、辣、爽口，滑而筋道，风味独特，奇香无比。来柞水，不吃洋芋糍粑，好像总会留下点遗憾，于是凡是来柞水游玩之人，都会访着、寻着、找着，吃上一顿，方才尽兴离去。

街上卖洋芋糍粑的地方很多，隔三岔五我就会去吃上一碗，但是我常常会想起妈妈做的洋芋糍粑……

在那个粮食匮乏的年代，洋芋当主粮，妈妈为了给我们改善伙食，变着法儿在洋芋上想招。将洋芋打成粉，然后或煎饼，或做疙瘩；将洋芋擦成丝，然后剁碎，包饺子，或者和上面粉烙饼。这些东西，经妈妈的手一烹制，就变得清香可口，特别有味道。别家的孩子，都很羡慕我们，经常可以吃上许多不同种类的饭食，而我也为有这样一个能干的妈妈而倍感自豪。

可让我记忆最深刻的却是妈妈做的洋芋糍粑。

记得每到夏天，新洋芋下来的时候，妈妈再忙再累，只要我们说要吃糍粑，她都会抽出时间，尽力去给我们做。可这个饭吃起来好吃，做起来却相当麻烦，不仅费事而且费时。洋芋要先刮皮，那个时候家里人多，顿顿吃饭都有七八口人，而且还有侄儿、侄女，所以光刮洋芋就得两大盆，一刮就是一两个小时。洋芋刮好之后，洗净，放进锅里蒸至烂熟，然后盛出，趁热拿到村口的那个大石磨盘上，当然磨盘须得提前洗净，然后用糍粑锤子（用硬木做的）将洋芋一个个碾细。起先得慢慢打，否则，洋芋就会四处乱飞，待打得有些黏了之后，才可以用力快打，直到洋芋成团，不沾磨盘的时候，才算打好。然后一锤子下去，将整团糍粑拎起，“啪”的一下放进盆里，这是糍粑制作过程中最精彩的一幕。

每次打糍粑的时候，磨盘边上都会围上好多人，他们一边看着我们打糍粑，一边聊着各种各样的事情。有热情的人，也会帮着打上一会儿，让他去家里吃糍粑，他却推辞了，说：“不了，我们过几天也打的！”待糍粑打好，我们一家人端着糍粑，拎着水桶，提着锤子，乐滋滋地离开的时候，大家也才相继散去。

糍粑打好之后，接下来就是烧汤了。妈妈将从缸里捞起的酸菜切碎，给锅倒上油，先把红辣椒、花椒及姜蒜放进锅里炝一下，然后才将酸菜入锅，放上少许芹菜一起炒，加足盐及调料。待炒好之后，添上足够的水，等锅开的时候再放上葱花。这样的一锅汤里，红的、绿的、白的、黄的全有了，光看着就已经很诱人了。而且妈妈还总不会忘记给我们炒上一碗韭菜青辣椒。

常常这个时候，灶边就会围了一圈人，大家都迫不及待地将碗拎在手上，性子急得将碗敲得“咣咣”直响，妈妈见我们猴急的样，笑吟吟地说：“别急，做这么多，还怕没你们吃的！”这个时候，她总会先给爸爸盛上一碗，然后依次从小到大给我们大伙盛。在那个时候，我们吃糍粑不像现在将它切成一小块一小块的，因为现打的糍粑是热的，也根本没法切，就用勺子蘸上水，直接在盆里挖，大碗盛大块，小碗盛小块，放入碗里，自己用筷子将糍粑夹成小块。我们小孩子家做不来，于是妈妈便替我们一个一个地夹开，直到我们一个个都吃开了，妈妈才会端起碗。看着大家吃得香喷喷的模样，她就会舒心地笑了。

如今，妈妈已经故去了，我再也吃不到妈妈做的洋芋糍粑了，每每想到，心中就会有一种无限的失落。回老家的时候，我都会在村口的那个大石碾盘边站一会儿。哥哥也总会问起："想吃糍粑不？哥给你打！"我说："好的！"哥嫂做的糍粑依然清香可口，可我总觉得少了点什么……

少了点什么呢？我思忖良久，终于明白，那里面少的是妈妈的味道！

（原文刊载于2010年《百姓生活》第7期）

旧时光里的母亲

母亲生在民国时期，是一个大户人家的女儿。从小外公教导母亲，要学好针线，学好茶饭，这是作为一个好女人最基本的能力，否则到了婆家就会被人瞧不起。

母亲十三岁的时候，有人来家里提亲，也是一个大户人家的儿子，两家门当户对，外公就答应了，这便是我后来的父亲。

母亲定了亲，但是母亲却一直未见过父亲的面，母亲在心里一遍又一遍地想象着未来丈夫的模样，任是她想破了头皮，也没想出来。

每年的正月，父亲都要来外公家里给未来的岳父、岳母拜年，家里女人都取笑母亲，说："你的小女婿来了！"母亲便羞红了脸，一转头跑掉了。

在母亲十五岁那一年，父亲又来到了母亲家，外公摆了酒席，好酒、好菜款待父亲。那个时候，女婿是家里的贵客，被奉为座上宾，家里主要的男人们都得上桌陪父亲饮酒。女人们忙罢厨房，就开始逗母亲，在母亲的几个嫂嫂的教唆下，母亲偷偷地扒在父亲饮酒的房间门口，悄悄地将门推开一条缝隙，想瞅瞅父亲长啥样。谁知，手重了，门一下竟开了，母亲突然就暴露在众人面前。外公瞧见，厉声呵道："还不快回去，成什么体统！"母亲捂着脸飞也似的逃走了。

自此，母亲再也不敢妄想见到父亲。

母亲的针线极好，每年都要给父亲做上两双鞋，一双单的，一双棉的。自从父亲和母亲定了亲，父亲穿的鞋子差不多都是母亲做，母亲却不知道父亲的脚有多大，每次都是在上一双鞋子的基础上放上一指宽。做好的鞋子由外婆转交到父亲手上，父亲就心安理得地将一双双新鞋提回家去。

母亲十六岁那年，同父亲结了婚。结婚那天，母亲才第一次真正见到了父亲，那是一个瘦瘦的、略微有些单薄的男人，此时的父亲，正在邻县的一个学校上初中。在那个年代，能够上初中的人已经是相当有学问的了。

婚后的父亲，依然继续他的学业，留下母亲一人操持着一大家子。父亲家里兄妹四人，只他这一个儿子，于是所有的家庭重担都落在了母亲身上，母亲要照顾年轻的父亲，还得操心这一大家人的吃和穿。在母亲的手上，先后嫁走了父亲的三个妹妹。在这中间，我的兄弟姐妹也相继出生，母亲生了九个孩子，结果只养活了六个。

父亲毕业后被政府安置在一所小学里教书。父亲很敬业，对于学校的工作总是非常认真，但对于家庭，却多有懈怠。学校离家不远，但是他却很少回家，少则两礼拜回来一趟，多则一两个月才回来一次。母亲独自在家，带着我们一大群孩子，却从未听到过她有半句怨言。

对于父亲，我们多是惧怕的，因为父亲平时很少说笑，也不怎么抱我们，并且还老讨厌我们哭。倘若我们哭起来，不管是白天还是晚上，他就会掐着我们的腰，将我们一下拎到屋外。记得有一次，我让母亲给我烧土豆吃，母亲没顾上，我就哭了起来。父亲让我不要哭，我仍哭不止，父亲就拉开门，一下将我提了出去，看着黑洞洞的天，我死命地叫。后来是母亲把我抱了回来，但是母亲给我开了条件：不能再哭了，再哭的话，你大还会将你拎出去的（我们的家族里将父亲叫“大”）。吓得我果然不敢哭了。

每次父亲回家，母亲就会特别开心。远远地见着父亲拎着一个黑色的人造革皮包，从核桃树下漫不经心地走过来的时候，母亲就激动地唤我们："快去接你大！"我们极不情愿，但又不敢不去。我们走到父亲跟前，将手伸过去，父亲就手一松，让我们接过来，也不说话，就只顾在前面走。高兴的时候，用手摸摸我们的头，然后进了自己的房，往床上一倒，休息去了。

母亲就赶快烧锅，打鸡蛋，挑最好的饭做给父亲吃。饭做好了，母亲就走到房门口，轻轻地说："饭好了，你起来吃吧！"父亲鼻子里"嗯"一声，算是答应了。起来后，往桌子边上一坐，母亲将盛好的饭恭恭敬敬地端到父亲面前，父亲也不客套，拿起筷子就吃了起来。一碗吃结束，将碗往边上一推，母亲见了，赶紧放下自己的碗，去替父亲盛上。父亲爱吃辣椒，凡是父亲在家的时候，桌子中间总要放上一碗辣椒，这是我们家多少年来一直有的习惯。

父亲身子单薄，干不了农活，他的活儿多是母亲帮着做。母亲要做近乎两个人的工，回到家里还要做饭、洗衣服。父亲下了工，就往床上一躺，自顾自休息去了。一大家子人的生活，浆洗补连，全赖母亲一双手，母亲用她瘦弱的身子，硬是挑起了这个家，走过了一个又一个年头。

我们常常为母亲鸣不平，我们怪父亲的妄自尊大，怪父亲的冷酷无情，也埋怨母亲的逆来顺受，丧失自我，但是母亲从来没有说过父亲半个不字。尽管她什么也不说，我们也能知道母亲心里的苦，母亲一生的累不仅仅是体力上的，更有心灵上的，她没有一个可以憩息的肩膀，也没有一个可以抚慰她那颗羸弱憔悴的心灵的人。

母亲老了，我们也大了，我们的成长是以母亲头上的白发为代价的。看着皱纹一道道地刻上母亲的脸颊，看着母亲那一天天苍老的容颜，我们知道，父亲是欠着母亲的，我们也是欠着母亲的，而母亲从不责怪和抱怨，她觉得她所做的一切都是理所应当、义不容辞的。我们这些不懂事的孩子与父亲，都心安理得地享受着母亲的悉心照顾和付出。直到母亲满头白发，步履蹒跚，我们的心中才会有种隐隐的不安与疼痛，我的母亲，已经耗尽了她的青春和热血，走向了人生的暮年，这时，母亲干活的时候，我才会怜惜地说："妈，让我来吧！"可母亲依然坚持自己劳作，倔强地说："我行，我可以做的！"

原以为，母亲会一直坚强，母亲会一直能走能动，母亲会一直照顾我们的衣食起居。可是母亲却在一个冬日的夜晚悄然地离去了，她没有惊动我们每一个儿女的睡眠，独自带着一身的疲惫与再也无法支撑的眷恋悄然离去了。看着母亲再也无力睁开的双眼，我泪如雨下，平生第一次，我感受到了生离死别的那种难以抑制、揪心的痛楚，就像丢失了一件自己最最珍贵的东西而此生再难找回的那种痛心、遗憾与惋惜，以及那份深重且痛彻心扉的无所寄从的感伤。而母亲终是去了，疲惫地去了，一如睡着了一般。

令我没有想到的是，母亲过世的时候，父亲却哭了，竟然哭得非常伤心。长这么大，我是第一次见父亲哭，而这却是因为母亲。当大伙将父亲从母亲的灵柩前拉开的时候，父亲仍然号啕不止。我能感觉到，父亲是真的伤心了，那种悲声四放的样子，我方明白，原来父亲心里是有着母亲的。母亲一生的付出，母亲的好，他都是懂的，只是父亲从来不肯说一个字，直到母亲再也听不到的时候，父亲才表现出来，可是母亲永远也不会知道了。

只是，我可怜的母亲，我慈爱的母亲，一生都没有体会到爱与尊重是什么就已经走向了天国，如果有来生，她可否能重新活过一回？为自己志得意满地活一回！

母亲，天国归安。

（原文刊载于2017年5月12日《西北信息报》）

姐姐的温暖

姐姐去了云南，已经两年，两年的时间，与姐姐的交流只有电话。姐姐不忙的时候，会打来电话问候我一声，我在想姐姐的时候，会给她打个电话，说说我的快乐与烦恼。在那样的时刻，亲情总会氤氲着我的心田，让我的心里充满了柔情与温暖，这便是亲情给予我最大的快乐与幸福。

节日的时候，姐姐纵然再忙，都会抽出时间来给我打一个电话，这是让我最感动的。有了这个电话，在这样的一个日子里，无论我在哪里，无论我和什么人在一起，无论我过着怎样孤单的节日，我都会幸福开心无比，因为这一整天有姐姐的问候陪伴着我，有姐姐的惦记陪伴着我，有姐姐的爱和亲情温暖着我。在云南，在那个和我隔着千山万水的地方，我的姐姐，我唯一的姐姐，从来不曾忘记过我。

在这个冬日的夜晚，我突然很想姐姐。我凝视着窗外的天空，虽然此时，天空没有月亮，夜幕沉沉，灰暗暗一片，我一个人独自坐在电脑前，在用键盘敲击着我对姐姐的遥想与思念。楼下，车声一片，置身于喧闹的街市，却冲不淡我对姐姐的思念。虽然天空没有月亮，但是我总觉得在我的心中有一轮明亮的月亮，照着我，也照着姐姐，我是这么感觉的，我想姐姐也一定是这么感觉的。

在这片明亮的月光下，我想起了姐姐的种种……

父亲和母亲去世后，姐姐便成了我最亲的人。我是一个有点书呆子气的人，对于生活，我远不及姐姐。姐姐做得一手好茶饭，每每改善了伙食，总要把我们一家人叫去，好吃的好喝的净让着我们，她则在一旁看着，那神情像极了母亲。母亲于我便是那样，每次吃好东西的时候，她总说不爱吃，却幸福地在一边看着我吃。我的儿子，是在姐姐的呵护下长大的。儿子是她唯一的外甥，也是她最心疼的晚辈，家里有什么好吃的好喝的都要将儿子叫去，若是儿子不在家，就非要给他留上一份。姐姐心疼儿子，姐姐的一家人都将儿子当作掌心里的宝。在姐姐的关爱下，儿子从一个襁褓中的婴儿长成了一个上中学的学生。在儿子的心中，姐姐便是他最亲的亲人，内敛的儿子，每每见到姐姐，总会表现出与一般人不一样的欢喜与亲热，而这种欢喜与亲热，是发自儿子内心的真情流露。而这时的我，由衷地感到，真情是可以互换的，姐姐对儿子真挚的爱让儿子依恋和快乐，而这一切，都是亲情赐予的。

在很多的年节里，我们都是在姐姐家里度过的。因为姐姐，我们兄弟姐妹常常觉得父亲依然还在，母亲依然还在；因为姐姐，我们这个家始终没有散，我们愿意往一块儿聚，我们有亲情在召唤，我们依然还有温馨香淳的家宴；因为有姐姐，所有的恩怨都可以化解；因为有姐姐，所有的矛盾都可以烟消云散。姐姐是一个肯付出的人，也是一个吃得亏的人，在姐姐的大度与包容下，没有人觉得还有必要再去计较什么，一切似乎又都可以不必在意了。

每年我的生日，就算所有人都忘记了，姐姐也从不曾忘记。她总会亲手为我做上一顿可口的饭菜，为我说上一句生日快乐，而就是这一句生日快乐，让我幸福和愉悦好多日子，以至让我更加珍惜生命，更加珍爱生活。就算她在云南，远在千里之外，在那样忙碌的日子里，她也依然会记着我的生日，这让我意外并惊讶着，当电话传来，那一声生日祝福，让我长久地快乐并感动着。姐姐说，她与我离得远，不能亲自陪我过生日，回来了再给我补。这世间还有什么话语比这更让我值得铭记与珍惜的呢？

而今，姐姐远在云南，令我和我的兄弟们总觉得生活中少了什么，或许少的是那种亲情的维系，也或许是少了姐姐甜美的笑声，又或许是少了姐姐醇香的饭菜。总之，姐姐不在，让我们的心中无端地空出了一大块，我们在一起的时候，常常会说起姐姐，念叨起姐姐，谈起姐姐在家的种种时光。

要过年了，我想起了姐姐。在和她的通话中，她说过年会回柞水，她想念家中的我们，她要回来和我们一起过一个快快乐乐的新年。听到这话，顿时冬日不再严寒，我掰着指头数日子，快了，和姐姐相见的日子就要到了，在盼望中，我喜上眉梢……

（原文刊载于 2013 年 1 月 18 日《内蒙古日报》）

母亲的酒柜

母亲一生无别的嗜好，只好饮酒，但并不贪杯。

家里有一张条桌，是母亲的嫁妆，上面是两个抽屉，下面是两扇对开着门的柜子。这个柜子里常年放有酒，有时是当地自酿的苞谷酒，有时是柿子酒，都是散装的，用塑料壶盛上，偶尔也会放上几瓶亲戚们送来的酒，当然，这些酒都不贵，三五块钱。我记得其中放过最贵的一种酒是西凤酒，在当时售价为六元钱，瓶子相对于一般的酒瓶来说，要略高一点，瓶颈稍微圆滑一些，呈深绿色，半透明，这在当时，是最体面的酒了。

那时，家里的农活多，我们家里十几口人的嘴全在母亲的肩上。母亲要种平地，还要种坡地，而我家的地多数在离家五六里开外的山坡上，母亲要一锄一锄地耕种，还要将种好的庄稼颗粒不落地收回来。在幼年的日子里，我们常常看到的是母亲风风火火的身影，风风火火地上山，风风火火地回家，风风火火地做饭，风风火火地喂猪，走着路，都几乎是在小跑。

母亲干活回来，多数时候，会先去饮上两杯酒。母亲说，喝了酒，人就会精神一些，身上的疲劳也会减轻一点，要不然，一坐下去，身上的骨头就跟散了架似的，全身都软成一瘫了，再也没有动的力气。我们这一大家子人，要吃饭，还有那两头张嘴子的猪，一群鸡，都得等着母亲喂食。

父亲是个教师，不善农活，当然，他也是不屑于农活的。他单薄、清高。他很少回家，每次回家母亲都得小心翼翼地伺候着，饭一碗一碗地端到他手上，洗脸毛巾递上，洗脚水烧好呈上，唯恐一个不满意，他便抬腿走人。在母亲忙得两脚不沾地的日子里，我的父亲，就这样心安理得地享受着母亲为他所做的一切。

大哥见母亲辛苦，就毅然决然地退了学，任是母亲打骂，大哥都不再去学校了。他看不了母亲的苦，看不了母亲的累，看不了母亲日日满脸的辛劳与疲惫，他要自力更生，帮母亲养活我们兄弟姐妹，于是，只上到小学五年级的大哥辍学了。母亲拿他无法，只得由着他了，大哥的退学，并未减轻母亲身上的担子。队里见他不上学了，就派他到生产队去做义务工，砌坝，修路。据母亲说，我出生的时候，大哥就在黄花岭上修公路，一修就是一年多，回来时，我都快一岁了，看着我这个突然冒出来的妹妹，大哥高兴得合不拢嘴，整天将我抱在怀里，舍不得放下。

我的母亲，依然苦着，累着，操劳着，耕种着。

大哥退学之后，母亲下了一道死命令，我们兄妹几人谁都不能再说退学的话，谁再要退学，就离开这个家，永远不要回来。在她看来，她能养得了我们，她能够用她的双手抚养我们长大，只要我们好好读书，就算再苦再累，她也愿意，她也承受得了。她对我们说，她没读到书，父亲瞧不起她，她不希望我们以后过她这样的日子，一辈子委曲求全，没有自我，没有尊严，更没有给我们带来好生活的能力，因为，她没文化，就只能干个农活。她要我们多学知识，多学本事，不要像她这样一辈子面朝黄土背朝天，整天挥汗如雨，却不够吃喝。在母亲以为，能吃饱饭就是人生最大的幸福。

那时，二哥读师范，姐姐读职中，我读初中，弟弟读小学，我们就像上台阶，一个台阶一个。我们都要吃要喝，却没有时间分担母亲的家务与农活。母亲就像一台机器，四季都没有停下来的时候，春种、夏耕、秋收、冬储。可能在这里，有人不理解“冬储”是什么，在当下的农村，即为储柴、储粪、储粮、储备衣物。一年四季，可以说，母亲没有一刻是闲的，忙完了地里，忙家务，忙完了家务，忙我们一家人身上的衣服和鞋帽，还要照顾失明的公公和患病的婆婆。我们所有人的生活，哪一样都要经过母亲的手，哪一样都是在母亲的手中打理得妥妥贴贴。

此前，我不理解母亲为何饮酒，渐渐地，母亲饮酒在我眼中已经成了习惯。天晴，母亲饮酒为解乏。雨天，母亲饮酒为止痛。母亲说，她就是一个活“天气预报”，身上一痛，就知道天气要变了。母亲生下我们兄妹九个，由于月子里没有得到好好的休养，落下了一身的毛病，怕风怕寒怕凉，加上长年的劳作，经常腰痛背痛浑身痛。母亲在世的日子里，酒与膏药是一直与母亲相伴的，是它们让母亲扛着我们兄弟姐妹走过了人生的一年又一年，直至我们长大成人。

而今，母亲去了，母亲的酒柜也已经朽了多年，我们仍将它留在老家的屋子里，没有贱卖，也没有劈柴烧火，只为一个纪念，纪念有母亲在的时光和岁月。

母爱如天！

（原文刊载于2015年6月1日《西安晚报》）

明月醉中秋

月月月圆逢月半，人间月圆是中秋。我们年年过中秋，我们年年庆团圆，但是我们知道中秋节的来历吗？抑或八月十五为什么又要叫“中秋”呢？

“中秋”一词，最早见于《周礼》。根据我国古代历法，农历八月十五日，在一年秋季的八月中旬，故称“中秋”。一年有四季，每季又分孟、仲、季三部分，三秋中第二个月叫仲秋，故中秋也称为“仲秋”。到魏晋时，有“谕尚书镇牛渚，中秋夕与左右微服泛江”的记载。直到唐朝初年，中秋节才成为固定的节日。《唐书·太宗记》记载有“八月十五中秋节”。中秋节的盛行始于宋朝，至明清时，已与元旦齐名，成为我国的主要节日之一。这也是我国仅次于春节的第二大传统节日。

人至秋，趋于清明；物至秋，已然成熟。秋天，于人于物都是一个转型的时期，天高云淡，风清气朗，大地金黄，万物丰盈，呈现在人们面前的是一派丰收的景象，人们欢欣，人们喜悦，这是人们期待的景象，也是人们向往的时刻。所以，人们需要找一个理由来庆贺一下，以表达自己无限欢愉的心情。而八月十五，正好是月圆的日子，在人们眼里，月儿圆圆是一件很祥瑞的事，于是，很自然地将这个日子同人联系到了一起，月圆人也要圆，亲朋好友聚在一起，庆丰收，庆团圆，让这个日子有了一种不一样的意义。而赏月，吃月饼，让这个日子更加形象化、具体化，表达了人生圆满、生活美满的含义。有了人文的意义在里面，人们由最初取它的吉祥之意，到最后将它演变成一个节日，成了一个民族文化的符号，就有了颇深的含义。

在国人的意识里，向来崇尚花好月圆、子孙满堂，阖家欢乐永远是人们追逐的梦想。从这个概念上来说，八月十五这一天，无论是从天相上，还是从物相上，都是一个吉祥得不能再吉祥的日子。人们把自己美好的情感和对于美好生活的向往之情全都倾注在这样的一个节日里，于是，这个节日在人们的眼里就有了不同寻常的意义。

八月十五这一天，明月高悬，秋风送爽，人们饮酒猜拳，合家同欢，品着月饼，嚼着亲情，在清风朗月中品味着生活的幸福，陶醉在秋天的收获里，陶醉在融融的月夜里，充分感受着生活的丰足与惬意。那种感觉实是美好至极，人活一生，最大的福祉莫过于此。院有朗朗月，心有融融情，人生得此之欢，夫复何求？

这样的日子，无疑是举家欢喜的。人们从各个地方赶回家中，与家人团圆，也为与月亮有个约会。看月，须得众多的人在一起看才显得热闹，一个人赏月，难免会让人觉得有点冷清，月圆人不圆的日子多多少少有一点寂寥之感，或者说是萧瑟之意，有一种独处一方不是家的感觉。人的心，在很多时候是需要有一些东西去充实的，譬如说爱情，譬如说亲情，譬如说一种浓烈的氛围。而这在某种意义上也体现了人作为群居动物的本能，人多了才显得有气氛，人多了才显得热闹，而这“热闹”二字便是对人们所追求的幸福生活的最好注解。

古语有“月满为盈”之说，月亮圆了即有兴盛圆满之意，寓示着万事和顺、丰盈充足。此时，大地是丰收的，人心是充盈的，生活是和谐的，一切的一切，都因为一轮皎洁的圆月而变得美好无比。那一轮明月，光照中华大地，光照文坛千秋，多少文人墨客睹物思情，留下了传世佳作。旅居的人望月，家居的人赏月，不管所处何方，这月儿，永远都是人们心中一个无法释怀的情结。一轮中秋月，牵动了多少人的心扉，不论是欢喜与思念，都是那样美、那样深、那样重地触动人的心弦，令人心湖荡漾，起伏难平。

月亮以她的阴柔之美、母性的宽厚，带给人无尽的遐想和眷恋。在它柔和恬静的清辉中，人们的身心得到了彻底的释放，所有人都像置身在母亲的怀抱。唐人曹松曾有诗《中秋对月》:“直到天头无尽处，不曾私照一人家。”有月亮朗照的地方，纵然是在天涯海角，也能感受到亲情的召唤，这种家国情，总与月亮有关，总与中秋相伴。

海上生明月，天涯共此时。看那儿，月亮已经升上来了……

（原文刊载于2014年9月9日《西安晚报》）

年糖

在儿时的农村，生活资源还相当贫乏。过年了，母亲为了能让我们的新年有趣一点、丰富一点，就千方百计地给我们做吃的。而年糖，便是每年的新年母亲一定会为我们做的吃食。

我们生在秦岭大山中，交通严重受阻，外出和返回都比较艰难，很多年来一直是国家贫困县。在这样的环境下，一是经济普遍拮据，二是有钱也没地方采买，只有利用现有的资源，去制作和创造。

当然，制作年糖的工艺不是母亲发明的，是祖辈留下来的，一代一代相传，传至母亲手上的。而母亲，也很好地继承了这个工艺，每年都会为我们做出很多花样繁多口味有别的年糖，让我们过年有吃的，并且能吃得高兴。

每年到了腊月二十几，母亲便开始张罗着熬制年糖。母亲一开始熬糖，我们便跟着忙活起来，磨粉的，担水的，劈柴的，一家人的心思都集中到这一件事上。

一般情况下，熬制年糖需要三天才能完成，因此，在这三天里，我们都攒足了劲，一起为此事忙碌着。当然，我们也为之激动和喜悦着，已经很久很久都没有吃到年糖了，年糖的香味早在我们的心里想了一回又一回，念了一回又一回，嘴咂了一回又一回，现在，马上又可以尝到新鲜的年糖了，这种幸福和喜悦是难以言表的。因此，我们个个在帮忙的时候，都非常卖力，把对吃年糖的向往都攒足在干活上。母亲见我们干得喜悦，干得有劲，也喜形于色，于是，一家人便因为年糖的制作而欢天喜地。

我们地属北方，主产玉米和小麦，因此，做年糖的原料自然而然便是自己地里产的老玉米了。母亲将剥好的玉米去皮，粉碎，就成了制作年糖的基础原料；然后用清水将粉碎的玉米清洗几遍，直到将那些细粉洗掉为止，母亲说这样熬出来的糖稀清亮好看，品相好。

玉米洗清好后，倒进提前预备好的一口大瓦缸里，随后倒上多于玉米一半的水，浸泡上一天。然后放上提前长好的小麦芽子捂住发酵，又经过大约一天的时间，倘若玉米已经发酵好，便准备将其倒出来放入锅中熬制。这时，母亲便会动用家里最大的那口铁锅，我们家里称其为“头号锅”，一般是在打豆腐和杀年猪时才用的锅。母亲给头号锅里装上大半锅水，将其烧开，然后将发酵好的原料放进锅里，用大火猛煮。这个过程是最累人的，灶洞里要不停地添火，而且是硬火。何谓硬火，就是用粗柴硬木烧的火。锅内要不停地翻搅，若不翻搅，就会烧煳，烧煳的糖有一股焦煳味，口感就会差很多，而且也会影响其色相，颜色发黑，不够透亮。因此，灶后和灶洞都离不了人，一般情况下，由母亲和三哥轮换着搅锅，我和姐姐便在灶洞里添火。灶洞外放上一个长板凳，我和姐姐紧挨着齐排排地坐着，火光映着我们通红的笑脸，我们喜滋滋地看着锅后面的母亲和三哥。他们这个搅一会儿，然后换作那个搅一会儿。锅内热气腾腾，连熏带蒸，又需要使大力气，因此，不一会儿，他们便会大汗淋漓。我们看着他们挺累，想换他们一会儿。我们力量更弱，一会儿小胳膊便酸得不行，搅不动了。母亲怜惜我们，去，你们就把灶里的火烧好就行了，锅里的事，还是由我和你们三哥来吧！这样的过程，会持续一两个小时，才能煮制好。有经验的母亲一边搅，一边查看成色，看到确实已经煮到火候了，便让我们停止加火。她把这个锅里的糖浆一勺子一勺子舀到一个布袋中，将糖稀过滤出来。待把锅里的水糖全部过滤完，又烧启另外一口铁锅，仍是一边煮一边搅，一直让水汽蒸发，直到煮成搅面棍能够挑起来，并且挂上长长的糖丝，母亲方才作罢，连声喜悦地说道："好了，好了，咱家的糖好了！"那种感觉，无异于一个凯旋的将军。我们也为母亲欢欣鼓掌，"糖好了，糖好了"，便一起跟着吆喝起来。于是，大家都围在灶背后，母亲蘸起一点糖，给这个嘴里放一点，然后又给那个嘴里放一点，一个一个都让尝一下，尝到的人都连声呼甜。我们一群人围着灶台叽叽喳喳，像是一群衔食归来的喜鹊，雀跃不已，为母亲年糖的出锅欢呼，为几天来的辛苦欢呼，为马上就可以吃到嘴的年糖欢呼。哦，这一锅的年糖，承载着我们多少欢乐和幸福。

年糖熬好后，母亲将它用托盘和茶盘盛起来，让它冷却。冷却之后，糖就会凝固，成为一板一板的糖块，呈深黄色透明状。至此，我们便可以敲下一小块一小块的，放在嘴里含着吃了。这时候，母亲便不再约束我们，想吃了，就尽管去吃，因为做糖就是为了让我们这些孩子高兴，嘴里有吃的，有嚼的。

而母亲的年糖，并不仅仅到此为止。母亲为了让年糖更好吃，更香甜，口感更好，能吃出花样，她便砸了核桃，剥了花生，还筛上一些芝麻。这些东西准备好后，便日日等待着炸爆米花的人上门，炸爆米花的人上门，又可以给我们多做出好几种口味的糖。

好不容易，将炸爆米花的人盼来了。一村里，家家都有小孩，想炸爆米花的人很多，有的图吃着开心、高兴，有的为了给孩子备点过嘴的。而母亲，却是专门为着我们做年糖。母亲从柜子里挖出一升玉米、一升黄豆、一茶缸大米。我们当地不产大米，吃大米饭是一件稀罕事，而我们所吃的大米，一般都是亲戚给的，或者是从粮站特意买的，否则是吃不上的。母亲想做一点米花糖，却又舍不得大米，就只挖了一茶缸，哄哄我们，让我们尝个鲜。母亲将这些东西装好，放进一个大篮子，就去村口炸爆米花的地方排队了。排到深夜，总算轮到母亲，却并非三两下就可以炸好的，母亲带的东西多，而爆米花机每次只能炸一洋瓷缸，母亲带的各类粮食要炸上八九次才能炸得完。因为炸爆米花的人来得稀罕，我们也个个兴致勃勃地陪着母亲，一边看热闹，一边等待着，就算冷，就算瞌睡，也都撑着。当然，最主要的是我们为了图嘴快活，能在第一时间尝到才炸开的爆米花，过过我们的嘴瘾。每炸开一样，我们就会抓上一把尝尝，新炸出来的爆米花特别好吃，酥脆可口，蓬松香甜，比现在超市里卖的一些膨化食品好吃多了。我们就像一只只贪嘴的小猫，逮到了个好吃的机会，就拼命地胡吃一气，吃得肚子都饱了，还意犹未尽。

第二天，母亲做好早饭，照顾着我们大家吃完，收拾好锅碗，便开始制作年糖。她将昨天晚上炸的爆米花和此前备好的核桃芝麻花生一齐端出来，分门别类地放在案板上，然后开始化糖块。她在锅里放上一点水，将糖块放进锅里溶化。糖块受热后很快就溶化了，母亲将核桃和芝麻放一类，黄豆和花生放一类，玉米、大米各一类，一样一样地制作。她将化好的糖稀分别倒入她分类好的容器里，有的是洋瓷盆，有的是大铜盆，让糖稀和各类食物充分混合均匀，然后就着热度，将它们一个一个搓成长方形的横条，然后让其冷却。待冷却后，用新磨好的菜刀将这些长方形的横条一一切成片。于是，一个一个小长方形的糖片便出来了，这些糖酥脆香甜，口味绵长，特别好吃。做好后，母亲将它们逐个放进抽屉里，按类别分几个抽屉装着。平日里，我们自己取着吃，想吃啥口味取啥口味；来客人了，就给装盘子，上桌，作为待客的稀有佳肴。因为，整个村里，只有母亲会熬制这种玉米糖，在亲戚中，也独有母亲会做，母亲每年费大力气做这么多年糖，就是为了让远村近邻和亲戚也能一起尝尝，尝尝新年中的别样滋味。母亲一生勤劳，任劳任怨，处处为别人着想，亏了自己，累了自己，都要让别人开心高兴。因此，母亲一生在村里村外广得贤名。

母亲的年糖做好了，新年便尾随而至。我估计，它是嗅着母亲的年糖香甜诱人的味道而来的。

如今，熬制年糖的母亲已经不在，再也没有人给我和兄弟姐妹们做年糖了，但是那香甜的记忆、热气腾腾的场景，以及火光扑面的欢喜和兴奋，一直荡然于胸，让我常常忆起。特别是一到新年的时候，那些酿制年糖的情景便飘然而至，浮现在我的眼前，让我回味留恋，久久沉溺其中。年糖啊年糖，那可是母亲最深沉最博大最厚重的爱！

（原文刊载于 2017 年 1 月 16 日《中国艺术报》）

弹渔鼓的老艺人

在柞水的乡村，农闲时节，弹渔鼓的人就收拾好行囊出门了，他们都是一些懂音律的老者，为混一口生计，也为自娱自乐。

渔鼓艺人所有的家当便是一个渔鼓，一两个蛇皮口袋，渔鼓是他们的看家行头，蛇皮口袋则是用来装收获的粮食的。他们走街串巷，走村过寨，一个地方又一个地方，为人们唱着他们所挚爱不已的渔鼓小曲。这些渔鼓小曲多贴近人们的生活，通俗易懂，且带有教化意义，所以为广大的柞水人所喜闻乐见。他们每走到一处，都会受到当地群众的欢迎，唱罢一首还要再唱上一首，一直唱到渔鼓艺人的声音有点沙哑，大伙方才罢休。

渔鼓是一种竹制的乐器，系秦岭终南山上的大斑竹所作，长为二尺六寸，有小口碗粗，筒状。有一首柞水民歌《渔鼓源》，就十分传神地道出了渔鼓的制作工艺的整个流程。此歌唱道："渔鼓本是一根竹哎，哎呀儿咿儿哟，长在那柞水山里头哎，张老拿斧来砍倒，哎呀，李老那个拿锯锯哎，锯两头哎，哎呀，呀儿咿儿哟，哎。兜子作了阴阳板呀，哎呀儿咿儿哟，梢子那做棒把叉敲，中间留了二尺六，哎呀，做成那个渔鼓游，游九州哎，哎呀，哎呀儿咿儿哟，哎呀！"这首歌曲形象生动地道出了渔鼓的整个制作过程和渔鼓这种乐器的使用方法及演唱形式。听着这首优美的歌曲，仿佛看到了一幅幅流动的画面，对渔鼓这种古老的曲艺形式已能了然于胸。

这些渔鼓艺人年龄大多比较大，且记性特别好，他们的肚子里有很多故事。他们走到哪儿，曲目随人们点，人们想听什么就点什么，点到的曲目，他们皆能说唱自如。唱过之后，主人家给他们盛上一碗玉米或者是一洋瓷缸子小麦。东西随主人家给，多少随主人家盛，他们从不挑剔，只是很快乐地打开随身带着的蛇皮袋子，将主人家所给的粮食分类装下。装上之后，向主人家再讨上一杯热水，大口地喝了，去赶下一家。

我的童年是在农村长大的，所以接触渔鼓艺人的机会比较多。我的母亲就是一个渔鼓爱好者，每逢村里有渔鼓艺人来的时候，母亲就会放下手中的活计，赶去将那老人请到我们家门前，给泡上一杯浓茶，让他坐在我家的庭院里唱将起来。我家左邻右舍的那些乡亲听到渔鼓响起，纷纷来到我家，母亲忙不迭地给大家递坐，取来大的、小的、高的、矮的凳子，大家相拥挤着坐下，实在没地方坐的，就蹲着或站在院子边上。渔鼓艺人见着有这么多人来听，自是高兴不已，唱得越发卖劲。

渔鼓艺人会唱很多渔鼓小曲，母亲最爱点的一首是《拉篱笆》。这个曲子里讲的是一对夫妻做了忤逆之事，后被他们的儿子教化后改过的故事。渔鼓艺人怀抱着渔鼓，左手托之，右手在渔鼓上不停地叩击，在渔鼓铿锵的乐音中，渔鼓艺人娓娓道来……

在很久以前，有一对夫妻极为不孝，媳妇嫌瞎眼的婆婆白吃白喝，就伙同丈夫编了一个竹子做的篱笆，在一个黑夜里，用竹篱笆将老人拉上了山坡，意欲老人被豺狼虎豹吃掉。丢下老人后，自己悄悄地将竹篱笆拉回来，正要将篱笆毁掉的时候，他们九岁的儿子从屋里走了出来，义正严词地对他们说，这个篱笆他要留着，不能拆。夫妻俩大为不解，问儿子，留着它有什么用？儿子说，等到将来他二人老了，他也要用这篱笆将他们送上山坡。夫妻二人听了此言，幡然悔悟，忙向儿子认错，并连夜去山上将孩子的奶奶接了回来。此后对老人尽心尽孝，再也不敢行忤逆之事。

我们每次听了这个故事，都会痛骂那丧尽天良的夫妇，也会为那懂事孝顺的孙子赞叹不已，是孩子用他那一颗纯真无瑕的心挽救了奶奶的生命，让他的父母良心发现，最终改邪归正。在当时，我不知道母亲老爱听这首曲子有什么意义，但是这首曲子却让人百听不厌，可见大多数人的内心还是崇尚善良美好的东西。及至后来，长大了，我才知道，我的母亲不只是一个慈爱的母亲，我的母亲也是一个深得人心的母亲，而这皆缘于母亲的善良。

母亲点完这个曲子，还会点上《朱氏割肝》《王端刻木》之类的。《朱氏割肝》说的是一个媳妇为了救患病的婆婆，将自己的肝割下为婆婆治病的故事。《王端刻木》讲的是一个儿子不孝顺，待到后来母亲早逝，悔恨万分，将门前的核桃树砍下，刻成母亲的模样，每天侍奉在案前。这些都是教为人子女要多行孝心，多尽孝道的故事。人们在听到这些故事的时候，既得了乐子，又能自省，参照自己，有则改之，无则加勉，总能从中或多或少地得些益处，这也可能就是外界一直盛传柞水的人厚道、柞水民风淳朴的原因吧。

渔鼓老艺人在唱罢一曲之后，端起母亲泡好的浓茶，喝上一口，嘴里连连说是“好茶”，当然这是对母亲厚道的赞赏。母亲也自是高兴，待他喝完，又赶快给添上，总不让那茶缸子见底，所以渔鼓艺人也就唱得格外卖劲。母亲知那渔鼓艺人虽能说会唱，但出门人，终归不易，母亲会为他做上一碗饭，让他吃了再走，渔鼓老艺人清瘦的脸上总会露出无比感激的笑容。这个时候，他才放下一直不离手的渔鼓，伸了个长长的懒腰，让浑身放松一下，抖一抖已经并不干净的衣衫，和乡亲们随便聊着一些他在各个地方经见的新鲜事。在通信不发达的时代，对于外界的各类事情，也只有口口相传，而渔鼓老艺人则是这些消息的最佳传播者。他们不停地从一个地方到又一个地方，哪儿发生了什么事情，哪儿又有什么重大新闻，都逃不过他们的眼睛和耳朵。这个时候，乡亲们个个伸长了脑袋，专注地听着，没听明白的时候，还时不时地插上两句。一直到母亲将做好的面条拿出来，他们才意犹未尽地散去，渔鼓老艺人好像是真的饿了，有滋有味地吃了起来，一边吃着一边和我们说着一些感激的话。

待母亲再去给他装粮食的时候，他总是很推辞，说已经吃过饭了，就不用再给粮食了之类的客气话。但是母亲总是会毫不犹豫地打开他的口袋，给他再装上一大瓷缸粮食，渔鼓老艺人的感激便溢于言表，非要给我们再唱上一曲。母亲见他执意要这样，也就愉快地答应了。

在那个文化不能广泛普及的年月里，渔鼓老艺人用他那种独特的演唱方式带给人们精神上以愉悦和欢欣，让人们在渔鼓声中感受着真与善的美好，从内心摒弃了假丑恶的种种行为，教人们从善、行善，做个好人，做个善良的人。

如今，渔鼓这种古老传统的艺术形式成了国家非物质文化遗产，并且从民间走向了镁光灯闪烁的舞台，以活态的艺术形式再度呈现，并且日趋精湛与完美。再回想起那些渔鼓老艺人，我的心里竟然是怀念的，那些贫瘠的岁月因为这些渔鼓老艺人而让众多的生命有了光度和亮度，更让生命有了一种厚重与质感。那一声声的渔鼓道出的是人间的真情，那一声声渔鼓传递的可是人间的福音！

（原文刊载于2017年9月8日《中国纪检监察报》）

核桃花飘飞的时节

刚坐上餐桌，还没顾上吃，文友便碰了一下我，说：“你看看，这是什么菜？”我循着她手指的方向看去，原来是一盘黑褐色条状的菜，和在里面的还有一些芹菜丝，黑中有绿，绿中有黑，两种颜色泾渭分明，清清爽爽的。我看了好一会儿，也没认出来，便用筷子夹了几根尝尝，这种黑色的菜吃在嘴里硬硬的，筋筋的，不苦，也不甜，说不上来什么味，但也没有怪味，并不难吃。

我冲文友摇了摇头。没尝出来吧？文友说，我就知道你尝不出来。我告诉你吧，这是核桃花！哦，核桃花呀，那太熟悉了，咋没有我们原来吃的那个味了呀！哦，我想起来了，我们以前吃的核桃花都是新鲜的，而这个核桃花是干的，经过了水捞晾晒处理了的，难怪我找不到以前的味觉记忆。

文友常来这个店吃饭，她说喜欢这个店里的口味。这家饭店是一个镇安人在商州开的，因此取名“镇安饭店”。老板阮班宏是一个中年男子，魁梧健壮，似军人般阳刚结实，爱文化，也爱结朋交友。文友便是在这里吃饭跟他相识相熟的，此次来商，她便特意推荐我来这里，说让我尝尝这里的饭菜，一定会吃出与别处不同的滋味。果然，就在这餐桌上，我就吃到了几个在别处没有吃到的菜，除了刚才说到的那个核桃花，还有鱼皮冻，也是一道风味独特的下酒菜。还有那个鲍鱼榛子，不仅好看，而且味美可口，汤盆端上桌，金黄金黄的，直晃人眼，让人再也拿捏不住，禁不住拿了碗便去舀。一口下肚，暗香袭来，有鱼的味，有玉米的味，两种味道糅合在一起，又衍生出另外一种鲜香可口的味道，食之嘴里，回味无穷，不由得让人赞不绝口，一锅汤，转瞬即无。

吃过了鲍鱼榛子，我又细细地品味起核桃花来。

很多年没有吃了，今天却在这个饭店与之邂逅，其实，我真是没有想到核桃花能够登上酒店这种大雅之堂。因为，在以前，每年吃核桃花的季节，都是青黄不接的时候，地里的蔬菜还没有长出来，头年冬天储备的菜已经差不多吃完了。这个时候，吃饭下饭都需要菜，特别是在吃糊汤和玉米蒸饭的时候，没菜是没法吃的。这时，天气刚刚回暖，核桃树开出了一串串黄绿色的花儿，满树繁华，像成熟的麦穗，开在春天的枝头，为乡人们带来春的讯息。核桃花开得好，开得繁华，预示着一年的核桃就会有好收成。在当时，以核桃为主要经济来源的乡村，核桃花开的好赖，是衡量人们一年经济收入的标准，因而人们常常是抱着极大的期望的。

当然，为了繁殖核桃，核桃树上的花，人们往往是不舍得采摘的。一般情况下，等到核桃花自然地脱落之后，才在树下捡拾那些新鲜的核桃花，拾上一篮半篮的，坐到某片开阔的太阳地里，娘儿几个慢慢地一边说着闲话一边一个一个地捋去核桃花上的穗。其实我们所说的核桃花，并非花，而是核桃花中的柱，那种黄绿色的细秆。我们将这种捋去花穗的柱放在开水里一捞，一般多是逢中一切，切成两段，加入盐、辣椒、姜、蒜、葱花，爱吃酸的还会放一点醋。这种凉拌的核桃花，便成了我们的下饭菜，每次母亲拌上一小洋瓷钵，都会被我们风卷残云，食个精光。当然，因为我们嘴馋，也因为食物极少。

几顿下来，吃得乏味的时候，母亲也会给我们变着法子调剂一下。这时，她会采来新鲜的香椿，依然用水烫了，和核桃花拌在一起，做成核桃花拌香椿，这是核桃花的另一种吃法。香椿味鲜，核桃花和香椿拌在一起，自然要好吃得多，我们又为母亲变了花样的做法而兴奋不已、食味大开。在我的某个兄弟姐妹过生日的时候，有心的母亲，会煮上一块平日里只有来客人才煮的腊肉。腊肉煮好后，切片，和着摘净并捞过水的核桃花一起炒了，做上一盘春天里最丰盛的核桃花炒腊肉，这一天，无疑是我们家所有孩子最幸福最渴望的日子。哎呀，能闻着肉香了，能吃腊肉了！我们欢声雀跃，简直高兴得不得了。

从母亲一开始煮腊肉的时候，我们就围着灶房团团转。当锅煮开，肉香一阵一阵地飘出来，直钻我们的鼻孔，有香香的肉味，还有腌腊肉时浸入其中的辣椒、花椒及盐的调料味。这几种味道混合在一起，简直是世上最美的滋味，嗅着这阵阵香气，不仅过瘾，而且陶醉。

这天中午，母亲一定会蒸上一锅玉米干饭，要不然，对不起这盘稀罕的珍贵的菜。这一整天，我们除开上学，就是围着母亲和灶台转。母亲理解我们的饥渴，待饭菜拿上桌后，先给我们一人夹上一筷子，让我们解解馋，我们便满心欢喜狼吞虎咽地吃起来。母亲看着我们的吃相，便满意地笑了，一边笑，一边说："你们今天是跟着老五沾光。"我们才不管呢，只要有肉吃，吃着高兴就行。

成年后，离开了村庄，已经渐渐忘记了核桃花，还有核桃花飘飞的春天，也忘记了核桃花的滋味，甚至还忘记了核桃花带给我成长中的无数欢乐和充满渴望的期待。如果不是今天，在这个餐桌上邂逅核桃花，我还能否想起那些已经久远的日子？在那个春天，阳光暖暖的，如流银一般铺洒在大地上，草儿才长出新芽，燕子才从南方飞回北方，一切都充满着新奇和希望……

（原文刊载于2018年1月26日《文化艺术报》）

第三辑　万丈红尘

古城飞雪

入冬，西安的第一场大雪是在大寒之后下的，这场雪之奇之大，是多年来西安不曾有的。

早晨，老公对我说："下雪了！"我喜出望外："真的？"他说："可不是真的，还挺大呢！"平日里老公总是比我起得早，早起对于他来说已经成为一个习惯。

我披上外套，拉开阳台的窗帘，外面已是一片雪白。哇，真的下雪了，还这么大！这让我又惊喜又惊奇。

久居西安的人都知道，西安少雪，因了人多，因了车多，因了关中平原的空旷与风的随意游走，就算是偶尔下雪，也会旋即被风吹散、吹落、吹碎，以至化为乌有。因而西安人常羡慕秦岭山里的雪，那么洁白，那么绵厚，那么铺天盖地，那么纵情飞扬。因而城市无雪的冬天，人总觉得少了点什么！

少的是什么呢，少的是雪的缤纷飘逸，少的是雪的洁白晶莹，少的是冬日里那场奢华壮丽，少的是白雪掩映下那无穷的意趣和玉砌冰雕的美。

在这场飞雪之下，很多人骚动了，不仅仅是我，还有很多男人、女人，还有儿童，他们惊讶着、赞叹着，欢天喜地地出门，去邂逅一场意外的瑞雪。

雪依然在下，纷纷扬扬，从街头的每一方天空落下，城市以它独有的方式在迎接着片片飞雪。雪似鹅毛，雪似窗花，雪似飘零的树叶，又似飞舞着的蝴蝶，落在行人的发际间，落在泊着和行驶的车辆上，落在那高的和矮的楼顶上，落在那花坛和空白的路面上。它们一层一层堆叠起来，越积越厚，堆积成松软的发糕，一脚踏下去，便会踩出一个深深的脚印，与鞋的形状一模一样。从那些脚印中，你能辨别此前走过的都是一些什么样的人，宽脚大掌的必定是男人，前面浅后面尖的必定是女人；甚至你能感觉到他们是怎样走过的，并排一起走过的必定是熟人，一前一后距离一步开外的必定是陌生人，那深一脚浅一脚、步伐大小不一的必定是小孩，他们多是跳跃式走过的，正如他们不安分的心情。

城市里最美的雪是在晚上，在夜深人静的时候，人们都酣然入眠，一切都处于静止状态，那时的雪才可以独享其清静，可以完全以雪的状态存在；黎明过后，雪便会被纷沓而至的脚印和川流不息的车辆倾轧。人们爱雪，但毕竟工作和学习比赏雪要重要得多，于是乎，雪在人们的声声叹息中还是被深一脚浅一脚的脚印一次一次地覆盖着，以至零落成泥，逐渐融化。因而，城市里的雪常常有一种被人为碾碎的心痛。

我尽量在街道两旁的阶沿上走，不去破坏雪地的纯洁。在漫天的雪花之中，突然觉得城市一改往日的冷峻，瞬间变得柔美与温情起来。平日里生硬的路面，棱角分明的楼房和那一辆辆嘶鸣着的大小不一的车辆，在雪的映照下，全都变得乖巧起来。此时此际，雪似乎有了一种母性的情怀，泊在它之中的那些物件就如它的孩子，在母亲的怀抱里，享受着一份母爱的静谧与安然。

当我正陶醉在对于雪的遐想中的时候，一条微信消息跳出来：同在西安，南北两重天，雪神啊，你为什么如此厚爱我们南郊？此语中有欢喜，有自豪，更有着对于雪无尽的喜爱，并附有图片。果然，一城之南北，城南瑞雪如绵，城北却空旷如昔，只洒下了些零星的雪花，徒见雪的影，难见雪的形，自然之造化便有如此神奇，让人瞠目结舌，不由得称奇。想必城北的人是羡慕极了城南的人，见城南的人连连晒雪，心中肯定如渴了许久的鱼在等待一场自汪洋而来的水，来滋润自己干渴的身体和心灵。

城市里，诸多的事，诸多的人，早已见怪不怪，有身强力壮讨饭的，有满头白发的餐馆服务员，有为富不仁者，也有贫穷的义工。城市的生活永远忙碌，诸多的人与事淹没在这滚滚的洪流中。

今冬以来，天气持续干燥，雾霾天气严重，戴口罩的人骤然多了起来，连往年不戴口罩的我，因为长时间的感冒咳嗽，出于保护自己，也戴起了口罩。这场雪，想必会让西安的空气质量改善许多，这样想着，便猛吸了一口，空气果然清冽了许多。抬头，天空在雪的吸附下，也变得清亮透明，再看四周白茫茫的雪，感激之心油然而生。

雪仍在下，我已走过了街心广场，脚下却没有停的意思，它在向着更深更远处前行，去找寻雪天里一片最旖旎的风光。

广场上，积雪掩映下的枣皮子树已经开出了淡黄色的小花。

（原文刊载于2016年1月27日《陕西工人报》）

临河的小屋

雨，一直在下。从昨天到今天，不大，但连绵不绝，丝丝缕缕，如线一般，在天空中垂直地牵着，一直碰触到了大地的万物，才被斩断，变成雨滴，滴落在脚下的某一处。

我就这么坐在窗边，一直看着，一直听着，有时候是有意识的，有时候是无意识的，而这“滴答”的雨声总在不断地提醒着我，让我清楚地知道这雨还在下。屋后是一面青山，满眼的绿，雨滴浓了青山，翠绿翠绿的，绿色蓄满了我的眼眶，但是仍无法遮去我的担心与忧虑。

这是一幢临河的房子，背靠青山，面临大河，风景很美，视线开阔，一眼可以望到很远很远。近处的城市，远处的山峰，还有那河边依依婆娑的绿柳，让人的心里总有说不出的心旷神怡。我喜欢这个地方，我喜欢这样一个临河的小屋，它给了我诗情画意般的生活。可是住在这儿的屋子里，也会让我有不安的时候，那是在雨天，在一直下个不停的雨天。

雨还在下，一直没停，看着河水一点一点地涨起来，由清澈变得浑浊，再变得泥浆翻滚，我的心中就有些惊惧。我站在临河的窗边，望着滚滚而下的河水，一任它们在我的眼前浊浪汹涌，平时和缓的河流开始变得湍急，像是有一条条巨龙在快速地游动。河水涨起来了，明显地涨起来了，裸露的河床已经完全被淹没，并且水位在一点点地上升，让人有一种感觉，这河水已经不再是河水了，有了一点江水的味道。

河边多了一些人，一些看水的人，他们打着伞，三五成群，从各个方向走来。走过来，就急急地奔向河堤，探着脑袋向河里张望，他们也在担心，他们倒不担心自己，而是担心这样的雨、这样的水，会不会给这一方土地带来灾情。他们沿着长长的河堤，久久地盘桓，久久地徘徊。

我知道，这样的日子，注定许多人是不得安宁的，有居住在河旁的人们，有忧国忧民的百姓，有为官一任造福一方的父母官，谁也不希望平静的生活被破坏，谁也不希望美好的家园被摧毁。这房子，这美丽的休闲长廊，这发展中的城市，一切的一切，都是这片土地上的人们苦心经营起来的。这里面有他们的汗水，这里面有他们的心血，这里面有他们的希冀。当生活一天天地变得美好，当贫瘠的土地变成了花园般的城市，人们的心中就溢满了甜美和幸福。

夏天是美丽的，夏天也常常是无情的，它总会在某个不定的时候给人带来意外，让人慌恐、惊惧、措手不及，它不以人的意志为转移。泥石流、滑坡、洪涝灾害，常常给我们的生活带来破坏性损失，我们除了做好一些防护应对措施外，更多时候，似乎只能听天由命，只能默默地向上苍祈祷。在无情的水涝面前，人的力量是微弱和渺小的，渺小到无法与自然抗争。

这一夜，我失眠了，我的耳畔一直有雨水滴落的声音，我的枕畔一直有河水流过的声音。这些声音格外脆亮，格外震动我的心房，它们一声声敲击着我的耳膜，让我心中难安，无法入眠，我在心中一声声地说着：“雨，你停下，停下吧，不要再下了，给老百姓一个安宁的夏天吧！”我就这么一遍一遍地说着，一遍一遍地祈祷着，我不知道上苍会不会怜惜生灵，我也不知道上苍会不会被我感动，而我，就在这“哗哗”的流水中等到了天明。

天亮了，雨终于停了，我的心中也雨过天晴，我感到了一种从未有过的释然与快慰。雨停了，生活又回归了祥和与宁静，平静的生活该有多好！原来，幸福真的很简单，只要我们平平安安，只要生命每天存在，只要我们可以迎来朝阳、送走夕阳，只要我们仍然可以按部就班地工作和生活，这就已经很好了，什么名，什么利，什么荣华与富贵，都不重要。

一夜未睡，竟然也并不疲倦，早晨的阳光真好，我伸伸懒腰，梳理了一下情绪，又开始了新一天的生活。

（原文刊载于2013年8月6日《西安日报》）

表哥娶儿媳

表哥长我几岁，具体长几岁，我已记不清了，只知道他比我大，但是因为他个子瘦小，感觉不像哥哥的样子，所以，我便一直叫着他的名字，丁生，从小到大，一直叫到现在。他也并不见怪，每次见面都乐呵呵的，表妹，表妹，一副很亲的样子，就算脾气再不好的人，也不忍心拒绝他的友好。

童年时，母亲在一圈亲戚里，算是贤淑的人，特别是能做得一手好饭菜，且待人厚道、大方。因了这个，亲戚及亲戚的孩子都爱来我们家，舅舅家的，姑姑家的，这些孩子们便是我们家的常客，丁生也一样。上学，放学，周末不回家的时候，他们就会来我们家，母亲就将他们当成自己家里的娃一样爱他们。因此，在童年的时候，丁生经常跟我们在一起玩，我们玩得就像是亲兄弟姊妹一样。对于这个表哥，我们没有拿他当外人，他也没有拿我们当外人。

因为家境不好，所以他只上到初中毕业就回农村的家中务农了。一个男孩子回归家中，父母身上的担子就会轻一些，他可以帮家中做很多体力活。因为下面还有弟弟妹妹，加之舅娘体弱多病，所以丁生弃学务农，便成了一件天经地义的事。丁生很安于天命，乐呵呵地接受了命运的安排，毅然挑起了家庭生活的重担，于是，丁生的一生便注定要在土地上摸爬滚打。

记得，丁生结婚时，我们去参加了他的婚礼，娶的是邻近的一个女子。女子身体健壮，一看就是一把好劳力，对于在农村生活的人来说，能娶到这样的媳妇一家人都会欢天喜地。丁生乐呵呵的，舅舅舅娘也乐呵呵的。

没几年，我也出了阁，离开了老家的村庄，与家远了，与那些相熟的亲戚们也远了。忙于孩子，忙于生活，忙着各种各样的事情，与丁生的见面便少了。特别是母亲去世之后，我们共同送走母亲后，由于时间问题和生活的琐碎，我们便少有见面的理由，以至中间竟有数年未见。

前不久，另一个舅舅过世，在那个舅舅家遇到丁生。丁生告诉我们，他的儿子要结婚了，请我们去喝喜酒。我们一听，都大喜过望，哎呀，丁生都当公公了，不由得感叹岁月如梭。这个瘦瘦小小的表哥，到现在都瘦瘦小小，却养育了三个儿女，儿女个个比他高，肤白如雪。如今，一晃，他竟然要当公公了，不由得让人重新打量着他。丁生虽然瘦小，但脸上明显苍老了，宽泛的额头上生出一条一条深深浅浅的皱纹，这是岁月在他脸上刻下的划痕，也是农村生活的艰辛在他脸上留下的印迹。听了他的喜报，我们连连为他祝福，说届时一定去，一定去，无论如何，就算再忙，也一定一定要抽出时间去参加表侄子的婚礼。他听了，乐呵呵的，喜上眉梢，有对我们的欢迎，也有当公公的幸福和满足，对于生活在农村的丁生来说，儿子能为他娶回媳妇，就是他一生最大的成就。

婚礼是在冬日的一个下午举行的。

我们各自向单位告了假，兄弟姊妹结伴向西川驶去。丁生依然住在他童年的村庄，只是从河西搬到了河东开阔地带，新屋是一溜三间的平房，粉刷得雪白，好似专门为迎娶儿媳而盖的，其实也正是如此。我们的车是在 11 点多到的，丁生在门前看到我们，就赶快跑到公路边来迎接，他双手攥着我们的手，一个一个握着，迎接着我们这一伙阔别的亲人。我们强烈地感受到他的激动与喜悦，他待人的憨厚真诚和热情与城里人的彬彬有礼是不同的，他是完全的开放式的毫不保留、毫不做作的真情的流露。我们就像是站在一片开阔的地方晒太阳，完全没有障碍物，感觉到的是和煦的春风和暖阳，令人身心舒畅，让人不得不承认，农村人的坦诚与质朴，是人类该一直保留的美德。

12点多，新娘回来，婚礼是在1点举行的，一对新人踏上爱情的红地毯，在司仪的声声祝福中，甜蜜而幸福着。令我没想到的是，如今，深山的婚礼也跟城市里的婚礼一样温馨浪漫而富有情调，美丽的花束，喜庆的帐幔，长长的红地毯，醉人的香槟酒，诗意的流沙，所有的一切，与城里的婚礼竟是丝毫不差的。新娘披一袭婚纱，新郎黑西服白衬衫红领结，如玉女金童，相映而生。这样的画面，在农村，以前只能在电影和电视里看到，现在却生动鲜活地在自己的身边人身上上演，如何不让人欢天喜地，如何不让人感慨农村的生活真的是发生了天翻地覆的变化。以前，人都往城里赶，现在的农村，哪一点又比城市差了呢？看到那车道宽阔的马路，路边那棕黄色精致的木栅栏，以及那满眼的青山绿水，还有丁生家那圈了半坡的鸡场，舅娘正在坡地上的菜园里摘着新鲜的水汪汪的蔬菜，这生活，哪一点不比城里更让人养心养眼养人？再看看丁生，我相信，他所有的笑容都是发自内心最真实的流露。我也由衷地为他感到欣慰。丁生没有读多少书，但他的生活一样过得幸福充足，有声有色。在现在这个社会，只要勤劳，就一定可以过上幸福美满的生活。

临走时，丁生给我们每人装了一塑料袋自己家里打的洋芋粉，这在城里是稀罕物，也是真正的纯绿色食品。弟媳妇说，多少洋芋才能打这一袋粉呀，你还给我们一人装一袋？丁生笑呵呵地说，有，有，多着呢！我们这才一一安心地接过，再打量丁生被人抹得红彤彤的彩脸，我们全都不由自主地会心地笑了。

（原文刊载于2016年12月5日《淮安日报》）

街口的异域风情

夏日的正午，十字街头。

两个女人映入了我的眼帘。这是一个我常常经过的十字街口，但今天，却明显地与往日不同，不同在于一个卖哈密瓜的摊点，它的不寻常不在于卖哈密瓜，而在于卖哈密瓜的女人。这是两个新疆女人，最主要的特点体现在她们的服饰上。两个女人都裹着头巾，身着长长的袍子，我之所以说是袍子，是因为她们的衣服将她们的躯体包裹得严严实实的，除了一张脸和一双手在外面，其余部位全都在衣服里面包裹着。

两个女人一个年轻，一个年长，年轻的有三十多岁，穿着红底白点的长袍，年长的有四十多岁，穿着深绿色碎花长袍。两个人的头都低垂着，再加上头被头巾包裹着，只露出巴掌大个脸。两个女人对坐着，旁若无人地在说着什么，用新疆话，具体说的什么，是听不懂的，只看见她们的嘴一张一合，说得挺起劲。

在她们旁边，悬着一个吊床，待至近处，才发现吊床上躺着一个人，一个小女孩，大约有十一二岁的模样，也同那两个女人一样，包着头巾，穿着一身红色的长袍。因为她躺着，我能清楚地看到她的袍子里面还穿着齐脚的长裤。从着装上来说，新疆人的穿着还是处于传统服饰状态，一者体现在着装的封闭性，二者仍旧保有传统的民族特色。对她们来说，这是很正常的装扮，就算天再热，也只不过是将厚的袍子换成薄的袍子而已，着装的传统和习俗是不会变的。不仅是大人，就连小孩，也依然按照这种传统来着装。眼前的小女孩便是如此，她与那两位妇人一样，依旧穿戴得那么规范，那么齐整，那么一丝不苟，这让我对她们有点刮目相看。

小女孩睡得很沉，脚吊在吊床外，只将头和身子缩在吊床上，估计是正午太热的缘故吧，她不得不借助吊床来满足自己的睡意。我打量着这个孩子，心里不禁生出了一丝怜惜。这个年龄的孩子，正是在家里撒娇的时候，多数父母都尽可能地给孩子提供最好的生活和学习环境。可这个孩子，却跟着母亲背井离乡，漂泊在异乡的街头，流浪着自己的身体和心灵，她有没有上学呢？是不是就是这样一直随着母亲在异地他乡行走呢？为了赚取一点活费而奔走在一个又一个的街头呢？

忽然，小女孩翻了一个身，我以为她会苏醒，可是她并没有醒，只是翻了一个身，脸朝着街里，又开始睡了起来，甚至眼都没有睁开一下，就又沉沉地睡去了，睡得那样安详，睡得那样平静，睡得那样香甜。可能在她以为，这样的生活很正常，在累了的时候，能够有这样一张吊床睡觉就已经很知足了，在不停的漂泊之中，这样的日子可能已经习以为常，并不觉得辛苦，也并不觉得有什么不妥或不合适。

在瓜摊旁边，还睡着两个小孩，都只有一岁多，一个男孩，一个女孩，不知道这是两个女人各自的孩子，还是一对龙凤胎，反正两个孩子一般大，放在瓜摊边的木板上，没有垫的，也没有盖的，就那样卧在硬硬的木板上。他们和小女孩一样，都睡得那样沉，仿佛整条大街上的人流和车流都不在，他们的睡相憨态可掬，还时不时用小手将跑到脸上的蚊子驱赶一下，蚊子跑了，他们依旧香甜地睡着，整个世界都与他们无关。

本来，我不怎么吃甜食，突然很想买上一点她们的瓜，为她们的不远千里，也为这三个小孩，这三个睡得浑然不觉的小孩，还有那两个在大夏天里捂得严严实实的女人。这样的中午，她们本该待在自己的家里，可是她们却在这样一个炎炎夏日如火的骄阳里，栖身在西安的街头，在人来车往的十字路口，讨着一份生活。她们是顽强的，孩子也是顽强的，他们可以随遇而安，也可以席地而睡，把日子过得最简单而不做任何要求。这是两个勤劳的女人，又是两个肯自食其力的女人，她们是美丽的，又是可敬的。

我说，给我拿一个瓜。听到我的声音，年轻的女子站起来，仍是低眉顺眼，给我取了瓜，放在称上称了，用说得比较生硬的普通话给我报了价。我接过瓜，付了钱。我顺势问，卖瓜的生意怎么样？她微笑着摇了摇头，一般般，家里今年瓜丰收了，当地销不了，就拉到西安来卖，她们的丈夫负责运瓜，她和姐姐负责卖瓜。三个孩子就是她和姐姐的，她用手一指，睡在吊床上的是姐姐的女儿，这两个小的，是她的孩子，因为家里没人带，就都一起带了过来，只是天热，孩子没地方待，只有随着她睡在大街上了。说完，脸上露出一丝愧意。我很好奇，问吊床上的女孩子上学了没？她说，上着呢，现在暑假就随她和姐姐一起出来了。见她如此说，我很是欣慰，孩子在应该上学的时候一定要上学。

西安的街头，因了这突然来的穿戴齐整而又深具新疆特色的两个女人，而现出了一种与平日里不同的风情。她们的服饰，她们原生态的生活，她们随遇而安的生活姿态，她们依然恪守着自己民族传统的行为，这些都是值得人们尊重的。在我的感觉中，新疆的人都挺能吃苦，都有很强的生活适应能力，而且都挺敬业，视劳动为一种荣誉。比如做馕的，做葡萄糖的，卖羊肉串的，做清真食品的，任何一项事情，他们都能做到最好，做得最有特色，这是一种可贵的品质，也是一种值得推崇的精神特质。

离开时，我又看了看木板上两个熟睡得像小猫的孩子，突然很希望她们的哈密瓜赶快卖完，好让她们早日回归家园，结束这种漂泊流浪、颠沛流离的生活，毕竟家里才是让人身心安定的地方，尤其于孩子。

我朝她们笑了笑，她们也朝我笑了笑，有几个顾客来，她们又忙了起来。

（原文刊载于2016年《浅水湾》杂志第3期）

钟楼下的补衣女

在钟楼脚下，有一群人，她们专以补衣为生，这些人多数是已婚妇女，她们操着浓重的四川口音，在对着来来往往的人们吆喝着："补衣耶，补衣耶！"

第一次见到她们，因为有事，便匆匆忙忙地走了，心里只是对她们好奇，这么一大伙人，都凑在这里，做什么呢，还有不停地在嚷嚷着的，眼里充满了希冀和渴望的神情。

在后来的一次闲逛中，我又来到了钟楼，因为是晴天，钟楼的人便格外稠密。她们仍在那里，夹杂在来来往往的人流中，依然用她们浓重的川味口音喊着："补衣耶，补衣耶！"起初，我并不能听懂，只是对于她们的叫喊好奇，她们在叫什么呢，为什么一直在这个地方叫，她们是在招揽什么还是在兜售什么？我猜测，她们肯定是在为着某件事或者说是某种目的而叫喊的。

我便对一个叫喊的妇女说："你们是做什么的？"那妇人反问我："你补衣不？补衣不？"我依然不懂，我疑惑地望着她，她看了看我，见我没有什么明显的反应，又对着走来的人喊去了，旁边的一个女士对我说："她们是补衣服的，专门给人修补破了的衣服！"

哦，我恍然大悟。

知悉了她们的所为，我便重新向她们打量过去。这是一群人，是以一种团体的形式出来干活的，约有一二十个，她们分布在开元商城的左右，因为在开元商城门口人比较集中。她们各人拿着一个自制的能够收放的小板凳，在开元广场前的空地上，有的坐着，有的将板凳放在一边，招呼生意，有的还正在织手中的活。

我去的时候，尚早，九十点的光景，那时，她们手上还都没有什么活儿，只有少数的一二个人在做着活儿，有的在说闲话，有的在招揽生意。见她们没有活儿可干，我心里就有些为她们着急，这么一些人，待在西安这样一个繁华的大都市，一天要吃要住，怎么生活呀？我心里纳闷着。在西安这个地方，就算是最偏僻的旅舍，住一晚上也要30到50元钱，就算租房，也价钱不菲。而这些补衣人，在这儿坐等生意上门，而且她们人数又多，零零星星少许的生意是难以让她们维持生计的。她们为什么要选择这种生计讨生活，她们若要赚钱，完全可以去找一份有固定收入的工作来干呀，为何要去干着这种没有保障的生计，对于眼前的她们，我是充满忧心和不理解的。

可是，就在我忧心忡忡的时候，陆陆续续来了一些人，他们拿着一些不同的衣服，有外套、有针织物、有牛仔裤，等等。见有拿衣服的人来，补衣人脸上便显现出喜悦和兴奋的表情，赶忙迎了过去。两相讨价还价，达成协定后，补衣人接过活儿，便开始认真地修补起来。

补衣人先用一个杯口大的小圆筒将衣服破的地方撑起，撑得平平展展的，又从随身的包里掏出针和线，依着衣服的纹理开始修补起来了。横纹用什么线，竖纹用什么线，全依着衣服的颜色和纹理。我方才发现，她们修补衣服与我们平日里普通的补衣服是完全不同的，她们在用她们的手工和技术将衣服恢复成新买的一样，而并非单纯地填补破洞。从这个层面看，这是一个技术活，而且是精工细做的技术活。

初看这些女人，她们的穿着都很随便，脸上和发型也没有经过什么修饰，完全是普通妇女的模样。长期的户外工作，令她们的皮肤看起来都较粗糙，但是她们却有一双灵活精巧的手。

不多时，很多人都接到了活儿，她们拿着手中的活儿，很快就缝补了起来，针和线在她们手中来回地舞动着，像一只左右翻飞的蜻蜓。我待在她们身边，像对待未知事物那样探究观望着，看她们究竟能怎样将那些破损的衣服恢复原状。看过之后，不得不惊叹，中国的手工艺织造可与机器相媲美，她们用不同颜色的线修补着，横织，竖织，斜织，在她们手中，那些破了坏了的衣服慢慢地又恢复了原样，依然完好齐整，几乎看不到曾经修补过的痕迹。最让人称奇的是，有人居然拿着巨幅的窗帘来修补，那个大窗帘是被利器割烂的，估计是小孩子的无知造成的，那么大一挂窗帘匍匐在妇人的脚下，衬得那妇人越发地微小。她们是一群平凡的人，她们做着普通且极其微小的事，在很多人眼里是微不足道的，但是在她们来说，却又是崇高的、神圣的，是她们赖以养家糊口的生计，有供应，就有需求，于是，也便有了市场。她们将破了坏了的衣服修好，使其又成了一件可以穿戴和使用的完美的衣物，为居家过日子的人们节省了钱物。她们在缝缝补补的日子中度过自己的生命与年华，她们在等待中工作，她们在修补衣物的过程中生活，而每一件待修的衣物都是她们的希望和盼望。

有了希望和盼望，即使是平凡的日子，也一样可以熠熠生光。

（原文刊载于2015年11月18日《陕西工人报》）

步行街上的陀螺

夏日的傍晚，吃过晚饭，来到了步行街。突然，耳边传来一阵噼里啪啦的响声，宛如鞭炮一般，一声一声，由远及近，敲击着我的耳膜。这是什么响声，如此脆亮有力？见我相问，老公说：“甩陀螺的声音。”

陀螺，我不陌生。山里长大的孩子，都会玩这个，不论男孩儿还是女孩儿。小的时候，冬闲时节，哥哥们就会坐在火炉边给我们削陀螺，那是用硬木削就的圆锥形的玩具，上面是一个圆形的平面，下面尖若铁钉。在我们当地，通常会用柞树、板栗树或者是核桃树来做。这些木头材质硬，有力度，且不易走形。做好之后，会在上面用彩色的蜡笔画上两个圆圈，陀螺甩起来就会很好看了。再配上一条牛皮鞭子，一套陀螺就算是做好了。然后用鞭子缠住陀螺，用劲地甩开，再一鞭子一鞭子地抽打着，陀螺就会满地划圈打转转，非常好看，且好玩有趣。在冬天玩这个，一会儿身体就暖和了，甩得人浑身发热冒汗。在彼时的农村，陀螺是孩子们最喜欢的玩具，也是冬天最好的取暖健身项目。

听闻是陀螺声，我不由得加快了行走的步伐。果然，在步行街开阔地带，一些人正在兴致勃勃地甩着陀螺，有男人、女人、老人，还有孩子们，都一样玩得非常起劲。令我惊讶的不是这些玩陀螺的人，而是他们鞭子下的陀螺，那些陀螺个头都很大，有的若大瓷茶缸，有的若碗口，最小的也有啤酒杯那么大。这在我来说是个奇观，我从来没有见过那么大的陀螺。当然，面前旋转着的，也不再是我儿时用木头削的。它们是机器化时代的产物，这些陀螺形状都很规则、平整，用油漆漆成各种颜色，虽然大小不一，但都非常美观，整齐划一，令我看着是熟悉的又是陌生的、是陌生的又是熟悉的感觉。我在它们跟前停下了脚步。换句话说，是陀螺吸住了我的脚步，因为曾经的熟悉、儿时的记忆和童趣，让我驻足。

其实，是好奇心促使我想看个究竟，儿时的陀螺和现今的陀螺有什么不同？为什么在这个地方会有这么多爱玩陀螺的人？他们玩陀螺的目的何在？他们玩陀螺的意义何在？他们玩陀螺的兴趣因何而起？因为，在我来说，很少有这么多人热衷于玩陀螺，或者在我来说，第一次大开眼界，看到这么大的陀螺，第一次看到陀螺被这么多的成年人欢喜地玩着。我站在他们旁边，他们卯足着劲甩着，我饶有兴趣地看着，“啪！啪！啪啪！”一鞭一鞭，坚实有力。那么大的陀螺，在他们鞭子的挥舞下，就像一只在地上撒欢的小猫，转得异常欢实。

终于，一个老大爷停了下来，兴许是累了，兴许是热了，反正他将陀螺提在手上，走到林荫树下的花坛边歇息。我走了过去，微笑着冲老大爷说：“大爷，累了吧？”“累倒不咋累，就是有些热了！”我在大爷身旁坐下，同他攀谈起来。老大爷对我讲，他们玩的陀螺都是在市面上买的，最大的陀螺一个180元，小的一个最少也15元，他手上的这个陀螺是90元买来的。“这一片的人都爱玩这个，起先是有肩周炎的人玩，甩陀螺对治疗肩周炎很有效。后来加入的人越来越多，就成了一种健身运动。男人玩，女人也有爱好这个的。因而爱玩的人就都聚在了一起，热闹。”大爷乐呵呵地说。

此后，我在步行街走的次数多了，才发现不仅下午有人甩陀螺，清晨也有人甩陀螺。每次在我散步的时候，都能看到甩陀螺的人，他们聚成一大片。他们的存在，在步行街上已经成了一道人为的风景。他们不以我的出现或者不出现而存在，他们一如既往地按照他们惯有的方式存在着，每一天的日出或日落、晨曦和黄昏，在霓虹灯下、在初升的阳光里，他们都欢快地甩着陀螺……

（原文刊载于2014年6月20日《自学考试报》）

喜雨初降

去冬今春，北方一直少雪无雨。偶有飘雪，也总是极稀极薄，每每让人在万分祈望中又随着渐渐消失了的雪花而失望。对于盼雪的心情，城市和乡村又有很多的不同，城市希望雪花净化那污染的空气，而乡村则期望雪花浸润干渴的庄稼。

农人大叔说，地里的蔬菜干死了，麦苗也成卷了。我经过地头，心中掠过一丝焦虑与不安，我想起了云南的旱情，植物干死，土地干裂成块，人们无饮用之水，牲畜无汲之泉。想来，干旱的确是一件可怕的事情，于是希望冬天赶快过去，春天快快到来，好有一场欢畅淋漓的春雨滋润焦渴的大地。

周日清晨，透过阳台突然发现对面马路有些湿了，急忙推开窗户一看，外面竟在下雨，我不由得万分欣喜。一个正月，人们一直在盼着下雪，可千呼万唤就是不见老天爷赐下半点水汽。没想到，今天终于开恩了，无声无息之中就下了这么一场令人欣喜的春雨。

我回身取了伞，兴冲冲地出了门。雨不大，但洒落在脸上有些冰凉。我将伞撑开，沿着河西长廊慢慢向对面山坡走着，雨打在伞上发出“沙沙”的声响，令我仿佛如听天籁之音。地面湿了，山坡湿了，树木也已经湿润了，变成了那种很深很深的灰褐色，忽然之间有了许多生气与灵性，它们仿佛都在努力地挣裂着某一种东西，冲破某一种桎梏，一切的一切，就突然在这雨中变得鲜活有力，有了生命律动的感觉。我暗暗地想，是春天来了，是春的力量在它们的体内奔流涌动。

蓦然，一株山桃映入了我的双眼。由于雨水的浸润，黑褐色的枝条倏然地变成了暗红色，整个枝条上有着一颗一颗如红豆状的小花苞，圆润而饱满，从山坡上斜伸过来，强行夺走我的视线，令我无法将它忽视。我走近它，站定，用一种从未有过的喜悦打量着它。唔，山桃花，你终于快开了！你这春天的使者，总是会为人们带来春天最早的消息，这场雨水过后，你定会花满群山。山桃花，是一种特殊的植物，也是一种顽强的植物，没有人刻意去种植它，也没有人刻意去养护它，它就这么自然地生长着，却能够一代一代顽强地繁殖，永不消亡。在那山山岭岭，在那人迹罕至的地方，都有山桃花纤瘦的身影，虽然纤瘦，却有着所有生命都无法比拟的顽强的生命力。在严冬未尽、乍暖还寒的时候，所有的植物还在蠢蠢欲动，它却已凛然跃上枝头，释放出早春最绚烂的芳香，把春的讯息带给千家万户。那一朵朵，一枝枝，一株株，虽不耀眼，却酿造了一个春天里最本真最无可比拟的绚丽，在山里人的眼中，没有什么比这自然之美更能让人心灵愉悦的了。我用手拂过花枝，滴滴雨水遗落于地，而新的雨水又会从它的身体上浇过，那么，山桃花，你且尽情地吮吸吧，吸饱了，喝足了，好将生命的花朵绽放。

我继续往前走，不远处，一老农头戴斗笠，正冒雨拿着一柄锄头在耕耘山脚下的那片土地，一锄一锄地深翻着，用力且认真。那是一片菜地，每年都会长得郁郁葱葱，这片土里长过辣椒，长过茄子，长过西红柿，长过大葱，还有土豆，甚至还长过玉米，当然是在地边上栽种的几株。在土地最窄的地方，他会因势就势地栽上几行韭菜，反正这一小块土地在他手中没有一点浪费的。当然，也正是因为有了这很小的一片土地，让我身边的很多孩子知道了他们所吃的蔬菜是什么样子的，是以什么状态生长的，甚至还知道了玉米怎样拔节、扬粉，然后长出有着长长的胡须的玉米棒子。每当人们从这条休闲长廊边走过的时候，孩子们好奇的目光，以及大人们耐心的讲解，便显示了这片土地的可贵。从这一点来说，我们应该感激这位爱耕作的老人。我从他身边走过，禁不住打了声招呼：“大叔，下雨了，还在地里耕作啊？”他停下手中的锄，说：“就是赶下雨趁着这墒情，将地赶紧翻一翻，过几天好栽种！”人们都知道，春雨都不会太大，所以精通农事的人都会很珍惜。我望着老人劳作的身影，心想，不久这片土地又将会是一片葱绿！

雨一直在下，沐浴着小城的山川、大地的万千作物，洗去尘埃，催生着生命。看，那成行的柳梢上，已经有了轻轻浅浅的嫩黄色……

（原文刊载于2011年3月4日《西安日报》）

清凉可口的神仙豆腐

一个老农推着架子车迎着我走来，走近了，我方看见他的车上拉着几个塑料桶，每个桶里漂浮着几大片玉簪花叶。我好奇，问老农拉的是什么，老农说是神仙豆腐。

我揭开玉簪花叶，瞥见浸在水里的神仙豆腐，一片一片悬浮在水里，半尺见方，筷子一般厚薄，嫩嫩的、水水的、颤颤的，就那么静静地躺在水里，却在强烈地诱惑着我的食欲，让我忆起了那清爽又回味无穷的滋味。

大城市里很多人是没有见过这种食物的，也没有机会品尝这种唯有山里才有的珍馐佳肴。地处秦岭南坡的柞水，光照充足、土质肥厚、气候四季分明，为神仙树这种植物提供了得天独厚的生长环境。当地人发现了这种植物特殊的功用，在那些饥饿可以致命的年月里，依靠它度过了艰难的岁月。朴实厚道而又懂得感恩的山里人，为这种用神仙树叶制成的食物取了一个诗意的名字——神仙豆腐。

小时候，见母亲做过神仙豆腐，那些情景至今还记得。母亲将新摘回来的神仙树叶洗净后，用烧开的水冲烫，将烫后的叶子放在搓板上揉搓，便搓出了青乎乎的浆。过滤后，除去叶茎，将那些糊状的汁水倒入器皿中冷却，就做成了可以食用的神仙豆腐。

神仙豆腐是一种时令鲜品，可以出售的时间并不长，前后也就卖一个多月，叶子就老了。也就是说，人们可以品尝到神仙豆腐的时间也就是五月上旬到六月下旬，这段日子过去，神仙豆腐又成了人们记忆里的一种遥想。

那天，我让老农称了一斤神仙豆腐。回到家，大家听到我说买回了神仙豆腐，都很兴奋，让我赶快调好了，端给大家吃。我将神仙豆腐切成条，用新鲜的浆水菜调制，加上蒜泥、辣椒油和味精，一碗美味可口的神仙豆腐就做成了。大伙纷纷端起碗筷，急切地想品尝它的味道，这样的午餐无疑是别致而又余味无穷的。一碗下去，神清气爽、浑身舒畅。神仙豆腐的颜色虽不好看，但是它的口感很好，爽爽的、滑滑的，只是有点微苦，而正是因为这若有若无的苦味，才使得这种食物有了一种与众不同的口感。

居住在柞水的外地人见神仙豆腐卖得如此走俏，也迫不及待地买来一尝，一吃，竟然也吃出了味道。有心的小贩在卖神仙豆腐的时候，还特意带上一些新摘回来的神仙树叶，以满足外地人的好奇。这种叶子，椭圆、微尖，并不厚实，细看与别的叶子并无大的差异，可是它却做出了世间最为独特的食物。

可见诸多生命的相似，只是形似，其内在和本质并不相同，其功用与价值也不能等同。

（原文刊载于2014年7月5日《精神文明报》）

秋雨声声急

今年秋天，雨水比往年来说，是多的，一月没有半月晴，隔三岔五的，雨就来了，一下就是几天，不得开晴。于是，一个秋天，就变得暗淡起来。

暗淡的天光，也暗淡了人的心情。我常常会看着灰暗的天空忧愁起来，我不知道忧愁什么，也不知道为何忧愁，但是我的心也像这阴沉的雨天一样，难得晴朗。我常常坐在窗边发呆，一坐就是几个小时，我不是不想出去，只是雨天，无处可去。

我本是一个爱行走在户外的人，可是这厚厚的雨将我与外面的世界隔离起来，我只能坐在家里或者是办公室中，于是这窗子于我便显得亲切，成了我眺望外面世界的窗口。雨中的天地，人始终很少，过来过去的，都是一些急匆匆行走的人，他们都是在为着某件事而来，又为着某件事而去，匆匆的步履，显现了他们的无奈与不情愿。

雨已经下了几个小时，始终没有停的迹象。外面已经苍茫成一片，灰茫茫的天，灰茫茫的地，停在院子里的多是一些车辆，还有那些一年四季站立在院子里的树。一切都是静默的，唯有雨声，滴滴答答地坠落，像是一把弹在人心上的弦，但奏出的是一些并不动人的音符。

一只狗，站在对面的屋檐下，伸伸头，看看天，又将头缩了回去，在房檐下来回地走动着。雨天，它也和人一样，无处可去，唯有仰头望天。雨天的日子是寂寞的，雨天的日子也是无聊的，所有的生命和人类，都同样需要阳光，需要阳光来浸润自己的身体与内心，需要阳光来照耀自己的生活。

同事说，快下班了。我看看表，是，还有五分钟就十二点了。我收拾了桌上的东西，朝窗外又望了一眼，雨依然很大，我拿起伞，关上了办公室的门。

街上的人比先前多了些，多是一些接送孩子的家长。他们头上撑一把伞，手里再拿一把雨伞，手中的这把伞，是为学校里读书的学生准备的。雨大，一把伞下无法安然地罩着两个人，所以不得不一人打一把伞。他们在路上急急地走着，唯恐误了接孩子的时间，而我，相对他们来说，可以从容一些。

我在北关上班，家却在南关，因而上下班要走好长一段路程。晴天尚好，雨天就有些无奈与焦灼，遇上这样的雨天，我常常是汲着半腿的水回家。回到家中，换衣服不是，不换衣服也不是，换衣服吧，待会儿还得去上班，照样会湿，不换衣服吧，潮得人难受。而我，常常选择忍受，忍受湿衣给我带来的不适。

一辆车在身边停下，原来我已走到公交车站牌跟前。前面还有三站路，车已然在跟前，那就坐车吧，掏出身上仅有的一块零钱，乘上了公交车。在这雨天，车上也一样湿淋淋，车座上是水，车厢里是水，拿在乘客手中的雨伞上也是水。车上尚有空座，我没有坐，我觉得能不在大雨中行走就已经很好，此时内心安然而知足。

到站，车门开启，我下车，重又撑起了手中的伞。而这伞，在雨天是必不可少的，它时刻相伴我左右；而我，只有在它的保护下，才能从此路走向彼路。我穿过茫茫的雨地，过了钢架桥，向家的方向疾步走去。

楼下，一楼的主人一家正忙着，不停地出出进进。原来，楼后昨晚坡上土滑了，全涌在了他们的屋子后面，早晨起床后才发现，于是请了人，正在忙着将土石清理出去。我听了，有些担心，我到他们屋后看了看，又到我的屋后看了看。我屋高，尚不碍事，但他们的房子地势低，存在安全隐患，这雨天，说真的，实实让人揪心。

看看天，看看雨，我无奈地摇头。我放下包，却没有心情做饭。我打开了电脑，急不可待地想看看天气预报。预报显示，未来三天一直都是雨，间或有大雨，天气晴好要到数日之后了。我心顿时黯然。

在这连绵的秋雨中，生活在城市的我尚且如此尴尬，生活在老家的乡亲们，他们会怎样？这秋雨，会影响他们的收成吗？会让他们的玉米烂在地里吗？会让他们的豆角不能收回来吗？会让他们的房子有危险吗？走在泥泞的土路上，他们会不会一个不小心滑倒？他们会不会为打一个树上的核桃而跌下树来？他们又会不会在一个光滑的湿坡上为捡一个毛栗而戳伤了手脚？这秋雨，一声比一声急，一声比一声响，不只响在我的耳边，更响在我的心头！

秋雨声声，你何时可歇？

（原文刊载于2011年10月12日《河北青年报》）

下岗女工

单位改制，企业破产。她，下岗了。

走出厂门的那一刻，她只觉得眼前一阵晕眩，天一下子变得漆黑无边，她不知道自己今后该怎么生活？心中茫茫然一片……

前不久，老公从单位下岗，而今，自己又下岗了。想着头上年迈的公婆，想着膝下正在读书的一双儿女，她就觉得有一种东西压得自己喘不过气来，她迈着踉踉跄跄的脚步恍恍惚惚地回了家。

家里灯亮着，两个孩子正在做作业，她强打起精神，去给孩子们做晚饭。

吃饭的时候，老公拍了拍她的肩膀，她知道他的心情和她一样沉重。

在家里待了一个多月，她再也按捺不住内心的焦灼与煎熬，一家人要吃要喝，就这么闲待着，总不是个事。

她一个人骑着自行车上了街，大街小巷到处转悠，东看看，西瞅瞅，她一连观察了好几天。街上吃凉皮的人很多，而且家家店里生意都很好，她就在心里琢磨着，何不自己也开一家凉皮店呢？她回到家，将这想法说与老公，两人一合计，还行。但是要做凉皮，须得学技术，制作、烹调这都是有门道的，这些问题不解决，怎么开张？当务之急是学艺。

她四处托人打听，过了好些日子，有亲戚传来信，说有一家卖凉皮的要请个帮工。她喜不自胜，连忙应承了下来。

她的勤劳和能干深得主人家喜欢。主人家平素只让她做凉皮，只在忙不过来的时候，才让她帮着烹调。她用心地做着，潜心地学着，在心里默记着每一种料的配方和比例。没多久，她就掌握了制作凉皮的全套工艺。

三个月后，她向店家辞了工，在老公的协助下，开起了自己的店，她给它取名“夫妻凉皮店”。

自己的店开起来了，一定要好好经营，她在心里暗暗地下决心。

店子开张的那一天，厂里的工友们纷纷前来道贺，都言她给他们带了个好头。她摆了一桌酒席，算是与大家共勉。

她始终铭记“顾客就是上帝”这句话，她用心地招呼着每一位走进店里的顾客，就是心情再不好，身体再疲惫，她也总是坚持微笑面对顾客。在她的悉心打理下，小店的人气慢慢地旺了起来，回头客也越来越多，这让她重又看到了生活的希望。

可是就在她的生意渐渐有了起色的时候，婆婆病了，尿频尿急，身体急剧消瘦。经医院诊断，年近七十二岁的婆婆患上了糖尿病，婆婆的病得加紧治疗，不能耽搁；小店的生意也不能停下来，这是维系一家人生活的命脉。

万般无奈之下，她将婆婆接到了自己租住的小屋，一边做生意，一边料理患病的婆婆。好在两个孩子颇为懂事，放学之后，时常帮着她替奶奶做饭、煎药。

艰涩的生活并没有磨掉她对生活的信心，她对生活、对未来依然充满憧憬。

明年，女儿就要考大学了。想到这件事，她总会很兴奋。女儿学习成绩一直很好，从小学到初中，从初中到高中，学习一直都是班上的前三名，深得老师喜欢。初中考高中的时候，女儿居然考了个全县第一，这让很多孩子的家长羡慕不已，这也是一直以来令她内心最为快慰的事。

每每想到这儿，她就觉得自己身上仿佛有了一股无穷的力量，她一定要将小店经营好，让女儿有足够的学费顺利地读完大学，这是她这一生最大的愿望。一个人的时候，她就眯着眼睛遐想，女儿大学归来，亲昵地拉着她的手，甜甜地唤她一声“妈”，幸福的微笑就一次又一次地浮上她的嘴角。

女儿真争气，总算没有辜负她的期望，以优秀的成绩从新生中脱颖而出，考入了西安交通大学。捷报传来，她正在给顾客调凉皮，赶忙将调好的凉皮端上桌，顾不上解下身上的围裙，就急急忙忙地奔回家中，她要证实这消息是确凿的。推开门，女儿正拿着录取通知书在独自乐呵着。她接过通知书，看到上面女儿的名字，看到西安交通大学的印章，确凿无疑，女儿考上了，考上了。那一刻，她乐得像个孩子，抱着女儿在客厅里转了三圈。

很久了，一家人都没有在一起好好地吃顿饭，今天她特意去菜市场买了好多菜，还破例买了一瓶长城干红葡萄酒，他们一家人要为考上大学的女儿好好庆祝一下。

下午，她第一次早早地关了店门。当一家人围坐在餐桌上，当一家人围着高中榜首的女儿，她的幸福溢于言表。

女儿走了，带着她们一家人的希望，带着她对生活所有的期盼去了新的学校。

夜已经有些深了，她一个人独自待在店里，她要卖完最后那几碗凉皮，以使女儿在学校里能有充裕一点的生活费。

次日，在苍茫的夜色中，她又迎来了新的一天的黎明……

（原文刊载于2010年4月27日《阳江日报》）

行走在城市边缘

认识海的时候，海是一个建筑工地的电工。

已经上班好多天了，老租不到房子，只得在朋友处搭脚。海的表姐静和我朋友在一个单位，她说她有一熟人，好像家里有房子向外出租。我听了欣然前往。

运气还真是不错，刚好有一房客家里有事，前几天退了房，空出一间，于是我终于在漂泊了一个月之后有了自己的憩息之所。

在回朋友处取东西的途中，静说她有一个表弟在这附近做工，想去看看。

我随她来到了一个建筑工地，我们问了一个工地的师傅，才知道海还在五楼上。我们很吃力地爬上五楼，找到海的时候，他正在用电钻子给楼房的墙上挖槽子走电线。海穿着一身很破很旧的迷彩服，头上落着一层厚厚的灰尘。

“海，忙着呐？”听到叫声，他转过头来，看到了静，大喜过望，“表姐，你咋来啦？”眼里闪烁着兴奋和诧异的光芒。静说：“陪一个朋友过来租房，顺道来看看你！”当他将目光移向我的时候，有点窘，瞬即将目光看向了别处，搓了搓手，对静说：“这边没地儿坐，去我的工棚吧！”

我们随他下了楼，来到一楼左边一溜用空心砖砌就的房子跟前。他开了一间的门，我们走了进去。房子四壁很粗糙，没有搪过的墙有的地方直接就能够看到从外面射进来的光亮。这种房子冬天很冷，夏天很热。

房子虽然小，但拾掇得还算整齐，里面支有两张床、一张桌子，桌子上放有几本《读者》和《感悟》杂志，还有一本《钢铁是怎样炼成的》。他说这就是他的宿舍，和他同住的还有一位中年电工，也是他的师傅。

海给我们一人倒了一杯白开水：“不好意思，也没什么可招待你们的！”静说：“这是我朋友，没事的！”我说：“是啊，大家随便就好！”

海和他的表姐聊了一些关于他们家乡的事情和他们各自现在的状况，我们就起身告辞了。

第二次见到海的时候是在一个书店里。

星期天的早晨，睡了个懒觉，待爬起来的时候已经十点半了。弄了点吃的把肚子一填，想想做点什么呢，似乎也无事可做，看看外面火辣辣的太阳，嗨！去书店搜几本书回来看吧。

于是打起伞向前面的那条街走去。一进书店，有个熟悉的背影映入我的眼帘，这不是那个海吗？可是今天的这副打扮和我那天见到的那个海全然是两个人，让我感到相似的只是那副身材。今天的他上身穿着一件白色的体恤衫，下身穿着一条藏蓝色的牛仔裤，虽然质地不是很好，但是清清爽爽，头发自然地分向两边，像个大学生的模样。可能是感觉到有人在打量他吧，他扭过头来，也认出了我，“小云姐，是你呀？”我说：“是啊，今天怎么这么帅，我差点都认不出来啦？”说得他有点不好意思地低下了头：“小云姐，你取笑我了！今天我没活儿，出来买几本书晚上下工了好看。”我说：“你做了一天工，下工也一定很累了吧，还有精力读书？”不料他却说：“小云姐，你不知道，我们建筑工人的生活很寂寞、很枯燥的，白天耗费一天的体力，晚上待在这简陋的工棚，别人下工了打牌、喝酒、谝闲传①、逛街，我不好这个，我就喜欢读书，读书是我在外面打工能够感到最快乐的事情！”

---

① 指说闲话、闲聊，平凉方言。

海给我讲起了他的故事。他上高二的时候，母亲患上了严重的心脏病，每天都得靠药物调养，家里还有弟弟和妹妹也在上学，仅靠父亲卖工挣一点钱来维持家里五口人的生计。生活本来就很拮据，再加上母亲这么一病，家里的经济一下子陷入了非常艰难的境地。为了给母亲治病，东拉西借已经欠下了好多外债。海勉强读完了高二，他再也无法面对憔悴的父亲和患病的母亲，就主动辍学了。为了减轻父亲的压力，他随村里人一起来到了这个城市。一开始，他只是在建筑工地给人做小工，和水泥、运砖头。时间久了，老板见他踏实，肯吃苦，喜欢学习，就让一个电工带着他学走电线。这是一门技术活，对他这样一个身体单薄的年轻人来说，会轻松一点。一晃三年过去了，海凭着自己的谦虚好学已经是一个熟练的电工了，深得师傅和老板的喜爱。得空的时候，读读书，写点文章，已经有好几篇文字在报刊上发表了。听到这里，我不禁对眼前的这个年轻人肃然起敬。能耐得住寂寞的人，才能够超越自己；能耐得住寂寞的人，才能有所作为。我想他定会守得云开见月明的。

虽然海只是我认识的一个年轻农民工，但是像他这样从事建筑行业的人还有很多，他们是一群行走在城市边缘的人。他们用自己的勤劳和汗水筑就了一座座富丽堂皇的高楼大厦，但是他们却与这座城市的繁华无关，没有掌声，没有鲜花，亦没有五彩的光环。从一个工地辗转到另一个工地，除了苦和累还是苦和累，可他们依然热诚而努力地生活着，用他们的坚韧和自强不息谱写出了一首首无韵而悠长的打工者之歌。

（原文刊载于 2009 年 3 月 31 日《西安日报》）

留恋夏天

前几天，听说要立秋了，我心中便有了一种惶惑与不安。难道夏天就要过去了吗？可是，这夏天，却又是这么让我舍不得。

当一枝新荷浮出水面的时候，夏天便悄然来临。人们褪去厚重的外套，换上单薄的衣衫，顿时轻快了许多。于是男人们便多了几分强健，女人们更添了许多妩媚，就连孩子们也变得更加活泼而俏皮。

雨，猛烈地下着。河水，迅速地涨着。一切的一切，因为夏天的到来而变得激情四射。

在淅淅沥沥的雨中，一把把伞如花儿一般，开放在大地的每一个角落，将这雨中的世界点缀得五彩缤纷、绚丽多姿。一把把雨伞汇在一起，雨中便有一片花的海洋，温馨而又灵动，于是眼前就多出了一种异样的美丽。一方雨伞将天空分割为两个世界，伞外是一重天，伞内又是一重天，一伞之隔，却是两个截然不同的世界，也分隔出了两种截然不同的心情。伞内的人尽享着自得与安逸，伞外的人手足无措、落荒而去。这个时候，我就喜欢站在临街的窗边，静静地注视这雨中别样的世界，不知为什么，我总会将“伞”同“家”这个概念联想到一起。

偶尔会有萨克斯或者短笛在河边响起，人们便会引颈眺望，不知是哪位艺人于此练声？人们停止了喧哗，悄然聆听着这免费的音乐。乐声穿透天空，掠过水面，最后落到人们的心头。人们肆意地享受着这音乐的美妙，乐声伴着身边“哗哗”的流水，和出了一首夏日里最动人的恋曲。

骤雨初歇，天空一碧如洗，大地纤尘不染，山是朗润的，树是翠绿的，河水是欢快的，空气是洁净且透明的。吸吸鼻子，嗅一嗅，空气中散发着一股青草的味道。放眼望去，一眼可以望到好几里开外。远处的山，被一层层氤氲的雾气包围着若隐若现，陡然增添了许多神秘感。玉米叶一下子变得葱绿，闪着油亮的光，各类植物蓬勃地向上生长，显示着勃勃的生命力。

天刚蒙蒙亮，广场上便有音乐声响起，那是一群晨练的人们。有跳健身操的，有舞剑的，有耍拍拍球的，有练太极的……自入夏以来，除了雨天，从没间断。在这个夏季，他们成了这个县城里最引人注目，也最绚丽的一道风景，尤其是那些跳健身操的老人们，他们普遍比年轻人跳得好，绝招只有一个——他们能够坚持。有时间的时候，我也会加入其中，尽管不及他们专业，但我总会用心去学着那一招一式。

夏日的傍晚，是一天最繁华的时候。人们吃过晚饭，三三两两地从家里出来，于是街道、广场、河堤边、三道井，到处都是涌动的人流。夜市摊摆出来了，烧烤车也出现在街上。华灯初上，好一幅太平盛世的极乐图，在五光十色的霓虹灯下，人们通过各种方式宣泄着自己的快乐，演绎着生活的多彩多姿。而这个时候，我则会邀上女伴，沿着河边的长廊，在绿柳的轻拂下，漫步于湖水之滨，任由轻风温柔地袭过脸颊，絮絮叨叨地说着我们女人永远也说不完的悄悄话，时至深夜，都不愿归家。

夏天，你留给了我太多美好的感触，也留下了太多美丽的记忆，你说，我怎么舍得你离去！于此，我只能发出一声深深的叹息：为什么美好的时光总是如此短暂？

看着你即将离去，我知道自己无能为力，只能用文字留下关于你的点滴……

（原文刊载于2011年8月31日《太原日报》）

遥祭陈忠实

来到鲁院，养成了定时吃早餐的习惯，每天早上7点半，定时去饭堂。

餐中，不知是谁说了一句玩笑话，竟引得大伙逗笑了许久，笑到最后，我说："我吃好了，我走了，你们慢用。"大伙说："你都走了，没人说笑了。"然后都散了。

回到房间，习惯性地划拉了一下手机，见到陕西文友发布的微信："今晨7点40分左右，著名作家、茅盾文学奖获得者陈忠实，因病在西京医院去世，享年74岁。"来京之后，关于陕西所有的消息皆来自微信朋友圈。简短的几句话，却让我的脑子"嗡"的一声，几秒钟时间近乎短路。我有点不相信，发信确认，竟是真的、确凿的，已经是铁定的事实。

一个早上，我的心情都有些沉重，以致听课老跑神，我在想，这会儿陕西的文化圈会忙成什么样子，肯定很多人都去祭拜陈忠实了，众人估计都在为陈忠实的丧事奔忙。一个响当当的作家和一个文坛公认的好老汉就这样去了。自此，文化圈的大小活动中再无陈忠实，陈忠实将被记进历史，成为中国文坛的一个文化符号、一个过去式。读者们纵然有千般不舍、万般不舍，也只能含泪送别。生向来为人所欢悦，死在任何时候都是一个沉痛的事情，尤其是像陈忠实这样一个德才兼备的作家，人们多么希望他的生命能够长一些长一些再长一些。而他，终没有扛过残酷的疾病，在鲜见的舌癌中去世了。

陈忠实去了，真的去了，在一天最美好的时刻去了，在人们欢欣着迎接新的一天的时候去了，在2016年的春天柳树正长出鲜绿的枝条的时候去了，在没有任何一点征兆的情况下去了。在我欲见他却终未得见的时候去了，在这个人间最美四月天去了。这里面有对一代大师殒落的惋惜，有对生命不可预测的叹息，亦有着自己与他未曾谋面的遗憾。

曾有人多次对我说："你是一个搞写作的人，应该去见见陈忠实，陈忠实年事已高，身体状况也不好，见一面，少一面的。"但我是一个体制外的文化人，一直没有这样的机会，当然，最主要的是我也不是一个主动性很强的人，不擅与人主动联系和沟通。因此，数年来，虽然我和陈忠实同在陕西，但不曾有任何相识和交集的时刻。陕西文坛的多数人我都认识，却唯独一直未结识陈忠实，行走在外，有人问起我，我说我没见过陈忠实，别人都有点不相信似的："你不在陕西吗？怎么会没见过陈忠实？"我只好老老实实地回答，我确实没见过。

我出道得迟。我出道的时候，陈忠实身体状况已明显不好，经常在家休养，甚少外出，除了有重大的文化活动不得不出席以外，日常之中，他基本上是深居简出，少出门，也少会客。

记得半年前，我给陈忠实打过一个电话，他言身体状况不好，在家休养，我说："陈老师，那我来看望看望您？"他说："你的心意我领了，有事电话说下就行，来看就不必了，医生让静心休养。"我说："我也没有重大的事情，也就是一直崇敬您仰慕您，却一直没有见过您，打个电话问候一声！"他向我连连致谢，说以后有的是机会，让我好好写作，多写好作品。听到他的话，我心里暖暖的，这是一个文学前辈寄予后辈的期望与厚望。当然，我也尊重他，尊重他目前的身体状况和休养习惯，我对他说："陈老师，那您一定要好好养病，您的健康和快乐会是我最大的惦记，祝身体健康，一切安好！"

后来，因知他身体不好，便发过几次短信，希望能通过短信送去我对他的挂念和问候。每见短信，他便打来电话，向我表示感谢。原来，他不会发短信，但出于礼节，他就专门打来了电话致谢。这让我非常地不安且内疚。几次之后，我便不再发短信，我不想因为我自己的主观意愿而给他的生活带来不便和困扰。虽然我时常惦记他，担心他的身体状况，但是如果因为我善意的关心而给他带来了不便和麻烦，那么，我的这种关心便纯属多余，我的这种关心便会加剧疾病对他的折磨。圈内的人都知道，他患的是目前医学界少见的舌癌。对于病中的陈忠实，最好的关怀便是让他安静地生活，让他安然地养病，少说话，减少他说话的不便和痛苦。

今年正月初二、初三、初四三天，由陕西人民话剧团编排导演的话剧《白鹿原》正式公演。我是在正月初四这天走进话剧院的，我怀揣着对先生的敬仰、对文学的敬畏和对原著再创作的好奇，走进了处于北大街的陕西人民话剧院。序幕拉开，是苍凉厚重的背景，古旧的房屋，暗淡的村庄，白嘉轩从历史深处缓缓地走出。带着浓重的关中口音，在白家祠堂，他领着一伙人在祭祖。故事由此展开，由此发生了一系列惊心动魄的事件。三个小时的时间，演绎了一场中国社会的发展变革史。整场话剧的演出应该是很成功的，人物的塑造非常到位和传神，尤其是秦味十足的关中方言的表达，让这部话剧透出一股凝重沧桑悲凉之感。看完之后，我给陈忠实打了个电话，向他表示了祝贺，同时，也想询问一下他最近病情好点了没。陈忠实对我的祝贺表示感谢，但说话已经显然更吃力了，他用不太明朗的声音对我说："我身体不好，没有能去观看，演出成功就好，谢谢，谢谢，谢谢啊！"一迭连声地说了好多个"谢谢"。我在心中颇为他感到遗憾，这么好的一部剧作，陈忠实应该亲自看看的，毕竟自己的作品就像自己的孩子，可是因为他生病，却没能亲自到现场观摩。

二月，陕西散文学会和陕西文学基金会给我召开新书《生命是一朵盛开的莲花》作品研讨会，我邀请了贾平凹和肖云儒，贾、肖二人均应邀参会。当时，我就想，我是不是也邀请下陈忠实？他是中国文坛举足轻重的人物，也是陕西文坛的鼎力之柱。我是应该邀请一下他的，顺道见见他，了一了我想见他的愿望，当然，最主要的是希望能得到他的指点。我再次拨通了他的电话，当时，电话打过去，一直没人接，我便罢了，因为我知道他身体不好，倘若不方便接电话，我是决计不会怪他的。但是过了半个多小时，电话响了，我一看，是陈忠实，我忙接通，他说刚才医生在给他诊疗，不方便接电话。我一听，内心一阵揪心和发紧，忙问："陈老师，您要紧吗？"他说："不要紧，最近一段时间在医院治疗着。"说话时，我已经明显感觉到他的舌头不利落，嘴里像被什么东西搅着，含糊不清，但是他还是费力地说着。于是，我便再也没说想邀请他的话了，我只满心担心和酸楚地说了一句："陈老师，您好好休养，我不打扰您了！"而后对朋友说，陈忠实身体非常不好，我想去医院看看他。朋友说，算了吧，他现在尽量避免见人，就不要给老人家添麻烦了！听朋友如此说，我便不再坚持，只是在内心里一直默默地祝福着他，希望他的病情能通过治疗早日好起来，还能够写作，写出我们喜欢的作品，更希望某一日能当面向他请教。大师是稀缺之物，上天应该护佑才对。我带着一种近乎虔诚的心情祈祷着。

今日噩耗传来，没有一丝迹象，也没有任何一点征兆，仿佛晴天里突然响起的一记霹雳，让人晕头转向，有点发蒙。有朋友问我，陈忠实追悼会啥时候召开，在哪里？我将陕西发布的讣告信息公之于网上，以供想祭奠的朋友参阅。而我，远在北京，只有沉郁着，沉郁着，用我的遥望祭奠陈忠实已经飘逝的灵魂，愿先生安息，一路走好。天堂里没有疾病和疼痛，天堂里会有永远的宁静和安然，白鹿将永在，佛心如莲，正自人间升腾！

这个春天，北京一直少雨，可在今天，北京却下了雨，一天天气都有些阴沉。我便疑惑，想必是苍天也有所不舍，不舍这样一位巨星的殒落，为他洒下惜别的泪水。谁说老天无情？老天分明也是有情的！

我默默地站在窗前，向西安的方向遥望着。若在陕西，我会亲自去陈忠实的灵堂为他送别的；可是此时在北京，山重水复，路途遥远，不能亲往，唯有透过远方的天空与他作别，大道永在，先生千古！

先生，生命无法永恒，但文学却能超越时间和空间，安息吧……

（原文刊载于2016年《中华文学》第6期）

大街上的宴席

一般情况下，宴席是摆在家里或者是酒店，可在商州这个地方，宴席却常常会摆在大街上，这确实是一个很奇特的习俗。

第一次见到这个场景的时候，我被这热闹的场面吸引，可却不知道这是在做什么，但好奇心驱使着我，让我放慢了赶路的脚步。这是一个并不宽敞的巷子，但是巷子两边摆满了桌椅板凳，很多人凑拥在那里，案子上放着大块的熟肉，热气腾腾，香气四溢，有的人在择菜，有的人在切红萝卜白萝卜，有的人在炸豆腐块。好一派热闹的景象，所有人都忙碌着，兴奋着，来来去去地拿东西，取东西，切菜，炒菜，男男女女一大群。这是在干什么呀？我有些纳闷，为什么会有这么多人，怎么会跑到大街上来做饭，做这么多饭菜又会派上什么用场？很多疑问在我的脑子里盘旋，因为于我来说，是第一次在街上看到这个景象，而且是在一个繁华热闹的城市里。

我慢慢地走着，慢慢地观望着，没有人留意我的存在，他们只顾忙着自己手中的活儿。我从他们一拨一拨的人身边走过，看了好大一会儿，却也没有看出个究竟，但我又不愿就此离去，就停下了脚步，向一个正在切菜的中年妇女问道："大姐，你们这是在做什么呀，这么多人，好热闹！"那妇女抬起头来说："过三周年呢！"我有点明白了地应着："哦！"继而又说："你们这三周年搞得还挺隆重！"她笑了笑说："我们这儿都这样！"在同她说话间，我看到一间房子里点着蜡烛，摆着香案，室内香烟袅袅，一派庄重与虔诚。三周年，一般来说，是活人给亡人所做的祭奠，这是商州当地的一种习俗。

了解之后，我便走了，没想到下午再经过的时候，很多人竟然在巷子里吃起宴席来了。每个桌子中间都有一盆商州有名的大烩菜，边上围着六个盘子，人们一边吃菜，一边划拳喝酒。顺着巷子边一直摆过去，一直摆到好长，这是我不曾想到的。我原以为，他们在街上做菜，是因为家里的地方小，做不开，故而放到街面上，没想到他们不仅在街上做，还要在街上吃，而且还会在街上搞得这么隆重，并且铺开这么大的场面，这是在我所到的地方不曾见过的。这场宴席持续了两天，一直到第三天中午才收尾，人们收拾了桌椅板凳方宣告结束。

待得久了，方知道，这个地方不只是在街面上做三周年，娶媳妇，嫁女儿，家里老（去世）个人，所有的红白喜事，宴席一应摆在街上，这在当地百姓中是一种既定的习俗。在外人看来，这是一件新奇的事，可于他们来说，是再平常不过的事。并且在当地，有专门出租此类器具的人，桌椅板凳，大锅大盆，餐具类的，谁家要有事了，直接去租赁人的家里支取就行了。事后，若无损坏，交点租金，送回主人家就行了。

后来，每每见到街上的宴席，便知道是有人家在忙事了，见得多了，也就慢慢地接受并习惯了这种习俗。每一个地方都有每一个地方的习惯，每一个地方都有每一个地方的习俗，这或许便是人们常常说的地域文化。

冬日的下午，天气奇冷。因为与人相约，不得不走上街头，在街上，我又见到了素日里见到的宴席。这是一户结婚的人家，宴席的场面比平日里还要隆重、还要大，绵延两排，有五十余米长，满桌菜香四溢，笑语喧天。天气如此之冷，但是人们却坐在街边吃得如此高兴，如此热闹，个个兴高采烈，脸上闪烁着动人的笑容，觥筹交错，推杯换盏，极尽人情之欢。没有店主干涉或出来搅局，吃酒的吃酒，营业的营业，互不相扰，这似乎是一件极自然平常的事。寒冷的天气，于宴席上的人们来说，没有丝毫的影响，在他们身上，人间的温情已经消融了冬天的寒冷，因而纵然他们置身寒风之中，却浑然不觉。

于是，我想到了一句话：“一方水土养一方人。”而一方习俗也造就了一方人，商州人淳朴宽厚的民俗想必也是由此而来的吧。这种街面上的宴席，于商州这座城来说是一大特色景观，我想也是商州本土文化的一种体现吧！

我轻轻地走过，而他们依旧在热闹着……

（原文刊载于2012年12月20日《中国文化报》）

第四辑　远山近水

遍地槐香

最初识得槐，是在我生活的村庄里。村庄里，除了平地，除了坡地，便是林地，我们生活在山中，也几乎就生活在森林里。在村人的住宅后面、左边、右边，全都是山，高高矮矮，大小不一。在这些坡林边，最爱长的是槐树，生命力最强的也是槐树。

槐树是一种落叶乔木，春天叶生，秋天叶落。在以柴火维持生存的年代，村人们常常把它当作做饭取暖的木材。这种木柴，上有小刺，易燃，烧火的时候常能听见“噼噼啪啪”的声音，听起来很带劲，也很刺激。这种声音一响，就感觉到火烧得特别特别旺，甚至是火在大声地发笑似的。因为，母亲常常说，火笑了会有好事，于是，我们便希望常常听到火笑，盼着火笑，火笑了，静等好事降临。

而槐树，不停地被砍倒，又不停地长出。秋天一阵风吹落的籽，都会在另一个山坡上生出芽，一个夏天，就长到高高的一丛，因此，在村庄里，总感觉槐树无处不在。每年的五月，是村庄里最美的时候，到处都是白得耀眼的槐花，风一吹，散发出一阵又一阵扑鼻的清香。槐花开了，就算不能出屋子的老人，也能闻得到，他们会喃喃地说，又五月了。花开时节，整个村庄的上空到处弥漫着迷人的花香，从各家的窗户与门飘然而进，飘到屋里的每一个角落，于是，满室生香，满屋生香。

槐花开了，让村人的生活变得有趣，采槐花便成了家家户户的一件乐事，人们在早晨或者是午后，拿着镰刀，扛着竹棍，携家带口地就去了。大人是为了去采槐花，小孩是为了去凑热闹，于是一家人围着一片槐树意味兴然，喊的喊，叫的叫，采的采，乐的乐。槐花是可以生吃的，因此，采下的第一捧槐花，总是会喂进孩子的嘴里，孩子嚼着香甜的槐花，总会兴奋地叫着跳着，吃得尽兴了，这才帮着大人们将从树上打下来的槐花一朵一朵地摘下来，放进带来的篮子里。等打下一堆了，大人们也会蹲下身子，和孩子们一起摘槐花。摘槐花是个慢活，槐花小，一个一个的，就算是最有经验的人，一次也只能摘下四五个，因而干这个活，要有耐心，否则，就难吃上那香气四溢的槐花饭了。

做一顿槐花饭，一星半点的槐花是不够用的，它最少要一篮子或者是一盆，它须得是花多面少才好吃，这样蒸出来的饭酥软，香甜可口；若花少了，蒸出来就是实心的面团，硬硬的，死死的，就不好吃。因此，这是一个费时费力的麻烦饭，但是每年到了槐花飘香的时候，家家户户又都是要做一两顿吃的，一为改善生活，二为满足孩子们的口味，就算再麻烦，大人们也是愿意的。

蒸槐花饭的时候，先将槐花用水洗一遍，放在筛子里控干水，然后拌上面粉，洒上少许水，水一定要少，太多了会黏。将槐花全部用面粉包起来，变成一个一个的小面子，然后将它放进蒸笼，洒点油，大火蒸熟。半个小时后，便可起锅，然后用筷子一一拌开，又成为一个一个的碎槐花。有心的家长再炒上一个小蒜青辣椒，或者是一碗炒酸菜，那就别提有多爽口，有多好吃了。一锅槐花饭，被我们三下五除二，几下就分光了。母亲见我们馋，就笑我们：“看你们，一个个小馋猫似的，要喜欢吃，再给你们做。”我们忙连连叫“好”，呼应着，以恐母亲随意说着事后却忘了。

而我的母亲，她不只是会做槐花饭，还能将槐花同面粉一起炸成果子，酥酥的，脆脆的，甜甜的，别有一番风味。因此，一到夏天，我们就变得格外勤快，自己主张着跑前跑后地摘槐花，高的我们摘不着，我们就找矮的地方去摘，好在村庄里遍地是槐花，不用跑很远的路也能摘到很多。我们手勤，母亲就算再忙，也会抽出中午或者是晚间休息的时间为我们做。于是，一个五月，我们总能吃到与别家不一样的槐花果子，这让我们总是快慰且满足着。

后来，父亲将我带进了县城，在他所在的学校读书。五月时节，我又闻到了熟悉的槐花香味儿，我对父亲说："这是槐花的香味，哪里来的？"父亲说："山后，学校的后面，一大片呢。"我说与同学，在午后，我们偷偷跑进学校的后坡。在那里，果然见到了一大片槐树，而且这些槐树一棵一棵又粗又大，高可参天，直耸云霄。站在槐树林里，基本上看不到头顶的蓝天，只见一片雪白，亮灿灿的雪白，在我们的头顶四处延伸。我便站在树下，绕着树打转转，一任耀眼的白、炫目的白在头顶旋转。

知道了那片槐树林，每天下午，饭后，我们便三三两两相约去后山，在那儿散步、游玩、摘槐花吃，一直逗留到快上晚自习了，才三步并作两步，快速地从后山跑回来，坐到教室里。在很长一段时间里，这都是我们几个女生的小秘密。第二年，班里的好多同学也知道了这片槐树林，他们也跟我们一样，迷上了这片槐树林，有花的时候摘花赏花嗅花，无花的时候，在树下读书逗趣，反正这片林子可以让我们在紧张的学习中放松。

第三年，我们快进入高考阶段了，学习自是不敢松懈，个个都有了危机感，正襟危坐地开始复习，天天手不离书，捧着书出，捧着书进。但我们仍会到后山上去，当然，是带着书去的，我们给自己宽心说，后山上安静，到后山上去复习。来到后山上，我们会找一个相对僻静一点的地方，为安全起见，几个人能够相互看到对方，竟正儿八经地读起书来。在树下，自觉不自觉地从花开坐到炎热的七月。

那一年，我走出了校园后面的槐树林，也走出了家乡的槐树林，我来到了西安。

没想到，在西安，也是有槐树的，那些槐树比我家乡的槐树更高大、更巍峨。当然，这些都是被保护的树，没有遭遇到任何破坏或者砍伐，它们齐排排地长在街上，人们称它们为“国槐”，它们成了城市的风景树。在五月，它们依然会开花，开出一城的芬芳，满城飘香，于是，家乡的乡情与乡思，顿时飘上心头。

仿佛母亲又来到了我的身边。

后来，去了北京，到鲁院进修学习，没想到再次邂逅槐树。城市的行色匆匆，令我并没有注意到头顶上的树就是槐树。在北京，我没有想到，还能遇见家乡那熟悉的槐花，这毕竟是一个花木繁盛的地方。在首都，什么样的树没有，什么样的花没有，而在我以为，槐树是一定要长在北方的山区，必须是得与山相依相伴的。可在北京，我又见到了槐树，我见到它，是自那一天的花香开始。

鲁院正在一个十字路口，左边是街，右边也是街，因此，往哪儿去都算方便。无事的下午，我们常常会去街上散步。仍旧是下午，饭后。我和女伴相约而出，出了东门，竟然闻到一股久违的槐香，我惊讶地说：“槐花，槐花的味道。”举头一看，头上已经是一片缤纷，我忙说与女伴，女伴说：“真是槐花呀，没想到，在北京也有着这么多的槐树。”我想想，暗暗地笑了，难怪它会叫“国槐”，这可不是浪得虚名哟，它简直是无处不在，在祖国的每一个地方，大凡是有人的地方，估计都是有槐树的。后来在网上一查，果然，槐树很多地方都有，甚至在少水少土的地方亦能生长，可见其生命力之强。

历来，槐树是作为一个吉祥的树存在的，民间有俗语：“门前一棵槐，不是招宝，就是进财。”国人将槐树誉为吉祥的化身，追根溯源，当起源于周朝。在《太公金匮》中记载：“武王问太公曰：天下神来甚众，恐有试者，何以待之。太公请树槐于王门内，有益者人，无益者距之。”槐树因而便被赋予了奇异的色彩，溢满了祥瑞之意。

在物质生活匮乏的年月，槐花多是被当作一种食物被人们在乎着、珍惜着；而在今天，人们吃穿用度皆不稀缺，它便成了一种景观树，美丽和净化着我们的城市，让天更蓝，空气更好，生活更温馨。

而在街边，依然有人在兜售槐花，那是乡人们从山里摘下的，三元钱一斤，为卖钱，估计也是为一份闲趣。

五月，槐花开了。母亲，您在哪里？

每每看到槐花，我都想起了您，想起了在艰苦岁月里的槐花饭。而如今，槐花年年仍会盛开，可您再也不会为我们做槐花饭了。可在那一朵一朵的槐花里，我仍能看到您慈祥乐观的容颜，您仿佛在对我说，生命当如槐树之坚韧，无论在哪里，都该做一棵花繁叶茂的树，芬芳自己，温馨别人，始终如一。

风吹起，阵阵槐香扑鼻而来，瞬时，满城留香！

（原文刊载于2016年6月5日《中国艺术报》）

牛背梁的初雪

柞水的冬天是从牛背梁开始的，牛背梁的冬天是从一场薄薄的积雪开始的。

因为山高气寒，牛背梁的雪总是来得很早，在夏天优雅地转身之后，牛背梁的雪就悄悄地来了，它如一个活泼的少女，踏着轻盈的步伐欢快地不由分说地来了。

2016 年的第一场雪是自昨晚开始下的，下雪的时候，人多已入梦境。雪悄悄地兀自地下着，在静谧的高峻的牛背梁上纷纷扬扬，独自轻舞，去赴一场专属牛背梁的冬之约。

今年牛背梁的初雪，我是在微信上知道的，我的思绪马上回到了牛背梁往昔的雪事中。

在牛背梁工作时，没少见牛背梁的雪，年年牛背梁下早雪的时候，我们都是第一亲见。我太喜欢太痴迷于雪，每在牛背梁下雪的时候，我都像是在迎接一场浩大的盛典。我那么虔诚，那么喜悦，那么小心翼翼，满怀庄重地去迎接扑面而来的那个缤纷的雪的世界。我轻轻地踩着蓬松的雪，在雪地中一步一步地走着，唯恐随意践踏，会亵渎了雪的美好与诗意。那小桥、那石阶、那步廊，无不留下了我深深浅浅眷恋的脚印。面对广袤而高峻的牛背梁，我就像欣赏着一幅巨大的风景画，唯恐错失了其中任何一处美好的意象，那每一处都是我内心最深的喜欢和痴恋。

记得第一次见到牛背梁的雪，是在九月。那时，秋初近，冬尚远。秋色正好，满山鲜艳，红与黄交织的色彩令秋山明丽耀眼，本来是奔着踏秋去的，却不料，邂逅了牛背梁的雪。

我们是在山顶上见到雪的，雪薄薄的、浅浅的，山上像披上了一层轻柔的白纱，太阳一照就会消失的感觉。最喜人的是草丛中，堆积着一窝一窝的积雪，像是躲藏着的一只一只小兔子，白得俏皮，白得可爱。我蹲下身，抑制不住内心的惊喜，好美的雪哟，第一次在初秋的天气里见到雪，而且竟还是这样纯白厚实的雪。我捧着雪，像是捧着一颗珍贵的夜明珠，那种狂喜和意外简直无法言喻。有人将它搓成雪团，打来打去，我却是舍不得的。我将它用一次性纸杯盛起，这虽然比不得银碗里盛雪那般庄重，但是对于雪的爱与呵护却是一样的，从内心而言，我多想永远留住雪原始的样子啊！我一直喜欢雪自然堆积的感觉，喜欢那种有着空间结构的软软绵绵、蓬松的物质，若棉絮，若棉花糖，有着通透性和空间感。这或许跟我喜欢自然本真的心性有关。大凡人与事，我喜欢本真的感觉，不喜欢人工雕琢后的状态，对于雪，亦然。

当一年一度的春花秋月过去，牛背梁再一次下雪，我不由得又惊喜万分。昨晚的雪，无疑是认认真真地下了一晚上的，要不然，不会有今天早晨这银装素裹、冰雪晶莹的世界。牛背梁上的房子、道路、步廊、树木和山峰，全都被一层雪白的积雪覆盖着，那么恬静，那么妥帖，那么从从容容。它们是安静的，端庄的，可外界，在牛背梁之外，已经一片喧哗，网上网下，都纷纷在传着牛背梁下雪的消息，牛背梁雪景的照片满天飞。这是一场突如其来的惊喜，也是这个冬天最郑重的献礼。在这场美妙的雪之后，冬天就该来了，在一个庄重和优雅的雪天里隆重地登场。这会否如一场成人礼，或者是一对新人的成婚大典？在盛大的典礼中，以一种仪式向人们昭告，主人公将庄重地亮相。而今天，在这样一个早晨，牛背梁满山遍野如银的雪以它的不期而至向人们昭告 2016 年的冬天正式来临，在这个人间十月的最后两天，冬天来了，以它的轻盈和美丽在人们的欢呼雀跃中仪态万方地来了。

南方的冬天多是空寂的清冷的，而北方的冬天却是美妙的意趣横生且美不胜收的。因为有雪，有雪的装扮和点缀，冬天盛装出席，完成一个季节最圣洁的洗礼和接替，它让一个年轮以一种脱胎换骨的方式而获得新生。于是，寒冷的冬天不再让人觉得畏惧，它有了一种天使般高贵的从容和美丽。

冬天已经来了，春天还会远吗？哦，牛背梁的初雪！

（原文刊载于2016年12月15日《人民日报》海外版）

黄土谣

“我家住在黄土高坡，大风从坡上吹过，不管是东南风还是西北风，都是我的歌我的歌……”第一次听到《黄土高坡》这首歌时，我便被震撼了，并且深深地喜欢上了它，喜欢上了这种豪气冲天的艺术表现形式。它粗犷、豪迈、雄壮、辽远，余味悠长，让人听了有说不出的惬意和舒畅，就像刚刚吃过了一顿热辣辣的火锅一样酣畅淋漓。

这是我第一次听到陕北民歌，也是第一次听到来自陕北的那片黄土地上的声音。

陕北民歌版的《黄土高坡》是范琳琳唱的，它是我第一次以音乐的形式接触到的陕北民歌。那时，没有电视，也没有网络，更没有手机。家里仅有的是一台砖头大的收音机，这是我们姊妹几个吵着闹着让父亲买的，父亲拗不过我们，只好遂了我们的心愿。有了这台收音机，我才有了一个了解外面世界的窗口。

我最初对文学和艺术的喜爱便得益于这部收音机。说来也奇怪，在幼小的年龄，我最初关注到的竟都是与陕北有关的事物。在这部收音机里，我听到了路遥的长篇小说连播《平凡的世界》，我听到了中华大地上第一次强劲刮着的陕北民歌风，《黄土高坡》一经范琳琳唱出，迅速地火了起来，街头巷尾，红极一时，也风靡一时。

于此，我喜欢上了陕北民歌，于是我便会刻意地去关注和收听一些陕北民歌。我在收音机上又听到了《山丹丹开花红艳艳》《走西口》《三十里铺》《兰花花》，从很大程度上说，陕北民歌为我打开了一扇音乐的天窗，让我感知到了音乐的力量和美好。虽然，我没有从事音乐方面的工作，但多少年来，我对于音乐的喜爱一直痴心不减。

在《黄土高坡》之后，又火了一首《信天游》。这首歌同《黄土高坡》一样，一经唱出，便风靡全国，为众多的音乐爱好者所喜爱。当然，我也不例外，我在笔记本上认真地记录下了这首歌的歌词，自以为很纯粹地模仿着这首歌的演唱，我希望能唱得跟原唱一样，一点都不走样，不走调。我虔诚地学着，一丝不苟地学着，用着十二分的热情学着，现在想来，比在学习上投入的心思和专注都要多得多。

陕北是一方神奇的土地，它空旷、荒凉，地大人稀，却诞生着一个又一个的传奇。正是这片贫穷苍凉的土地，挽救了中华民族，使中华民族在命悬一线之际，找到了生存的希望，找到了安寨扎营和成长的空间，并重新发展壮大，从而实现了一个民族的新生和独立，实现了一个民族的自尊与自强，实现了一个民族的振兴和复兴，也正是因为陕北这方土地，才有了我们中华民族波澜壮阔的今天。忆往昔，往事不堪回首，看今朝，大地峥嵘，繁华锦秀一片，十三年的艰苦卓绝，十三年的自强不息，十三年的矢志不移，终于赢来了民族的大统一和大繁荣。

也或许，正是因为陕北的特殊地域环境，才衍生了陕北民歌这种独特的艺术形式。这个地方地广人少，人们在生产劳动中，因为不方便与人沟通和交流，便用唱歌来消除劳动中的孤独、寂寞和枯燥，在这个山梁上唱的，那个山梁能听到，在那个山梁唱的，在另一个场院和山沟里能听到。人们用它来消除寂寞，传递心声，它也成了男女之间传递情爱的一种方式。某对男女青年在想对方却见不着的时候，就用歌声来传达心声，表达对对方的思念与惦记，对方在听到歌声时，再用歌声进行回应，在一来一去的歌声中，心就走到了一起，这也是陕北人表达爱情的最佳方式。

其实，陕北是一个多民族混居的地区。在秦汉以前，多游牧民族，及至西汉以后，农耕业大量发展，成了半农半牧区，这也是陕北民歌出现的一个主要原因。游牧民族多爱放歌，以表达生活的喜怒哀乐，由于民族融合，相互影响，就形成了传统上的陕北民歌。人们在劳动中歌唱，在歌唱中劳作，于是，出现了劳动号子、信天游、小调之类的。劳动号子包括打夯歌、打硪歌、采石歌、吆牛歌、打场歌。信天游分为高腔和平腔。这些自成体裁又各具特点的民歌，从各方面反映了陕北人的生活，唱出了他们的苦乐和爱憎。

当社会制度改变的时候，民歌的内容和形式也随之发生变化。比如，后来广为传唱的《兄妹开荒》《南泥湾》《东方红》等也属于陕北民歌的范畴。它们是在毛主席领导的革命红军在延安劳动生产中创作的歌曲，表现了人民群众对新生活极大的信心和热情，也表达了人民对幸福和平安定生活的渴望。

这些黄土地上的歌声，我称之为“黄土谣”，因为它是体现那个地域特色的一种民间原生态艺术表现形式，也只有在那片黄土地上，才会产生这样的音乐，也只有在那样的自然条件下，才具备那样的嗓音和腔调。大凡认识陕北人的人都知道，陕北人有着一种很重很浓的鼻音，如果我们模仿他们，我们非得捏着鼻子才能学得像。由于陕北人居住在千沟万壑的黄土高原，人与人交流不方便，彼此要交流，必须提高嗓音，隔沟高喊，这样，肺式发音远远传达不了信息，所以来自腹中强烈的气流冲出鼻腔，形成了陕北人鼻音重的特点。

后来，认识了多个陕北人，也与他们有了一些或多或少的交往。每次在机会允许的情况下，我总想听他们唱一唱陕北民歌，原汁原味的，不带任何包装的原生态的生活民歌。在我的印象里，多数的陕北人都是善唱爱唱的，而且也都有歌唱的天赋和热情，在某些场合，一提出让他们唱歌，他们都会很爽快地应允，并饱含激情，一边唱一边扭着秧歌。于是，一个个黄土地的故事便飘然而至。

在我的概念里，陕北民歌多是生活化的小调和曲子，有画面感，故事性强，情感表达率真，每一首歌传递给听者的都是一种浓浓的生活氛围，就像人与人之间在叙家常和讲故事，非常亲切。比如《兰花花》《三十里铺》，还有表达爱情的《走西口》《世上哪有树缠藤》，表现劳动场景的有《赶牲灵》《劳动号子》等，生活气息都相当浓郁。所有的歌唱莫不与生活息息相关，莫不围绕着生活拉开，让人听了身临其境，立时能融入到那种情景和氛围当中。生活化、情景化和其独有的腔调，正是陕北民歌最大的魅力所在。

民间的东西才是最具有感染力的，民间的也才是最原生态的。陕北民歌的地域性决定了陕北民歌只能是陕北民歌，是别的地方所无法效仿和复制的，也只有陕北人才能唱出那个况味，也只有真正的陕北人才能将陕北民歌唱得意气风发、激越昂扬、感人肺腑、荡气回肠。

而在陕北人之外，纵然很多人会喜欢陕北民歌，爱听爱学唱，却总不如陕北人地道，而无法成为真正的陕北民歌歌唱家。真正好的民歌歌手仍然是出自陕北这片黄土地上，比如陕北民歌歌王王向荣，以及近年来从星光大道上走出来的王二妮，他们都是土生土长的地地道道的陕北人。他们的深情演唱将陕北民歌推向了全国各地，让人们通过不同的渠道都能听到陕北民歌那悠扬婉转、苍劲辽远的旋律。

每每在哪里一听到陕北民歌，我就会想到陕北，想到陕北那片神奇的黄土地，以及那片土地上诸多的与众不同。那里的窑洞，那里高高的山梁和广袤无垠的黄土高坡，那些头戴白手巾的老农，那些在四处找食的羊群，那些在中国革命历史上留下悲壮一页的土地，在那些土地上可歌可泣的英雄和他们杀身成仁、视死如归的故事，还有那小米饭和红高粱，以及宝塔山和延河水，甚至还有那喜庆的剪纸……无不令我思潮激荡、浮想联翩。

窗外，不知谁家的一曲《三十里铺》正自屋内飘出，我静静地听了起来……

（原文刊载于2016年5月16日《榆林日报》）

小岭的雪

走的时候，我是没有料到会下雪的。因为已经春暖花开。

我看见雪，是在突然醒了的时候。蓦然清醒，睁开双眼，眼前一片雪白。在我惯有的思维中，我不相信是雪，以为是自己睡迷糊了，或者是眼睛看花了呢。

可，是雪，真的是雪，车外一片银白，耀眼的白随着我的视线四散开去。

惊诧之余，我才清醒地意识到，我遇到了春天里的一场丰厚大雪。

倘若不是我今日走凤凰古镇，我是不会见到这场雪的，亦或者在我知道小岭上会有这么厚的雪，我是不会选择今天来凤凰古镇的。

因为不知，让我邂逅了雪，逢上了一场春风浩荡的雪事。

小岭是柞水县城至凤凰古镇必经的一条山岭，此岭绵长高峻。这条山岭多为车道，少有行人和摩托车辆，一者路陡，二者路长，少有人涉险，少有人涉难，出行的人多选择自己开车或者坐大巴车。除此之外，行走的便是货车。

我是坐着大巴车去凤凰古镇的，因为昨天晚上睡晚了，清晨又早起从西安赶回，车里一暖和，人就迷糊，一路上昏昏沉沉就睡到了小岭。当我醒来的时候，车已快行至小岭梁顶了，山高气冷，雪越发迅猛与绵厚。路边堆着厚厚的雪，山梁上积着厚厚的雪，树上挂着厚厚的雪，空中飘着纷飞的雪，四野皆是白色苍茫，车行在山中，仿佛进入了一个冰雪世界，天地洁净。在这样的时刻，我只想车慢一点，慢一点，再慢一点，我已无意于急着赶路，只想静静地处在这雪白的水晶森林中。岑参有诗云：“忽如一夜春风来，千树万树梨花开。”这又何止若梨花？简直比千树万树的梨花还要壮美与炫目，每一树从杆到枝，都被白雪重塑。它们仍旧是树，却有着玉的通透与灵气；它们似花非花，却有着比花更为璀璨与耀眼的容颜。这一树一树的银花该叫什么，是该叫“冰雪花”吧，冰雪花有多美，树就有多美。其实，说穿了，我一个冬天都没有看到这么绵厚而又浩大的雪景。在这个春天，万物萌动的时刻，意外地邂逅了这样一场铺天盖地的瑞雪，这惊喜实在是让人有点措手不及，无法预料。而小岭，独享了这个春天雪最后的壮美，乃天作之合也。

岭上，有人将车停下来拍照，是一自驾车行者，三五人，在一丛一丛的雪树前，摆着各种各样的动作，与雪作亲昵状。那洁白的雪，与任何人在一起，都美得令人心动，令人沉醉。他们每一个表情，每一个动作，都像点亮阴霾的太阳，让雪天生动无比。我，多么想走下车来，用自己的脚步去走近雪、丈量雪，与美丽的雪再做一次亲密的接触。可是，我不是车的主人，我无法让车说停就停、说走就走，我只好重新擦亮玻璃，取出手机，照下了一路的雪景。手机时代，就这一点好处，可以随时留下身边的美和感动。

倘若在平日，再大的雪，也是见不到雾的，可在这山岭上，雾竟然可以与雪一样白，白得迷人，白得撩人，白得恍若仙境，如仙风浩荡。它有着雾的迷蒙，亦有着烟的飘逸，在山梁与丛林之间，来回地飘荡与游走，这是高山的雪与平川的雪不同的地方。因了这雾，因了这雪，这干枯的山竟妩媚与娇羞起来，仿佛披着婚纱的新娘，楚楚动人，欲说还休。很多年了，第一次这样近距离地打量一座山，一座雪山，竟然是这样别致，竟然是这样风情万种。我之所以用“风情万种”这个词，是因为，这场雪事，有着一种静态的美，亦有着一种动态的美，除此之外，我似乎找不到一个比这个更恰当的词来形容这场深情款款的雪。

路，蜿蜒蛇行，一直绕来绕去。我好奇，这如银的雪，会与我相伴一路吗？我在心里揣测着。在白森森银亮亮的雪中，我睡意全无，瞪大眼睛，观望着车窗外的一草一木，用摄像机般的视角扫描着那些与我相向而来的万物，唯恐遗漏了些什么。车慢慢下岭，雪渐渐小了，山上的雪也变得稀薄，以至若有若无，树上也不再有沉甸甸的冰凌花，只剩下湿漉漉的如水浸泡过的树枝，这不得不令人称奇。

大自然真奇妙，一个世界两重天，一山之上下，全然两个世界，山上冰雪覆地，山下春花竞放。住户人家门前的樱桃花和桃花开得正艳，白的雪白，红的粉红，如初生的婴儿水灵灵地绽放。几个妇人架着一个火盆，正在院中烤火，火苗一蹿一蹿，若妇人们颗颗跳动的心。妇人们在等什么？她们该是在等春天的！

桃花和樱桃花都开了，春天想来也得来，不想来也得来，春天的花已上枝头，何愁春天的叶不绿枝头呢？

一阵笑声传来，惊飞了枝上的麻雀，麻雀扇动着翅膀，扑楞楞地飞走了。

只剩下一条小河不安分地流淌着。

（原文刊载于 2017 年 4 月 10 日《中国艺术报》

水落九天

一股清冽之气扑面而来。

蓦然抬头，一条雪白的瀑布悬于我前面不远的地方，上接起天，下接起地。好长的瀑布呀，我长这么大，还是第一次见到这样长的瀑布，像是自九天抛下的银绸，又像是仙女挥舞的白丝带，雪白雪白，飘逸且壮观，让我不由得凝目。

九天山历来以水出名，我却没有想到这儿的水如此蔚然壮观。

同行者说，这条瀑布长达22米，是九天山景区最长的瀑布，这是在平日，若是雨后，那才叫气势磅礴呢。我听了，暗自称是。是啊，瀑布最壮观的时候当是雨后，水量充沛，才会气壮山河，形成冲天之势。雨后的九天山，该是被水涵养着的一座山脉，到处都是喷薄而出的瀑布，大大小小，长长短短，从不同的地方、不同的山体，喷涌出来，玉珠飞溅，流泻出雪白雪白的激流，点缀在座座青山白云之间，山顿时灵光四射，大放异彩。此时，我想到了李白的一首诗："日照香炉生紫烟，遥看瀑布挂前川，飞流直下三千尺，疑是银河落九天。"这是当年李白观庐山瀑布时写就的一首诗，此时用在九天山，更是贴切。此山谓九天，此水落九天，李白当年是不知有九天山，若是知道，兴许会不惜跋涉千山万水到此一游，以窥人间之巧事。后人谓李白是诗仙，亦是半仙，他在诗中确实道出了很多后世发生的奇谈怪象。在他当时，竟是无意之作，不料与后世之事达成如此之巧合，天衣无缝，这不能不谓之奇事，可见世间的事是有玄机的。

当然，九天山谓之九天，有典故为证。相传九天玄女曾在此练功，九天玄女是一位正义女神，在九天山练功之际，疾恶如仇，除暴安良，深得当地百姓感激和爱戴。柞水百姓为了纪念她，便将此山命名为“九天山”，以示感恩与铭记。人们喜欢着九天玄女，并世代不忘，九天山也因此美名广传。

我向着瀑布走去，在近处，能感到水珠飞溅玉生烟的清凉。瀑布下面是一池清水，甚至可以说是一条河，因为它是有容量的，也是有宽度的。瀑布“哗哗”自空中跌落，砸进池水中，溅起朵朵白森森的浪花，同瀑布一样，雪白雪白，忽然间，感觉到了瀑布的圣洁，水的圣洁，一种远离尘世人心的圣洁。这种圣洁犹如冬日绵厚的积雪，它从上到下，都白得那么纯粹，白得那么彻底，白得不含任何一丝杂色，白得让人向往，白得令人沉醉。在这青山绿水间，它以它最抢眼的白和奔腾而下的气势夺走了所有人的视线，让人奔它而来，在它的身边久久地盘桓，久久地徘徊，久久地徜徉。

此时此际，我就在想，若真有九天玄女，此时一身白衣飘飘，在瀑布下练功，或者说是在水边伫立，那也该是山中最美丽最可人的风景。于是，眼前便出现了一幅画面：绿草苍苍，瀑布流长，所谓伊人，在水一方。绿草青青，瀑布飞银，有位伊人，宛在水中央。仿佛九天玄女真来到了眼前，顾盼生辉，翩若惊鸿，穿梭于瀑布之间，飘摇于山水之中，轻若白云，皓目如月，体态轻盈，罗衣随风舒展，静时若处子，动则如脱兔，凌波微步，气若幽兰，珠环叮当，和着瀑布潺潺的水声，奏出天地间最美妙的音色。

有人同我说话，才知是幻觉。我环顾四周，眼前有的只是我们一群游者，有人在戏水，有人在涉水，有人在瀑布前留影，有人在攀缘大瀑布，企图走进那飞流直下的瀑布之间或者水帘之后。那雪白雪白的瀑布，为我们的人生做了最好的装点，我们游历一趟，带不走这里的一滴水，却带走了一条气势如虹的瀑布，将它定格在我们的照片里，成为生命中的另一种永恒。

见有人涉水，我也有了涉水的愿望。说句确切的话，我想知道，从么高流下来的水，会有着怎样的力度。它会如普通的水一样，柔若无骨吗？或者说是有着力透纸背的暗劲，毕竟它是做抛物线运动的，既然是运动，肯定是会产生力的。而这种力，它的力度究竟会有多大？水跌落在人的身上，会有痛感吗？因为以前在学物理的时候，知道水从高处落下，会产生势能，势能又会转化为热量，因而瀑布从高处跌落温度会升高，这是一定的。我明显感到，瀑布跌落处的水比外延的水要热一些，而那些雪白的水珠在打落到人的身上或者是脸上的时候，有着轻微的痛感，有如大粒的雨滴，虽然不是太明显，但能够感知到。我双手捧起，在瀑布下接着，我分明试到有一股力重重地砸在我的手上，柔柔的、滑滑的，却又分明是暗力涌动、后劲无穷，一股迫人之势直逼而来。

瀑布哟瀑布，还真不是一般的水！

站在瀑布下，心是感慨的。瀑布之所以为瀑布：一者因为它处在悬崖绝壁，没有退路；二者因为它敢于涉险，具有一往无前奔流不息的勇气。因此才形成如此绝美壮观的风景！如果它也畏畏缩缩，瞻前顾后，它绝不会成为瀑布，它也就只是一条涓涓溪流。人生亦是如此，遇着困难，迎难而上，战胜了困难，就会走向成功；如果见了困难，就退避三舍，那将什么事也做不成。世间任何的路，都不是平坦的，都会有坎坷，有曲折，甚至一波三折，因此我们要有敢于面对困难、挑战困难的勇气，风雨之后才见彩虹，不经一番寒彻骨，怎得梅花扑鼻香？

世间的事，大抵如此，于物是，于人亦是。

（原文刊载于2016年8月30日《商洛日报》）

千年的乌镇，你醉了谁？

乌镇，于我只是一个传说，一个传说了很多年的古镇，既美且魅。传说于它的古老，传说于它的雅致，传说于它的书香之气，传说于它的端庄秀丽。它是文人墨客追逐的去处，它是红尘男女向往的桃源，它写满了妩媚，又表尽了端庄，它的水波轻轻一漾，便醉了古今。

此时的我，站在遥远的北方向乌镇眺望，我的目光划破长空，透过万里云层，急匆匆地来到了乌镇。放眼乌镇，天光大好，万里祥云，美丽的乌镇静静地泊在蓝天白云之下，一任我的目光将它触览。今日的乌镇，同昔日是一样的，又同昔日不一样，一样的是乌镇一如既往地迷人与美丽，不一样的是涌进了不同皮肤不同口音不同种族的诸多的人，他们在为未来的网络世界筹谋与规划。而乌镇，千年的乌镇，也将因为昔今这两场互联网会议而响彻全球。此后，乌镇的美不仅仅属于“上有天堂下有苏杭”的浙江，属于黄皮肤的中国人，而且也会走出国门，令世界各国的人们向往不已，竟相逐之。

乌镇，你可能没有想到，没有想到自己会成为世界媒体关注的焦点，没有想到古意深深的自己竟然会成为高科技互联网大会的永久会址。可是你终究被幸运砸中了，是你不朽的魅力所致，也是你人文品格造就的，你成了新时代互联网的发声地。你是一个具有传统人文品格的古镇，却担负起了与时俱进、共享共治网络发展的大任，在传统与现代的对弈中，你依旧保留的是传统。或许，或许正是因为你的传统，而让你始终与众不同，你的孑世独立，你的安详沉静，你的楚楚动人，吸引着诸多人。

从天上看下去，乌镇就像一只泊在水里的船，粉墙黛瓦，尽显宁静与安详，诸多的水流在乌镇的周围环绕，将乌镇拥在一片水泊之中。那水哟，何其清绿；那水哟，何其清灵；那水哟，微波荡漾；那水哟，尽显天光。这儿的水，必定不是别处的水，它只是乌镇的水，它为乌镇而生，为乌镇而出，不管它从哪里来，但是它一旦来了乌镇，便成了乌镇的水，与乌镇这片粉墙黛瓦融在了一起，沉淀成岁月最浓郁的鲜绿。于是，我便觉得它是有生命的了，大凡绿的东西都是有生命的。乌镇的水，也不例外，它以它的鲜活和碧绿涵养着乌镇千年的根脉，让乌镇永远生机勃勃，永远魅力四射，在古老中散发出青春的余光，在沧桑中又韵味无穷。

看着乌镇，我就像是看见一个身着旗袍的女子，正双手抱臂端庄地立在那里。她蛾眉微挑，便顾盼生辉，通体上下，总有说不出的美四处外溢。对于这样的女子，我们只可以静静地欣赏，任何一种不当的语言或者是一个轻佻的举动，对她来说都是一种亵渎。在这世上，大抵美的东西，皆因其与众不同而卓尔不凡，或因其美仑美奂而独树一帜。而在乌镇，有其前者，亦有其后者，它是世间大美的综合体，它古意、朴素、宁静、安详，它碧水流光，芳草茵茵，在古老中春意盎然，在宁静中水波荡漾。说它是静的吧，它又是动的，说它是动的吧，它又沉静得如一个睡去了千年的老人，满是时光的皱纹与印痕，令我们不得不敬，不得不仰望，不得不一遍遍地追思与探寻。

时光悠悠，岁月更迭，一年一年过去，乌镇依然是乌镇，它始终保持着最初的本色，粉墙黛瓦，绿柳依依。只是那墙角的爬山虎一年绿似一年，从一间房子爬上了另一间房子的屋头。曾经在乌篷船上嬉戏的少年，早已两鬓蓄满了白发，撑一柄拐杖立在桥头深情地回忆着往昔。身后是来来去去的红尘男女，一个小女孩跑过来：“爷爷，爷爷！”老人从悠远的回忆中回过神来：“涓儿，涓儿！”他连连地唤着，蹲下了身子，揽小女孩入怀。小女孩开心地笑了，那一笑，笑出了满天的彩虹，惊艳了乌镇沉睡的冬天，立时，乌镇春光大现。

此时，一个声音正划破天际，如一声春雷，漫天散开。

那是人类道德秩序的坚守，那是新时代生活的期许与展望，久久不息，在乌镇的天空中激荡，激荡成千千万万人眼中永恒的希冀。

（原文刊载于2015年12月20日《涟水快报》）

走近遥想中的草甸

一直听说，牛背梁上有一片绝美的草甸，绵延十余里，葱绿如毯，葳蕤异常，美丽极了。听得多了，便不禁无限向往起来。

三年了，一直说去，却一直未能去成，于是，那片鲜绿的草甸便成了我心中一个不灭的遥想。

正如一首歌里唱的："我想去桂林呀，我想去桂林，可是有时间的时候我却没有钱；我想去桂林呀，我想去桂林，可是有了钱的时候我却没时间……"我想去牛背梁上的草甸也是如此，有时间的时候，没有合适的登山伙伴，有伴的时候，却没时间，所以，我与那片向往中的草甸就一直这样隔膜着，无法真正地走近。

今年的夏天又到了，我早早地就与朋友相约，咱们今年上一趟牛背梁上的草甸，朋友说好。于是早早地计划，早早地安排行程。

六月底的一天，那是一个周末，我们早早地出发了，带上吃的和水，驱车直奔牛背梁。牛背梁离我的住地不远，只有五十余里，一个小时后抵达牛背梁脚下。

当然，今天的行程是艰巨的，我们要上到南天门之后，还要再走七八里的路程才能到达草甸。因此准备工作做得比较足，早晨扎扎实实地吃了早饭，带上充足的水和食物。

为了省时间，我们直接从六尺岭登南天门，经过两个小时的紧张跋涉，11 点半左右，我们到达南天门。在南天门小憩片刻，吃了一些食物，补充了水和能量，稍后便开始向草甸攀登。

去草甸的路不似六尺岭那么好，后者有人工修葺好的步道，而那儿只有一条小径，基本上都是驴友们自己走出来的，蜿蜒曲折，高低不平，路上随处会有石块和荆棘。幸好我们准备工作做得好，都穿的是运动衣和登山鞋，走起来倒也算轻快，人多，一路走，一路说笑，倒也不觉得枯燥。因为有目标，所以个个意兴盎然，兴致浓烈。

渴了，喝口水；累了，站着喘口气。同行的李玫体力稍差一点，随行的男士就给她做了一个拐杖，让她拄着。人都说："山高人为峰。"再高的山，在攀登者的脚下也会显得渺小。此时，站在蓝天白云之间，所有的一切都在我们的身边矮下去了，树低了，山小了，云淡了，人远了，唯有飘浮的风同我们如影随行。

走着走着，忽然听到有人喊道："看，是不是草甸到了？"我们的目光齐刷刷地望过去，是，前面有一片绿色，茸茸的绿色，如一张绿毡，在我们的眼前铺开。我惊呼："草甸，我遥想中的草甸，是它，正是它。我们一直念叨的草甸到了！"我扔掉了手中的棍子，一路小跑着过去。这片草甸，我惦记了三年，今天终于走近它了。这一刻，我难以叙说自己内心的狂喜和激动，我只想和它亲近，和它亲密地接触，感受它的鲜活和空旷，感受它的辽远和轻柔。

草甸越来越大，在我们的眼前一望无际地展开，四周望不到尽头。在这峰林之巅，在这苍山之上，在这海拔2800米的牛背梁顶，居然会有这样一片青绿的草甸，长得这样蓊郁，长得这样葳蕤，长得这样肆意汪洋，确实是一件不可思议的事情。我发出一声惊叹！

当我踏上这片草甸的时候，我突然想到了新疆或者是内蒙的草原，那些可以放牧牛和羊的青草地，那里有着牛和羊的啃食，有着人为的砍伐，那儿的草原在很多时候是一个养殖场；而在这儿，没有人为的损害，也没有大量的蚕食，只有自然的生长。我不由庆幸，这片草甸是幸运的，它是一片完好的完全不会被破坏的草甸，它可以自然地生，它可以自然地长，它时时都能以最饱满的姿态鲜活着。它的美丽或许不是为我们，也不是为众多其他的游人，它只是为自己能够在生命的过程中青葱而绿意盎然，而我们却由此欣赏到了最美丽的风景。由此，我不禁想到了这样一句话："风景都在险远的地方。"这句话是对的！一者因为熟悉，司空见惯，风景已经不成风景。二者因为风景在身边，难免会被摧残和损害，风景便不再完美，甚至衰败或零落，失去了原有的态势和情味，因而风景又常常会让人失望，它与人们的期望相去甚远。

草甸上的草很多，种类不一，它们会合在一起形成了这样一片草甸。这时，我就在想：是不是因为这里的大气压造成了这里植物的同化，或者说是这里的山高气寒，导致了这些草本植物只能长这么高，而它们又有机会聚合在一起，形成这么一种铺天盖地之势。它们不似城市里的绿地和草坪，一样的颜色，一样的草，一样的高，一样的矮。它们是不同的草，但高低一致；它们是不同的植物，各自开出色彩各异缤纷的花朵，有紫的、黄的、白的、粉的，颜色深浅不一，形状不一，但都一样的碎小，隽秀，在这一片硕大的草甸上缤纷地点缀着，让这一片草甸有了一种诗意的美丽，温情绚丽而又意趣盎然。

我在草甸中间躺下，仰望蓝天，天空一碧如洗，唯有朵朵白云在天空中游走。在那些云朵中间，可有觅食的牛羊，它们如若看见这片鲜美的草甸，会不会生出一种对于人间的向往？

（原文刊载于2013年《牛背梁》杂志第2期）

品读西安

对于西安，我不陌生，但是对于西安，我也谈不上完全熟悉。对于这座省府城市，我常常来，却从来没有一次彻底地将它完整地品读过，因为它的容量太大了，大得我无法一次将它完全消受。

我在柞水，离西安仅只有一山之隔，我站在牛背梁上就可以望见西安。在心理意义上，西安离我是如此的近，可在地理距离上，我又不能天天亲往。西安于我来说，就像是我的邻居，就像是我的兄弟姐妹，或者说是我的姑姨，甚至是舅舅，它于我有着非同一般的意义和情愫。我想走遍它的每一寸土地，我想观摩它的每一处古迹，我想找寻它的每一段过往，可是十多年来，我却一直没有走完它。

最初对西安的感知，是在孩提时代，因为它是我们省的省会。当我的脚真正地踏上这座古老的城市，我便感觉到了它的厚重与不同凡响，我以一个孩子的眼光来打量着这座城池。我是从玉祥门走进这座城市的，首先映入我眼帘的是古老的城墙，那高大厚实的城墙，威武沧桑，像一座山一样沉沉地扎根在地面上，将平坦的土地分隔成城里与城外。我仰望，传说中的西安就是这个样子，我一边走一边回望，以一种陌生而好奇的眼光打量着。此时的西安，于我来说，熟悉的只有名字。

长大后，我有了自己的行为能力，以一种探究的方式走进了西安。在这座城里，我慢慢地走着，慢慢地看着，我用脚丈量着这座城市，我几乎走遍了它的每一条大街小巷。这时，我对西安有了一个准确的概念，这是一座很规整的城池，方方正正，分东南西北四条大街，以钟楼为中轴线，呈十字分布。东西南北各有四个城门，在古代，这应该是最威严的所在，重兵把守，令行禁止，城门的一开一合都须要验明身份，它是城里与城外互通的关口。至此，我对西安这座城市的构架布局算是有了一个初步的认识，而它的人文和历史，却并非一天两天能够解读得完的。

西安是一座城，是一座怎样的城？在很多人眼里，它是一座古城。说它古，究竟有多古老，可以用纪年法来推算。

自公元前 11 世纪始，周文王在此建立丰京和镐京，西安就进入政治人物的视野，成了历代王朝建功立业的核心地。西安地处八百里秦川，背靠秦岭，土地肥沃，物产丰厚，进可攻，退可守，历来是兵家必争之地。一个王朝，守住了西安，等于说便守住了一个牢固的政权，从某种意义上说，是历史人物成就了西安，更是西安的特殊地理位置成就了西安。

西安曾是十三朝帝王都，众所周知的有周、秦、汉、唐，但按史书上的详细记载，它们应该分别是西周、秦、西汉、新、东汉、西晋（愍帝）、前赵、前秦、后秦、西魏、北周、隋、唐。仅这些朝代的史典，就可以码成一座丰碑。而这十三个王朝，已足以让西安不同于一般的城市，厚重成一叠沉甸甸的史书。

一条丝绸之路，打开了中国通向世界的大门，中华民族以昂扬的姿态走了出去，为西方的众多国家和民族所关注。当一个民族以一座山一般的姿态雄立在诸多国家之间，它的高度与威严便是不可忽视的。此时的大唐，便是如此，很多国家接纳了它，并且与它开始了友好往来，有贸易上的，有文化上的，有宗教上的。他们将大唐先进的文化和技术引进回去，又将本国的特产和物品进贡给大唐，在互通有无的过程中，推动着整个人类社会的进程。

而后，我用零星的时间，去了大雁塔、钟鼓楼、书院门、大明宫等地。来西安的时候，时间宽裕的话，我每次只会去一个地方，因为于我来说，我想感受，匆匆而过于我来说没有意义，走过看过，总想记住点什么，想起点什么，因为记住过往，便找到了我们的根。

可很多年了，我却没有读完西安。截至目前，我还没有去过半坡遗址，没有完整地走一遭古城墙，没有去过青龙寺铁炉庙。我也没有完全地读懂西安的人文历史，那些文人墨客，那些千古辞章，那些传奇故事，那些政坛风云，我能知道，却都一知半解。

在城墙根儿下，听一段如泣如诉的秦腔；在回民街，吃一碗醇香味美的羊肉泡馍；在大唐芙蓉园，感受一场荡气回肠的爱情；在大雁塔中，谛听一段佛学的袅袅禅音。这些常让人回味良久！

时下，流行“穿越”一词。如果要讲穿越，西安是一个最具有穿越价值的城市。千年帝都与历史的风云际变，足可上演出一场穿越古今的炫目舞台剧。可谁又做得了这个导演？这样一部宏大的剧幕，可做导演的，可能唯有历史！

（原文刊载于 2013 年 1 月 25 日《陕西交通报》）

牛背梁上黄花艳

此次登牛背梁，不为别的，只为看那一地黄花。

素知牛背梁上黄花极多，但一直未能看到牛背梁上黄花盛开时的景象。时至六月，听人说，牛背梁上的黄花开了，我的心便蠢蠢欲动。曾记得，老家的坎边上，母亲栽植了一长行黄花。黄花盛开的时节，灿烂成一片，金灿灿、黄澄澄的，明丽而耀眼，实在是美丽至极。我就在想，这仅仅只是一小撮黄花，都美丽得让我心动，那牛背梁漫山遍野的黄花开了，该是一个什么样的景致呢?

挑了一个无雨的日子，我登上了牛背梁。六月的牛背梁，气候温润，清爽宜人，一阵清风徐来，缕缕花香扑鼻，我不由得深吸一口，好香!

接着，我便在路边看见了一株亭亭玉立的黄花，在一撮浓绿的叶片中，伸出一根两尺来长的花茎，黄花就盛开在这光洁而又笔直的花茎的顶端，袅袅婷婷，楚楚动人，洒出盈盈的暗香，端庄秀美；又如一个情窦初开的女子，半是娇羞，半是妩媚，斜侧着身子，予人以欲见还休之态。我走至近前，近距离地观摩了它，却是不忍心触动的，因为再美的花儿，离开了它赖以栖息的枝头，也会很快枯萎，那么，我对它的喜欢便变成了一种最大的伤害。喜欢它就别伤害它，这是我对人对物一贯持有的原则。

当儿子说，妈妈，我要将它折下来，我及时地阻止了他。花儿是供人欣赏的，不是为哪一个人盛开的。或许它绽放在枝头，很美，但若折下来，它很快就会死掉的，美丽便不复存在，那么在你手中，也就没有了意义，兴许你还会觉得它扫了你的兴，很快将它扔掉。因此我们不如让它长在这里，待我们下山的时候，我们依然可以看到它美丽的倩影，这样不是很好吗？儿子作罢。

有一株黄花出现，陆陆续续便会有很多的黄花出现，这儿冒出一株，那儿闪出几朵，起先是一撮撮，然后是一丛丛，接下来是一片片。上面是高得不见顶的参天大树，树下是明艳妖娆的黄花，这样两种反差极大的植物却能相栖相生，共生在这样一片蓝天白云之下，令我不禁有些好奇。在它们身上，我似乎很难找到共性，唯一可以感受到的是它们一样长得生机勃勃，绿叶茂盛。

我建议坐下来歇息一会儿，其实我的目的就是想静静地看一看那些美丽的黄花。好的东西我向来喜欢用心灵去感受，就比如在赏牡丹的时候，我就爱坐在牡丹园子中间，静静地嗅着花香，静静地聆听花开的声音。在这些翠绿如剑的黄花叶中间，那些明丽的黄花争相怒放着，开出一地的金黄，开出一地的花香，让这一座浩大的山谷变得无比灿烂，香气幽幽。

我在它近前蹲了下来，仔细地端详着它，感受着这别样的熟悉，今日之黄花还是否会是昨日之黄花？虽然老家的黄花已然不在，但我早已将它种进了我的心中。母亲故去，老家易主，早已旧景全无，再回老家，难觅往日的熟悉，唯有一番惆怅与感慨。今日我上牛背梁，与其说是看黄花，倒不如说是想找到一份情感的寄托。

我之所以喜欢黄花，是因为喜欢它超强的生命力。它可以长在住户人家，也可以长在深山野洼，在沃土里它可以葳蕤地生长，在贫瘠的土地上照样可以开出灿烂的花朵。在这一点上，它与母亲何其相似。母亲生在一个富户人家，后嫁与父亲，由于社会的变革，母亲经受了一个常人所没有经受的苦难，但是在这样的日子里，母亲却能以她的宽厚与坚毅一路走了过来。对于母亲，我除了爱戴，更多的是崇敬。一个生命，落地即可生根，生命的不平凡正是显示在这里。

在这座山里，还有着山丹丹，还有那野百合，它们都是属于一个科目的花儿，它们形状相似，叶片也略有相似之处，只是花色不同。但是唯有黄花长势汹汹，形成一片铺天盖地之势，显示出生命的坚毅与壮美。

黄花不仅可供人观赏，而且还具有很高的营养价值。它还有一个别名叫“金针菜”，常被做成餐桌上的美味佳肴。它含有丰富的蛋白质、胡萝卜素、核黄素及磷、铁等矿物元素，自古就是席上珍品，且性甘凉、无毒，具有消炎、清热、止血、利尿、通乳、健胃等药用功效。

李清照曾有诗云:“帘卷西风，人比黄花瘦。”我不知道她在这首《醉花阴》里所言的黄花是不是此黄花，倘若是，我是不认同她的观点的。在我以为，黄花极具生命力，葱茏且端庄，暗香盈盈，实乃花中淑女，既可观之，又可食之，非常花可比，又怎会有如此憔悴凄凉之意象?

（原文刊载于 2011 年《散文视野》甲卷）

清明吊儿

清明近了，母亲就会一个劲儿地念叨，清明了，又要去给你爹你奶上坟啦！便嘱咐在县城教书的父亲周末回来，一定要记得捎上几张彩洋纸，好给爹爹（爷爷）奶奶剪清明吊儿。

母亲兰心蕙质，生得一双巧手，茶饭、针线活、扎花、剪纸啥都会。在我的记忆中，根本就没有能难得到母亲的事儿，什么事，母亲都可以自己亲手做，而且做得像模像样，非常漂亮，非常出彩。但凡人见了，都会啧啧称赞，这刘婶的手就是巧，啥活计都能做得这般出色。

父亲虽然执拗，但对于母亲这样的吩咐，却总是言听计从，因为母亲祭奠的是父亲的父母，替他尽孝道。母亲年年能够这样心意周到，作为父亲，内心是感激的，他不在家，有母亲去为他操着本该他操的心，去他的父母的坟前烧香焚纸，除草添土，尽一个为人子女、为人子媳的孝道。

我的爹爹和奶奶都生于动乱年月，爹爹原为私塾先生，后来眼睛不好，干不了重活，某年冬月又突患一场恶疾，以致暴病身亡。爹爹死后，家里的生活并没有好转，吃穿用度仍是不够用，家里常常吃上顿没下顿的，有了孩子的就没大人的，有了大人的就没孩子的。为了让孙子们能够吃上饭，奶奶偷偷地拎了根绳子上后山寻了短见，待人发现，奶奶已经吐着长长的舌头悬在一棵茂盛的构叶树上了。众人帮着从构树上解下奶奶，家里为奶奶钉了口薄木棺材，奶奶就这样永远地离开了我们。这些，都是我听母亲说的，因为我出生的时候，奶奶已经过世了。我苦命的爹爹和奶奶就这样走完了他们人生的历程。

周末了，父亲依母亲的吩咐，定会捎几张彩洋纸回来，一进院门，父亲就会说，孩他妈，你要的彩洋纸买回来了。母亲忙从屋里出来接过，放在门前的大青石凳上，然后从屋里搬出一张小桌子，拿上小凳和剪刀，就坐在院中开始剪清明吊儿了。这时的母亲，安详极了，美丽极了，浑身上下透着一种祥和、宁静且柔和的美。

母亲将长方形的纸裁成四四方方的，依对角线反复地对折。如此四折之后，便拿着剪刀在对折的地方左一剪刀，右一剪刀，每一剪刀的距离都是指头宽，这样一直剪到顶，然后在顶部剪上一个小圆孔，最后再在最底部留宽的地方剪出花瓣状的图案，这样，一种颜色的纸就算是剪好了。通常这样的纸，母亲会剪到三样到四样，多会是红色、黄色、绿色、紫色，这几种纸的颜色穿插起来，用一个小纸柄穿上，抖放开来，就是一个几种颜色穿插在一起、层次分明、非常漂亮的清明吊儿，明丽，鲜艳，而又非常具有艺术感。在众人眼里那就是一个清明吊儿，但在我眼里，这就是一件做工精致、倾注着母亲智慧和情感的手工艺术品。

通常情况下，母亲都会做上三个清明吊儿，一个给我爹爹，一个给我奶奶，还有一个给我们徐家共同的祖先，太爹爹。太爹爹生下了八个儿子，我的爹爹是老七，在户下里，大家都叫我们“七房”。母亲说，上坟都要上，不能让老太爹爹一个人孤零零地待在那儿，没有人管。因此，每年清明和过年，上坟的时候，母亲都会样样准备上三份，让我们无论如何都不要忘记给太爹爹上坟。因此，虽然我们大家都没有见过太爹爹，但在我们心里，太爹爹同我们的爹爹和奶奶是一样的重要，不能忽视，也不能忽略。

剪好了清明吊儿，父亲在家的时候，母亲就让父亲带上我们一家，一起去给爹爹奶奶，还有太爹爹送清明吊儿；父亲不在家的时候，母亲就带上我们几个孩子去给爹爹奶奶太爹爹送清明吊儿。每年去送清明吊儿的时候，我们就觉得这是一个非常隆重的仪式。我们几个孩子有拿清明吊儿的，有拿火纸的。有时，母亲还会备上一点小茶点，比如说月亮酥呀，芝麻棒啦，这些都是年节里亲戚送的，或者是父亲偶尔买下的。母亲从我们嘴里省下，将这个备留着祭奉我的爹爹奶奶和太爹爹。母亲的认真和郑重，让我们都觉得这是我们每年生活中的一件大事，不能置之不理，不能马马虎虎，不能敷衍了事，更不能当作儿戏。

我们在母亲的带领下，庄重而虔诚地祭奠祖人。爹爹奶奶的坟茔在前面，我们给爹爹奶奶的坟上上了香，烧了纸，然后绕着四周拔除坟茔上的枯草。农村有讲究，坟茔上的土只能清明动，前三后三。过了清明，别的日子坟上的土是不能动的，就是草长得再多，也不能动，一者是不吉利，二者是对亡人的大不敬。因此，必须趁着这个日子将坟茔好好地清理一下，以示这家坟茔有人看管，后继有人。在这天，我们不仅要给爹爹奶奶烧纸，还要给爹爹奶奶去坟上的杂草，有时坟头上的石头垮了，还要重新给砌好，将整个坟茔整理得焕然一新，才算是将祖先人管护好了，这是对祖先人的孝道和尊敬。母亲的专注和认真，让我们不敢有丝毫的怠慢和马虎。弄好了这一切，给爹爹和奶奶的坟上各自插上一个清明吊儿，然后我们虔诚地跪下，磕上三个头，这个坟才算上完。

插上清明吊儿的坟茔顿时引人注目起来，它就像是龙有了眼睛，鸟雀有了精神。春风吹起，清明吊儿在风中随风飞扬，如旗帜、如经幡。这时，寂寥的山间顿时鲜活起来，有了颜色，有了神采，有了精神气儿。荒凉的坟园，便因为这两枚清明吊儿，变得神采飞扬。

上完了爹爹奶奶的坟，我们又去上后边的太爹爹的坟。我的太爹爹，在那个年代来说，算是一个有故事的人，一生先后娶了三房老婆，大老婆死后，娶下二老婆，不料二老婆又死了，才又娶回了三老婆。按一般人来说，太爹爹是命苦之人，可是三个老婆相继生下八个儿子，令徐氏一门人丁兴旺。在徐氏一脉家族中，后来竟然出了五个大学士，在秦岭山中的农村，徐家也算是耕读传家的书香门第了。当说起太爹爹的时候，我们也时常以他为荣，一个农村的人，硬是靠着一荷一锄、一砖一瓦，拼起了一个家族、一桩家业，所以说勤劳与务实，乃是人的立根立业之基。太爹爹一个人已经孤独地在这儿待了近百年了，但爹爹和父亲都在一直给他上坟，就算父亲不在家，贤淑的母亲也会带着我们来给太爹爹上坟。因此，太爹爹看似是孤独的，其实他又不是孤独的。

我们给太爹爹上了香，烧了纸，拔除了杂草，培了土，最后给坟头上插上了清明吊儿，太爹爹的坟茔顿时不再冷清。

（原文刊载于 2018 年 4 月 9 日《文艺报》

神禾塬上悼柳青

清明的时候，去神禾塬上的皇甫村看望了柳青。去的时候，他的墓前已有两束花，正新鲜着，想必是刚刚有人来过的。我虔诚地站在他的墓碑前，毕恭毕敬地鞠了三个躬。

我在心里默念，先生，您好！我专程看您来了。

栖居西安有些日子了，却不知柳青也是在西安的，当然，是指他的墓地。文友说：“柳青的墓就在咱西安神禾塬上的皇甫村。”忽闻此言，我蓦然一惊，大睁着眼睛说：“真的，真的吗？”他说：“可不是真的！”虽然一直敬慕柳青、仰慕柳青，却不知柳青竟在离自己不远的地方安眠着，原来，我一直关注的是抽象化的柳青，而非具体物性的柳青。我原以为柳青死后葬在了陕北的吴堡呢，不想，却留在了皇甫村，留在了神禾塬。这，颇令我意外。

自从来到了西安，便喜欢上了这个地方，喜欢这个地方的什么呢？在我以为，是它悠久的历史和深厚的文化气息吸引了我，有陕西民谣曰：“陕西的黄土埋皇上。”的确如此，在陕西，大大小小的陵墓不计其数，在西安的少陵原上，就有好多皇家陵园，这些墓葬，记录着一个个时代的历史和文化。因为它们，这片土地显得凝重和沧桑，有了古典古籍的味道，越发地耐人咀嚼和品鉴。

自古西安天子地。这儿不仅睡着王侯将相，竟然还睡着一代文学大师。都道落叶归根，人死后，多会希望葬在自己的家乡，可柳青却留在了西安，留在了神禾塬，留在了皇甫村，揣着他的《创业史》和《创业史》里的人物，一起永远永远地住在了西安，住在这个他曾经为官为民的地方。他终没能舍了这儿的人民，没能舍了这一片倾注着他热血和真情的土地。

柳青，原名刘蕴华，陕西吴堡县人氏。早年从事革命活动，奔赴延安；解放战争后期，辗转陕北深入生活；新中国成立初期，曾任《中国青年报》副主编；自1958年始，任职西安县委副书记，并落户皇甫村，从此，开始了在皇甫村长达十四年的定居生活。在柳青来说，他是无意为官的，在他内心，他更愿意与人民大众生活在一起，不仅仅因为写作，更多时候，他愿意同农民同甘共苦，把自己当成一个纯粹的农民，融入他们的喜怒哀乐，跟他们一起劳动，一起欢笑。他注定是属于人民的，注定是属于大众的，也正是因为他能够俯下身子，才能够写出活生生的生活。也就是在这段时期，他写下了名震遐迩的《创业史》，从而奠定了他在中国文坛一代大师的文学地位。

知道柳青在西安，便总想着该去看看他的。今天，我能够成为一个作家，能够在文学的路上一路走下来，从某种意义上说，柳青是我最初意识里的启蒙老师。许多年来，我一直拿柳青当导师，当偶像，当文学路上的先行者，但很少关注他的生平，关注他具象的生活。突然吧，就觉得自己只是摸着了一个大象的头，便以为自己知道整个大象了，其实真正大象的身子是什么样的，我又是模糊不清的。于柳青，我便是如此。因而，对于柳青，心中便觉得有了一份亏欠，仿佛欠着柳青一些什么，欠了他什么呢？其实啊，欠着的是对他的些许未知。

在多年前，确切地说，应该是20世纪80年代吧，我还是一个懵懂的少年，我不知道文学是什么，更不知道文学有什么意义，那是一个刚能够看连环画的年龄。可是，就在这个年龄，我接触到了《创业史》。这本书不知道从哪里来的，是怎么出现在我家里的，但是，它却以一种无法拒绝的姿态进入了我的视野。在那个年龄，我是没有能力和毅力将那么厚的一本书读完的。可是，书里有一个叫徐改霞的女子，引发了我的兴趣，我叫徐祯霞，她叫徐改霞，我们的名字只差一个字，这是多么巧的事呀。正是这个徐改霞，激发了我强大的阅读兴趣，让我觉得，突然之间我跟这本书也有了千丝万缕的关系。徐改霞不是我，但是我却撇不开她了，我好奇地想知道她是怎么样的一个人，在她身上都发生着一些什么样的事。她喜欢梁生宝，最终有没有跟梁生宝结婚？起初我是挑着看的，只看有她出现的场景，可是，看着看着，就不过瘾了，那些跳过去的内容总让我觉得中间遗漏了好多关键性的东西，使得整个事件不完整或者不完满，因此，我又回过头来，用一个孩子最大的耐心和坚持将那本厚厚的《创业史》读完了。这是我读的第一本小说，一开始竟读的是长篇巨制。记得，那是一个暑假，我天天捧着书本，母亲喊我，一喊好几声，我都顾不上答应，母亲叫我书呆子，姐姐和弟弟也取笑我，叫我书呆子，我“书呆子”的绰号便是在那个时候被叫出来的。

开始只是读故事，只图着好玩，看个热闹，但读着读着，就被书里的情节吸引，被那些生动的语言吸引，到最后竟然一字不落地将整部书读完了。我也很惊讶，我怎么会那么认真地将那么厚的一本书看完，那上面密密麻麻的字，就像小蚂蚁一样，我居然能够将它齐齐地过一遍，连我自己都对自己佩服得不行。其实啊，家里人并不知道我为何会读这本大书，这个原因只有我知道。在不谙世事的年纪，我在潜意识里将自己物化成徐改霞了，我将她当成了我自己来读。虽然，我并不知道我长大后会是什么样子，也并不知道我的未来会有着怎样的前景，但在当时，在一个孩子的眼里，在一个孩子的心中，徐改霞就是我，我就是徐改霞，我和她互为一个不可分割的整体，她的快乐感染着我，她的忧伤也一样感染着我。在那本书里，我模模糊糊地知道了爱情，知道了男女之间的事，知道了喜欢一个人那种微妙的心思和感觉。有时吧，我觉得《创业史》不仅是我文学上的启蒙，也是我人生的启蒙，让我忽然间心智大开，原本一个单纯的小孩，在悠忽之间，对世界有了自己的观察和打量。及至后来，别人都说我成熟得早，我不否认，因为我想事情总比别人想得多一些，在很多时候，别人对幼年的很多事情都已忘记了，而我还能清楚地记得。有人好奇，怎么那么多的事，我们都忘记了，你居然还记得？也难怪你会成为作家。其实这些都不是天生的，只是我用心用脑在观摩着这个世界，因此，所有的记忆也就随心入心了，用过心的东西，自然而然就记忆深刻了。

从那时起，家里人就以为我喜欢读书，并将所有的希望都寄托在我身上，而我竟然也真的从那个时刻起喜欢上了读书。我读安徒生童话、张天翼小说选，李准的《黄河东流去》，琼瑶、张恨水、金庸、梁羽生的作品，还有《红楼梦》，等等。可我也因痴迷小说而贻误了学习，最终并没有能够顺利地进入大学的校门。但我的人生，却又因为文学得以转型，因为文学，我有了一份可以赖以养命的工作，文学让我实现了自己的人生价值，让我知道了自己的所长和所短。今天，在写这篇文章的时候，我是坐在鲁迅文学院里的，曾经，曾经，我怎么也没有想到，我一个没有进过大学校门的人能够走进中国文学的最高学府，能够在这里进行最专业的作家学习。这于我，曾经是怎样的遥不可及，甚至是一架永远无法逾越的天梯，或者是一生都无法企及的梦想，可是，在我的人生中，它竟如期而至了。有一句话说，机会总是留给有准备的人。而我的喜欢，我的追逐，最终让我夙愿达成，并向着梦想一步步走近，于这个层面来说，我是感谢柳青的，感恩柳青的。虽然，我并不知道，我最终会写成什么样子，但是因为一个又一个的文学先师，我愿意接起这个火炬。

当我以一个作家的身份站在柳青的墓前，心里是感激并感慨着的，如果不是柳青的《创业史》，我的人生会是什么样？会否是另外一番景象？我不得而知。但是他的这部《创业史》，让我从此迷上了文学，进而走上了文学的道路。因而，在人生路上，影响人生命轨迹的往往是某一件事，某一句话，或者是某一个人。记得柳青说过：“人生的路，关键的时候只有几步，特别是在人年轻的时候。”也或许仅仅只某一个时刻，便关乎一个人的一生，譬如我。

正沉思间，又来了一拨年轻人，走近之后，他们都收敛了笑容，庄重地放下鲜花，双手合十，拜了三拜。我不知道他们是不是文学青年，既是来看望柳青的，必是和文学多多少少有些关系的，要么喜欢他的作品，要么正走在写作的路上。而未来文学的天空，也该是靠他们撑起的，于是，忽然对他们也起了敬意，文学路上后继有人，总还是大有希望的。

我抬头望向天，正有鸟雀飞过，“嗖”的一声，划过长空，如箭一般远去！

（原文刊载于2016年6月6日《文艺报》）

西安，不再遥远

西安是我们的省会，处在柞水的西北方，柞水离西安仅一山之隔。而这一座山，却并非普通的山，它是中国内陆最大的山脉秦岭，海拔3000 多米，这一座山的雄浑与巨大足以让人仰视。一山之隔，便成了一道难以逾越的屏障，于是柞水与西安便遥遥不可相及。

而西安作为省会城市，柞水与之又必然有着千丝万缕的联系，有公务上的来往，有贸易上的交换，有百姓生活的补给。于是，柞水人仍要一趟一趟地去西安，纵然艰难，也是不得不去的。

在古代，或者说是解放前，人们走的是一条羊肠小道，这是一条由人和骡马开辟的山间小道。那时，柞水不叫柞水，叫作孝义县，官方的信函、兵马都要打此经过。这条路让昔时的柞水人一走就走了几百年，这便是现今柞水境内的旅游景点“秦楚古道”。它之所以叫秦楚古道，是因为它从西安一直通向湖北，是一条古代的官方驿道。

走秦楚古道去一趟西安，在正常情况下要走上三天才能到达，这是在天气和路况好的时候，遇到雨水或者是风雪天，若是道路泥泞或大雪封山，八天十天也可能走不出去。人困在大山中，风寒交迫，又冷又饿，吃完了干粮，只能采食草根和捕捉小动物救命。那时，人将所有的希望都寄托在老天爷身上，以期能够保全性命，顺利走出山中。在那样的路上，人不仅要与饥饿斗，与天气斗，还要与野兽斗，故而山里人多信神，因为在他们内心来说，能够拯救他们的只有神灵，人的力量已经微弱到听天由命。

听父亲说，家族中的一个亲戚的孩子生病，要将孩子送去西安治疗。那是一个冬天，他们将孩子用厚厚的棉被裹着，由家族中几个身强力壮的男人护送着去西安。谁知在路上遭遇了暴风雪，他们在半山腰上困了两天两夜，等到了西安，孩子已经奄奄一息，只有出的气没有进的气了。医生对孩子实施了抢救，终也未能救活，一条生命就此丧生，是天气所致，也是路途遥远所致。当几个身强力壮的男人再次抱着已无一丝气息冰冷的孩子回来，所有的人都流下了无奈与悲怆的泪水，他们默默地掩埋了孩子的尸体。那个八岁的小男孩再也没有了。

新中国成立后，政府出资修建了一条盘山公路，这条路依着山势绕山而建，曲曲折折，蜿蜒向前，远远望去，就像一条盘行的巨蛇。有了这条路，柞水人去西安就方便了许多。有了去西安的车，相对来说就比走路快了很多。但这是一座山，一座横亘在柞水和西安之间的秦岭，要想翻过它也绝非一件易事。在正常的车速下，去西安要开四个半小时，如果因为天气不好或者说是堵车，往往要开上半天到一天，有时甚至一天都不能到。在山上过夜是坐车人常遇到的事。山高雾大，若是遇上大雪天气，只有干着急，车如蜗牛般爬行，还得挂上铁链子，急也急不得，快也快不得，纵然有冲天的本事，也只得耐着性子在那儿干耗。能平安去平安回来，这都是幸运的事，最可怕的是遭遇翻车事件，那是最让人惨不忍睹的。可是每年的冬天，这样的事情都会发生，因而一到冬天，人们能不去西安就不去了，自己担心，家人也跟着担心。一般人可以尽量不去，可是生意人就没有办法，越是过年，越是生意好，不进货就没有东西可卖，只有顶着危险硬着头皮去。同行里将这称作“靠天吃饭”，老天爷照应了，就赚一笔钱，老天爷不照应了，就将命搭上。因而多数生意人都在家里摆有香炉，临行之前，上上一炉香，走后，家里人仍在为其祈祷，一直到平安归来，方才宽心。这是昔时柞水的艰辛与无奈。

西柞高速公路的开通，瞬时拉近了柞水与西安之间的距离，一条世界长隧，令天堑变通途，让柞水与西安成了可以互相串门的邻居。一个小时的时间，就到了西安，一个小时的时间，又可以折身回到柞水，甚至比从西安北郊到南郊或者是从东郊到西郊的距离还要近，早上出去办事，下午就可以轻松地回来。于是很多西安人来柞水买了房子，早上开着车去上班，下午开着车回来，如同坐公交一般。交通的快捷，令柞水的经济迅速地发展起来，尤其是旅游业，周末及节假日来柞水的人络绎不绝，牛背梁、溶洞、凤凰古镇、秦楚古道、九天山，成了西安人度假与游玩的佳所。旅游业的快速兴起，带动了柞水的餐饮业的发展，独特风味的山里小吃，洋芋糍粑与荞面饸饹，令西安人赞不绝口。吃过了临走时，还不忘带一些。豆腐、香椿、木耳及一些山货，总被西安人看好。对西安人来说，来趟柞水就像是逛个市场一样。流畅便捷的交通，令西安不再遥远。

今日的柞水，已然从秦岭山中走出来，以它美丽迷人的自然山水风光和淳朴的风俗民情吸引着越来越多的人来柞水兴业投资、旅游观光。柞水从一个闭塞穷困的小山城一下成了全国旅游卫生文明城市，而它的发展，有赖于现代化的交通，也有全体柞水人的共同努力。今昔相比，令人感慨万千，每每想及，一种无法言喻的幸福便涌上心头。幸福是什么？于我们普通人来说，眼前的生活便是！

（原文刊载于2012年12月13日《西安日报》）

长安街头的跆拳道

周六的早晨，我走上了步行街，突然一群白衣白裤的孩子映入了我的眼帘，定睛一看，原来是练习跆拳道的孩子们。

这些孩子年龄都不大，十岁左右，当然，这是我根据他们的身形来推断的。他们一袭短衫长裤束腰带，年龄虽小，个个精干利落，每件衣服的背心上都印有“花郎”两个字，醒目且耀眼，在深秋的阳光中越发显得英姿飒爽、精神灼灼。

我打眼扫了一下，他们一共三列，每列七八个，大体二十多个人。人虽然不多，但整齐划一，步调一致，依然非常抢眼。路过的人纷纷止步，停下来观看这群孩子们的练习，慢慢地，人越聚越多，几近将孩子们围在了中间。

在这些人中，有行走的路人，有孩子的家长，还有如我一般来步行街上散步放松的人。这群孩子吸引了我们的目光，让我们的脚步均在此停留，因为我们对于跆拳道的陌生，因为我们对于跆拳道的好奇，因为我们对于这些孩子的期待，我们想知道他们怎么练，或者说，我们更想知道他们将会练习些什么。我们在静静地看着，没有人喧哗，没有人吵闹，只是有人拿出手机不停地拍照。

教练是体院的两个学生，年轻，身强力壮。可能是练习跆拳道的原因，两人体能都很好，骨骼和肌肉都相当匀称，一招一式都显得精准有活力。他们手拿黑红指挥牌，不停地跑前跑后，纠正学生不规范的动作。每教授一个动作，他们都会发出“嗨、哈”的声音，学生们也跟着呼应着，声音一大，就会穿透树梢，穿过层楼的缝隙，飘散到很远。

学生教学生，在大城市里已经是一种很常见的教授行为。大学生根据自己的专业特长，招募一些有相关兴趣爱好的孩子，利用周末的时间，为他们授课。家长为了培养孩子们的技能，也乐意让其参加一些相关的学习训练，一则锻炼身体，二则给孩子培养一些课外兴趣爱好，让孩子德智体能全面发展。于是，便出现了我们眼前的这一幕，这种教授方法，从某种意义上来讲，更利于学生接受和学习，一者年龄相近，二者教授方法灵活，便于互动。

在这些孩子中，男孩居多，女孩只有一小部分。这些女孩是喜欢这种运动的，她们认真而又专注地学着，出拳踢腿，也能做到很用力很到位。打量着他们，我就在想，运动的人总是具有能量的，在这样一个秋天的早晨，我都穿上了毛衣秋裤，他们却光着脚，只穿着一身单薄的衣衫，却依然精神抖擞、神采飞扬。

一个小女孩吸引了我的目光，她年龄很小，估计只有七八岁，她一边做动作，一边不停地在人群中看。我估计，在人群中应该有她的父亲或者母亲，她想得到他们的肯定或者是赞扬。她瘦小的身子抬腿、出拳，小小的人儿，小小的拳头，小小的腿脚，一下一下却做得铿锵有力，落地有声，我不由得注意起她来。

果然，一会儿，一个男子从人群中走了出来，拿着毛巾快步走到小女孩的跟前，给她擦了擦脸上的汗珠，抚摸着小女孩的头慈爱地对她说："莹儿，你学得很好，爸爸都看到了，好好练啊，练好了身体，就没有人敢欺负你了！"

我不知道这个小女孩是出于身体还是环境的原因来学习跆拳道的，只是我听了这话，心中突然一震，是啊，练好了身体，就没有人敢欺负你！这是一句极普通的话，是一个父亲对孩子的关爱与呵护，其实也是对我们每一个人的提点。我们每一个人都应该强身健体，有一个强壮的体魄，这样就没有人敢来欺负我们，也就没有人敢来欺负我们这个民族，民强国长安。于是，在长安街的街头，这个早晨便有了一种不一样的意义和更耐人寻味的内蕴。

此时，阳光正好，温热适度，我的心中也顿时有了一种豁然敞亮的感觉。少年强则中国强，少年兴盛则中国兴盛，少年英武则中国英武，在一片有力的呼叫声中，我迈着轻快的步子向前走去。

（原文刊载于 2014 年 12 月 17 日《淮安日报》）

永远的牛背梁

“道可道，非常道，名可名，非常名……”这是老子《道德经》的开篇。老子在洋洋洒洒地写下了五千言的《道德经》之后，就此消失，谁也不知道老子的下落，老子的行迹便成了一个永远的谜。

这件事要从函谷关关令尹喜说起。话说函谷关关令尹喜善观天相，巡城之时发现天边有一股紫气自西向东，划破长空，知是祥瑞之兆，料定必有贵人到来。于是大开城门相迎，果然来一老者，鹤发童颜，双耳齐肩，骑一青牛，冉冉而至，此人便是那旷古绝今的老子。尹喜盛情相迎，将老子接于府上，与其谈经论道，纵说古今。阔谈之间，尹喜被老子深邃博大的思想深深吸引，于是毅然决然地辞去了函谷关关令职务，与老子一齐云游天下。

尹喜和老子一路向东，翩然而行，走着走着，一座巨大的山脉横亘在了他们面前。远远望去，山高不可测，峰多望不尽，云蒸霞蔚，紫气缭绕，好一派仙界景象，老子看着看着就被吸引了，情不自禁地循着那条弯弯曲曲的羊肠小道走了进去。月余之后，他们来到了一座山梁之上，俯身下看，此地宛如一个怀抱，将偌大的关中平原抱在其中，老子叹道：这是个好地方啊！左侧是幽深秀美的峡谷，右侧是旷远豁达的秦川大地，人仙两界，皆入眼底，此等佳所，何处可觅？

老子遂萌生了在此栖居的想法，问尹喜：“此地如何！”尹喜说：“甚好！”于是二人在此止步，伐木造屋。不几日，建下一处房舍，二人安居于此，终日谈经论道，怡情养性。彼时，老子年事已高，白眉白须，但仍然精神矍铄，一身仙风道骨，神思飘逸。终南山人闻知此地住了一位智者，纷纷前来问道，一时间，终南山上热闹非凡，人迹不绝，不断有人迁往此处居住，以采药和伐木为生。终南山上人气越来越旺，常有鸡鸣狗吠之声相闻，附近之人得到老子点化之后，皆以自然为道，过上了顺应天理的日子，人与人之间少了官司，也少了纷争，多少年来，终南山人都是过着自耕自息的生活。老子不再云游四方，青牛也就无所事事，整日徜徉在终南山上，与羚牛为伴，与雀鸟相戏。终于有一天，青牛老了，老到再也无力站起来了，它默默地伏在终南山上，双眼无助地望着老子。老子知道，青牛的生命历程已经走到了最后时刻，他决意成全这个陪伴了自己半生的青牛，让它不再忍受死亡的折磨。他用手对着青牛一指，青牛便化作了一座山脉，并且迅速地长大，瞬间便居群峰之首，但是青牛伏卧在地的神态未改。人们为了纪念老子骑过的这头青牛，就给这座山取名“牛背梁”。

老子自函谷关离去后，很多人皆不知老子的去向，说老子从此消失，再无影迹，殊不知老子隐于终南山中，置身于如此一座浩瀚的大山，尘世之人如何能够知晓？而此处，又恰是老子寻觅多年修身养性的理想之地，自此，老子再不思离开。万物始于有，最后皆归于无，这是老子思想的精髓，人生得此福地，夫复何求？

清心寡欲，无欲无求，凡事顺应自然，这是老子的哲学理念。老子，一代圣贤，活到了那个时代从未有过的高龄，在一百六十岁的时候魂归终南山。终南山的人为了纪念他，在终南山下的周至县境内，特意建起一座庙宇，将他的塑像供奉在里面，这便是现在鼎鼎有名的道教圣地“楼观台”。自此，朝拜的人络绎不绝。老子自书写《道德经》之后，声名远播，四海之内，人皆仰之，都以能够一睹他的尊容为幸事。

我们今天再看老子，不得不佩服他思想的高远与伟大，一个生于几千年以前的人，用他一颗富于思索的头脑破解了人类一直无法破解的密码。宇宙万象，自然法则，在他短短五千言的文字里就得到了最充分的诠释，而这种理论用在各行各业无所不及，无所不通，这才是老子智慧的终极所在。纵观古今，可谓始终没有一个人的思想可以超越他。老子的思想，达到了一个无人企及的高度。他的《道德经》被译成各种语种，在世界各国广为流传，被很多外国人推崇备至，认为这是人类最大的精神财富。我们作为他的后裔，又怎能不悉心闻道，物尽其用？

老子去了，留下了一座青青的牛背山梁，一如他的《道德经》，与世长存。听，有人正在吟诵：道可道，非常道。名可名，非常名……

（原文刊载于2012年《秦岭印象》第3期）

为爱出走的羚牛

牛背梁因为羚牛而得名，也因为羚牛而出名。

羚牛是秦岭四宝之一，是国家一级保护动物。因为羚牛的存在，陕西省还专门成立了一个牛背梁动物保护局，当地人简称“牛保局”。

这些年来，很多人自发来到牛背梁探险，想看看大秦岭雄浑苍茫神秘的容颜，更想邂逅一下国宝羚牛。但是羚牛并非人们想见就能见得上的。常言道：“有心栽花花不发，无心插柳柳成荫。”很多人非但没能见到羚牛，反而常常被困在秦岭山中，十天半月走不出去，好在秦岭山中可以食用的野生植物众多，使迷山之人得以借此养命。

基于人们对于秦岭的向往，或出于人们对羚牛的好奇，几年前，当地政府决定对牛背梁进行开发，以方便人们能比较安全地进入秦岭腹地探险猎奇。

其实，古往今来，多少人曾徘徊在秦岭的边缘，欲图揭秘秦岭。可秦岭的深邃与浩大，绝非人的足力可以抵达。韩愈有诗云：“云横秦岭家何在，雪拥蓝关马不前。”岑参也在《贻友人》中写道：“诸峰皆青翠，秦岭独不开。”足以见得秦岭的雄浑浩瀚与神秘莫测。人们历尽艰险也难以走近真正的秦岭，纵然走近，也只能窥其一斑，而不能见其全貌。即使如此，仍有众多的文人墨客为秦岭写下了许多不朽的传世之作。

自牛背梁国家森林公园建成开放后，慕名而来的各地游人，都怀揣着一份希冀和期待，希望能够在牛背梁上与羚牛邂逅，一睹羚牛神秘风姿。然而，人想见羚牛，而羚牛并非想见人。或许，在羚牛以为，与人类相处的最安全的方式便是保持着一种适度的距离，可以远观，可以聆听，却不可以真正地走近。或者说与人走得太近，它在人类心目中的形象也就不再那么神奇与完美。于是，聪明的羚牛就隐匿在深林里，只隔着山头与林木同人类相窥。而这，更增加了人类的好奇心。好奇归好奇，可真正能见到羚牛的人仍是凤毛麟角，偶有耳聪目明之人，会见到羚牛从某个山头一掠而过的身影，因为相隔太远，根本无法看清它的模样，当然也并不能确认它究竟是不是真的羚牛，然这已足以让人惊喜不已。

可谁想，就在2011年的夏日，一头健硕的羚牛走出了秦岭山，大摇大摆地下了山，闯进蓝田县大寨村，跑进了一户村民的家中，这无异是一个爆炸性新闻。

目击者说，那天凌晨，听到狗不停地狂叫。他不知道发生了什么事情，就走出院子想看个究竟，却看见一头像牛一样的大动物从门前的菜地边走过，身长两米，头上长着犄角。他试图接近此动物，不料，却让其受了惊吓，直冲进一户村民的家中。大牛的出现，令村民哗然，全村老小皆来围观，在众人的确认下，方知是国宝羚牛在此现身。村民们甚是惊喜，有人认为国宝现身村中应是吉兆。

村民们赶快通知了动物保护站的工作人员。动物保护站的工作人员在当地民警的全力配合中，在没有伤害到一个村民的情况下，成功地对羚牛实施了捕获。羚牛被逮走了，它将被重新放归秦岭山中，在浩瀚苍茫的大山中自由地行走。

羚牛是一种分布在密林地区的牛科动物，属于群生物种，头像马，角似鹿，蹄似牛，尾似驴，体型介于牛和羊之间，以草、树叶和花蕾为食。它们一般会二三十个一群，多的一群会有四五十个，也有独居的羚牛，但一般是年长的老羚牛。

动物保护工作人员经过严密的考察研究和分析，得出确凿结论，这次走出秦岭的是一头雄性成年羚牛，年龄约14岁。眼下正是羚牛的发情期，此羚牛估计是在求偶过程中被其他雄性羚牛打败，愤而离群出走，沦为一只流浪的独牛。

羚牛因为爱情离群出走，而我们因为羚牛的这一场失败的爱情，走近并且了解了一只真正的羚牛，印证了人们关于秦岭山中究竟还有没有羚牛的猜想。而这只羚牛的出现，也告诉了我们，秦岭山中不仅有羚牛，而且不止一头，或者可以说是有着一群或者是多群羚牛存在着。它们同我们人类一样，也会为爱所喜，也会为情所伤，也有为爱“出走”或被“驱逐”的。看来，动物也同人类一样，因爱，因情，也会生出许多是非来，也正是如此，生命才能长久地繁衍下去。

（原文刊载于2011年11月24日《中国绿色时报》）

河边的蔬菜

春天的时候，走在河边，见有人在河边整地。那是一片离河很近的乱石堆，一男一女的两个中年人正在那儿忙活着，男的将大块的石头一个一个地搬开，女人在把坎边的土一点一点地往砌好的河滩里扒。可以看得出，那堆土是人提前用车拉来倒在那儿的，因为像这样光洁的河滩，想找到一捧土都很难，更何况是这样成堆的土。

男人站起身，擦了一把额头的汗，又继续弯下腰去砌石头。

我在心里想，这些人哪，一天真是没事找事，净做一些不切实际的事，河边的地，那也是可以种的吗？一场雨水下来，便给你冲个精光，还不是瞎忙活一场，更何况还要费那么大的力气，到头来菜吃不上，还要赔上那许多工夫，真是不值！我望着他们，不由得摇了摇头。

女人还在认真地做着，将土一点一点地扒平，分成一畦一畦的小块。我不知道他们将在这块地里种些什么菜，但我想他们可以吃到菜的希望一定会很渺茫。

自此之后，我便很少再来这个河边，那块河边的地和那对中年夫妇都已被我渐渐淡忘。

某一天下午，吃过晚饭，时间尚早，我携了孩子出来散步，不知不觉间，又来到了这个河边，再次看见了那块地。令我诧异的是，那块地竟然没有被水冲走，依然完好地占据在那里。与春日不同的是，空白的地里已经是葱茏一片，有肥硕的萝卜，有绿绿的青菜，有胖乎乎的大葱，还有那一挂一挂红彤彤的西红柿……很多很多。

望着眼前这一大片我认为不可能生长的蔬菜，我站住了，我为主人欣喜，也为自己曾经的武断而羞愧。

我在河边站了很久，我一点一点地给儿子叙说着那两个种地人的故事。因为他们的辛勤耕耘，才有了这一大片葳蕤茂盛的蔬菜，因为他们始终怀揣着一个美好的愿望，而让这一片乱石林立的河滩结出了累累硕果。

其实生活中有很多事情，不是不可能，也不是没有成功的希望，只是我们常常想到的是它不好的一面，为困难和挫折所吓倒，而放弃了争取和努力，所以也就使我们失去了人生很多精彩的部分和成功的机会。

（原文刊载于2009年9月24日《半岛晨报》）

你那里下雪了吗？

在这个无雪的冬天，想问你一声：你那里下雪了吗？

今年的冬天，是一个少有的无雪的冬天。没有了雪我便感到了一种不习惯，一种对于冬天的不习惯。

北方的冬天，多是和雪分不开的。天冷的时候，瑞雪就会降临，飘飘洒洒，弥漫在天际之间。那是冬日特有的情调和氛围，它让清冷的冬天变得温馨而飘逸，有了一种诗性的味道在里面。于是，北方人的爱雪便成了一种习惯，一种与生俱来的习惯。一到冬天，他们就会盼雪等雪，期待着与美丽的雪来一场隆重的邂逅。

而今年的冬天，雪迟迟没有来，冬日过去了，腊月来到，转眼腊月也将过去，春节将临，可雪还没有要来临的意思。天空依然晴朗，散发着柔和的光芒，在这种暖阳朗照的日子，总觉得雪很遥远，遥远得让我空留叹息。

没有雪的冬天，我对于雪的美好便越发地思念与怀想，这种感觉绵厚而强烈。我常常闭上眼睛，想象着雪花漫天的情景：我要么站在窗前，要么行走在雪中，要么邀上三五好友一起踏雪，白的山川，白的河流，白的大地，一切都是那么美好，美到让我心醉，让我痴迷，让我忘记了萧瑟的寒冷，我就这样陶醉在自然赋予人类的美好中；甚至，我会闭上眼睛，仰望天空，任由雪花自脸颊和唇上滑落，感受微凉的雪在我的脸颊和唇上逐渐融化。这时，我就在想，雪之所以美丽无瑕，是因为它的独立，它的不肯随波逐流，它用自己的冷艳在隔绝着凡俗的一切，所以它才圣洁、无尘。它的美在于飞扬的过程，在这个过程中，它是天使，它是仙子，它带给人以无尽的遐思与幻想，但是，一融入大地，便会零落成泥，化为乌有。尽管如此，但它在来与去的过程中，依然那么洒脱，那么了然，那么充溢着生命的灵气和快乐。其实生命的美就是一个过程，只要在这个过程中努力地让自己美好，努力地让自己精彩，努力地带给别人感官和思想上的愉悦，就已经很好了。至于最终生命的消亡，那是一件很自然的事情，且听之任之好了，因为我们已经活得无怨无悔了。

没有了雪的冬天，我对雪的怀念就愈加深重起来，我轻轻地吟唱着那首《我爱你塞北的雪》："我爱你，塞北的雪，你飘飘洒洒漫天遍野，你用白玉般的身躯，装扮银光闪闪的世界，你把美丽送给大地哟，你是春天的使节，春天的使节……"在这首歌里，我的想象也随着那雪花一起飞翔起来。

在这个冬天，我这里没有雪，你那里下雪了吗？你能给我讲讲关于雪的故事吗？……

或许，我对于雪的这种痴迷与爱恋，南方人很难理解，因为他们很少见到真正的雪，或者一种隆重的铺天盖地的瑞雪，他们对于雪的记忆和概念是零散而浅淡的。而在北方，雪于我们来说，就是一种情结，一种对于冬天固有的情结。我们爱它，不仅仅因为它的美丽、它的圣洁，更因为它对庄稼作物具有很好的滋润和催生作用。有农谚道："冬天不冷，夏天不热，五谷不结。"这是农人千百年来总结的经验。尽管，现在农耕在国民生产中已不再占主导地位，但是山上的草和树依然需要雪的营养和滋润，有雪的冬天，总是春来得早！

冬将尽，我仍在期待着雪的来临，或许在这个春节，在大年三十的晚上，在红灯高悬的时候，在正月初一的早晨鞭炮声响起的时候，会有一场瑞雪翩翩而至，带给我们一场意外的惊喜与美丽。那么，今冬便没有遗憾！

（原文刊载于2012年1月17日《中国文化报》）

第五辑　津津乐道

风雨中的树

有人将男人比作山，有人将男人比作海，而我要说，男人是一棵树，一棵挺立在风雨中的树。

在男人和女人之间，无形中，男人要承担的责任比女人大。男人要赡养父母，要养活妻儿。女人可以不用工作，但男人必须工作，男人不工作，就意味着一家大小的生计无着落。

男人是家庭的顶梁柱，同时男人也是社会的中坚力量。一方面，他要协调好家庭的关系；另一方面，他要协调好他工作的单位和社会方方面面的关系。

一个男人的能力往往体现在他的事业上，男人事业出色就意味着成功，就意味着被社会认同，就意味着自己的价值得到了体现。而在这个过程中，男人得全力以赴。

男人从呱呱坠地开始，肩上便担着责任。在传统的观念中，他是男丁，他是撑门杠，他要顶门立户，他要传宗接代。因此，他一出生，便顶着风雨前行，不管愿意不愿意，这一切都得自觉不自觉地担起。

男人是树，注定要在风雨中站立，他会迎来春暖花开、秋果累累，也会遭遇风雨雷电、酷暑严寒。四季的变换，人情的冷暖，都是男人必须经历的。

而树，也会生病，也怕营养不良，虫子咬噬，雨涝干旱，甚至空气质量，都会让它受到伤害、生病，乃至死亡，都有可能。因此，树需要维护，而男人，也需要养护。他就如一台一直在转动着的机器，为工作，为生计，为生活的种种，在不停地忙碌着。他会累，会疲倦，也会严重地损耗和透支，他要调整自身的状态，还要面对周围的环境。累，在所难免。

而生活，并非总是阳光普照，丽日晴好，它会有风，有雨，有电闪雷鸣，有荆棘坎坷，甚至是激流险滩。因此，男人须得坚强，有足够承受风雨的能力，而在这中间，不仅要有精神上的顽强，还要有身体上的刚强，只有这二者合一，才能在风雨中挺立不倒，也才能将家庭和事业经营好。

可是在这一点上，有的人处理得好，有的人处理得不好。一些男人常常因为工作，忽略了健康，以致身患恶疾，无力回天。他们一心想将事业做好，想让家里的日子过好，却忘记了一个最根本的问题，如果没有一个健康的身体，家庭不可能幸福，事业也不可能圆满和成功。叔本华说："人类所能犯的最大错误就是拿健康来换取其他身外之物！"

生命，就像是存款单上的"1"，如果"1"存在，那么"1"后面所有的"0"都有了切实的意义；如果"1"不存在，那么"1"后面再多的"0"也都没有了实际的意义。而我们的身体，就恰恰是这个"1"字，它是万事之源，有一副好的身体，是我们幸福生活的根本，也是我们事业发展坚实有力的基石。在当今日趋忙碌的工作和生活中，健康尤为重要。

不久前，圈里的一个朋友死了，才四十岁的年纪，于男人来说，这是一个正好的年龄。人言男人三十如狼，四十如虎，四十岁，正是男人精力最旺盛的年龄，生龙活虎干事业的最佳时候，他却患下了不治之症，发现之时，为时已晚，不足月余，身亡。想想，是何等地遗憾。生前，他拼命地工作，不分昼夜，想将自己经营的事业做大做强，但当他终于将自己的事业经营成一个品牌时，却撒手人寰。他的事业还能不能按照他希望的方向发展，不得而知！给人留下了长久的叹息和思考。他的病何尝不是他熬更守夜、饮食生活不规律导致的？他想让一切都变得更好，可最终他死了，他的天空塌陷了，他所有的辛苦与努力都成了一场空忙。

朋友的疾病，是因为对身体缺少合适的关爱和养护，也有一些人因为生活工作的压力，患上了抑郁症等精神疾患，以致无法承受压力，导致走向了人生的末路，这都是一些让人非常痛心的事情。

每每有不良的不幸的消息传来，我的心中总会叹息，伤感良久。男人啊，你这棵风雨中的树，一定要坚强，不仅要坚强，而且要好好地养护，有足够抵御风雨的能力。

因此，我想劝劝男人们，在累的时候，不妨歇歇，抬头看看天空，看看白云，看看路上变幻的风景，也看看远处碧绿的山冈。品一口茶，喝一杯咖啡，让自己的身心得以放松和调节，不要只是一味地忙着赶路，而忽略生活中的种种美丽和美好。

人只有有了好身体，才能花好月常圆，也才能赢得更多的鲜花和掌声。于男人，尤其如此。

晋代名医葛洪说："我命在我，不在天。"拥有好身体，才能让生命一树花开。

在奋斗的路上，切记，切记，健康永远伴我行！

（原文刊载于2016年10月25日《健康周报》）

年在乡关处

大哥打来电话，问我今天在哪里？我说在婆婆家呢！他说这几天娃们都回家过年了，今年家里地方宽敞，想让我和兄弟姊妹及小辈们都回来一起坐坐，我听后很高兴，连连应着“好”！

大哥家的两幢房子经过一年多的紧张修建，终于落成，并在去年冬天搬进了新家，大哥终于结束了住房尴尬的局面。大哥有两个儿子，都已娶妻生子，居在西安，但每年过年，他们都会带着媳妇孩子回老家的村庄，就算家里的住房再紧张，他们也都是依然要回老家的。

记得去年村里移民搬迁，大哥家以前窄小陈旧的房子被拆，大哥成了一个无房的人。他租住了邻村一户人间的房子，和嫂嫂临时寄住到了别人的屋檐下。过年的时候，侄子让他们去西安过年，说西安的房子宽敞，又有暖气，一家人就在西安过年吧，但大哥硬是不同意，生气地说：“过年不在老家，那叫啥年？”两个孩子再不敢言语，只得过年早早地回了老家。在大哥理解，老家就是根，老家才是人魂魄相依的地方，离开了老家，人只是一个漂泊的行者，找不到心灵的依附和归属感。

对于大哥的偏执，我不理解，我以为，过年不管在哪儿都是过，只要高兴就行。等我慢慢上了年龄，有了孩子，有了生活阅历，才知道，我自己也是留恋老家的。老家的一草一木，老家的山川河流与道路，都是那样让我亲切和在乎，都是那样深深地刻进了我的心底，都是那样写满了乡音乡情。每次脚一踏上老家的土地，心就不由自主地欢声雀跃。这种感觉只有我懂，这种感觉只有我自己能够体会。这时，我就深深地体会到自己是一个有根的人，我的根就在这片生我养我的土地上。

至此，我方理解了父亲与母亲。以前，每年的新年，父亲和母亲都会早早地叮嘱，让我们早点回家过年。我有时还会叛逆地想，年就那么重要吗？直到有一年，我在外面打工，过年的时候，因为没有买到回家的车票，留在了打工的异地。那一个春节，让我深深地体会到了家的重要，亲情的重要，以及故乡那浓而重的年味气息。我陷入深切的思念而不能自拔，我和同事在一起吃饭喝酒，心却早就飞回了故乡，飞到了父亲和母亲的身边。那一晚，我没有去逛街，也没有和同事去唱歌，我早早地回到了自己居住的屋子。那时，还没有这么方便的电话，我只有对着天空想念父母和家人，想着想着，不禁流出了思念的泪水。那一个新年，于我来说，心灵有着从未有过的孤寂和落寞，那一份身在异乡为异客的心绪和强烈的思亲之情更不必言说。从那一个新年起，我变了，变得珍惜家人了，懂得孝顺父母了，母亲说我懂事了，我想可能我是真的懂事了，因为成长真的是一个过程。从那以后，我懂得了，在我的生命中没有比家与亲情更为重要与可贵的东西了，它们永远是我前进的动力和支撑，是我心灵停靠的港湾，是我努力奋斗的基石。

一到年关，同事和朋友们纷纷念叨起新年，回家的念头就迫切起来。他们掰着指头算着过年的日子，有公婆的去孩子爷爷奶奶家，没有公婆的去外公外婆家。那一顿年夜饭令多少人魂牵梦萦，那一刻的相聚令多少人神驰意迷，那一个夜晚令多少游子不顾千山万水一路风尘踏上回家的路途。特别是在看到很多人没有买上回家的车票，仍然不顾路途的遥远骑着摩托车往家里赶的情形，最让人感动了。那一路要怎样披星戴月，那一路要身染多少风霜？寒冷与辛苦都不是事，只要能够与亲人团聚，所有的辛苦与付出都是值得的。大年三十晚上的春节联欢晚会上，听到刘德华唱的《回家的路》，喧闹的家里顿时变得静悄悄的，所有人都入神地听着，包括爱玩的年轻人。那一刻，唱出了多少人的心声，那一刻，唱出了我们共有的家园情愫，特别是他离开舞台时最后说的一句话：“节目演完了，我也赶快回家过年去！”明星也是人，也有人的真性情，一句话道出了人类共有的故园情结。

年是什么？年是亲人的团聚，是家的惦记，是家门口红红的对联和灯笼，是一家老少聚在一起的合家欢，是整理心情重新出发的驿站。年在哪里？年在有父母的屋子里，年在我们生长的故乡，年在我们扎根的土地上，年在乡关处。而不管在哪里，我们的新年都与我们的祖国分不开，有国有家的地方，才是新年，这是传统，亦是我们民族的根与灵魂！

（原文刊载于2015年1月15日《陕西日报》）

火红的中国年

春节，是中国传统的农历新年，我们通常称为“过年”，它是中国人一年一度最隆重、最盛大、最庄重、最喜庆的一个节日。

中国的新年，历来是红色的，它是被红色渲染得那种欢天喜地的色彩。而这种红色，便是被标上中国标签的“中国红”，因为它是独一无二的，中国独有的，它只跟中国有关，只跟中国的传统习俗有关。

过年的时候，要贴对联、挂灯笼、剪窗花，门上还要贴上一个大大的“福”字。这样，新年的气氛就出来了，喜庆的气氛也出来了，在外在环境的烘托下，人心也新了起来。

在中国人的意识里，大凡喜事，都该是红色的，正如中国人热情奔放的性格和火热的心情。

过年的最大主题是团圆，一家人团聚在一起，举杯换盏，欢天喜地地庆祝新年。这个时候，近的，远的，出门在外的人都得赶回家，陪伴老人过年。一家人的团圆就象征着一种美满，一家人的团圆就象征着天伦之乐和人生最大的幸福。于丹说过一句话：“千里纵横，你总得有个家。万众首领，你也得有个妈。”这句话，充分诠释了人生的要义，一个人不论贫穷富贵，家都是最重要的精神园地，而中国人的年，便是我们每个人心中永远的精神领地。

一到过年，中国人多是雀跃的，这种状态表现在每一个人的神色上，一为团圆，二为新年新气象。王安石有诗云：“爆竹声中一岁除，春风送暖入屠苏。千门万户曈曈日，总把新桃换旧符。”在这样一个时刻，人们多会总结过去，重新规划未来。因此，新年所包含的最大意义在于“辞旧迎新”，过去好的与不好的，统统让它过去，新年开始，一切都是新的，人们在新的心情新的喜悦新的日历中开始又一年的学习和工作。于是，一切都变得意义不同。

中国人的新年，一般是从腊月二十三开始的，这一天也叫作小年，又称祭灶节。这一天，须得做上一桌丰盛的饭菜，备上酒，祭祀灶王爷。灶王爷管着人的一日三餐；人的善恶，人的勤劳与懒惰，灶王爷都看在眼里；人的日常生活，也都由灶王爷管着。吃饭，是所有人的大事，民以食为天嘛，因而灶王爷是不可怠慢的。对灶王爷心存敬畏之后，有了灶王爷的看护，百姓才能生活得好，过得一帆风顺，过得吉祥如意。

过了小年，年就已经拉开序幕了。二十四是扫洋尘的日子，扫空中的蛛网，扫天花板与墙壁上的灰尘，扫屋子里的拐拐角角，扫院落，反正就是要将屋里屋外齐齐地扫一遍。擦洗柜子、桌椅板凳，打扫灶房上上下下、卫生间，甚至清洗锅碗瓢盆碗筷，所有地方所有物品都要打扫得干干净净，一尘不染。扫尘之意在于扫灰尘，扫晦气，将家里一切不好的肮脏的无用的东西清扫出去，还一个干净整洁清亮全新的环境，这体现在一个“新”字上，一个从内到外全新的蜕变。

扫完了洋尘，就该置办年货了。这时，街上已是红火一片了，映入人眼帘的到处都是卖灯笼、卖对联、卖年画、卖鲜花的，卖新年物品的店子和摊点比比皆是，超市和商场里的喇叭不停地在播放着“新年好，新年好，丰收的新年真热闹……”。走在街市上，红彤彤的灯笼比比皆是，有对灯，有挑灯，有两个一串的，还有三个一串的，圆的，方的，长的，都有，一条街上一个特点，一个街上一个特色。广场上的花灯也都已制作和装饰好，各种各样的猴儿尽显可爱之态。灯笼和对联是中国新年特有的符号和元素，缺什么都不能缺少这两样。那些耀眼的灯笼和对联将新年装扮得红红火火、喜庆热闹，让中国的新年烙上了明显的民族特色。

以前过年，讲究吃，现在吃喝不愁了，人们开始注重生活品味了。过年的时候，多会给家里人买一身新衣服，再给家里买一些鲜花和各类装饰用品，将家里装扮得漂漂亮亮，适心怡人，让一年来已经视觉疲劳的家再次焕然一新。还有的，会买一些书，利用过年的时间读读，给自己充充电。

办好了年货，就该抽出一天时间洗衣物了，床单、被套、窗帘都是必须洗的，当然，也包括身上的衣物，反正是能洗的都得洗了。各人只穿上一套随身的衣服，其余所有见尘的绵织物，全部都要清洗一遍。当然，在年三十前还要洗个澡、理个发，古语道："有钱没钱，光头过年。"值此，整个家里，才算真正地清理干净了。

忙完了这些，年也就真正地来了。

三十这一天，要做的事很多，挂灯笼、贴对联、糊窗花、祭祖、做年夜饭。

早晨，天不亮，人就起床了。起来后，就赶快做早饭。过年的饭都是有讲究的，在北方，早上多吃包子，煮的排骨萝卜汤。吃完了早饭，人们就各忙各的，男的忙外面的，女的就进了灶房，一家人欢天喜地地忙碌着，个个脸上绽放出花朵一般的笑容。这样的时刻，于众多的人来说，是一年中最幸福的时刻，这种幸福与功名利禄与生计等其他的外在的一切都无关，只与新年有关，只与一家人的团聚有关。每一个家是个体的，但每一个家庭又都在庆祝同一个新年，因为，这是中国人共同的新年，大家的欢喜喜悦希冀又都是相同的，希望家庭幸福，希望生活美好，希望亲人平安健康，希望未来的日子每一天都红红火火。

鞭炮声响起，年夜饭也就开始了，在村庄和城市交相辉映的灯火中，人们推杯换盏，普天同庆。在一片炫目和明亮的中国红中，新年像一个仪态万方的新娘，从容庄重地来了，它在人们如花的笑脸里，它在几世同堂的天伦之乐里，它在人们深清款款的酒杯中，以一种气壮山河的耀眼与绚丽，步履矫健地来了，它跨过高山，它越过黄河，它走进每一户老百姓的家中。

放眼神州，中华大地璀璨辉煌成一片，那醒目而喜庆的中国红让祖国披上了节日里最华丽的盛装，此时此际，十四亿人的心中一起泛起了幸福欢乐的浪花。在这种幸福和欢乐中，他们重新打点心情，整装待发，走进每一个充满希冀和盼望的日子，所有的日子也因为这个火红的新年而意气风发、情暖心间。

生活，因此也便春光无限，风情无限，希望无限！

（原文刊载于2018年3月8日《华商报》）

一场本不应该发生的火灾

题记：秦岭一脉是中国内陆的主要林带，但是每年各个地区都有不同程度的火灾发生，尤其是在新年和清明期间。林中吸烟、上坟、烧纸、燃放鞭炮、烧荒等是引起火灾的导火索。爱护我们共同的家园——秦岭，从我做起；预防森林火灾，从我做起；保护我们共同的社会财富，从我做起！

那是很多年前的一个新年，事件发生的当天正是正月初一，在新年的欢天喜地中，却发生了一场特大森林火灾，很多年后，每每想起那场火灾，我仍心有余悸。

正月初一，依着当地的惯例，早晨都是吃饺子。早上的饺子是在二嫂家吃的，吃过之后，二嫂说，今天的太阳挺好，待会儿咱们一起出去转转，好久人都没聚这么齐了。二嫂的提议得到了大家的一致赞同，并且在出门的时候带上了相机。

原以为，这是非常愉快的一天，原以为，这是一个非常愉快的大年初一，却不料，在我们游玩的途中，发生了一场令所有人惊惧的重大火灾。

我们出门后，就向着对面向阳的山坡走去，一则因为晴暖，二则光线好，好照相。在我们走到半山腰的时候，就突然听见沟底有鞭炮声。听到鞭炮声，我的心中一惊，谁会在这山里放鞭炮。我循着声音找去，原来山沟里有三个孩子，正偎在地上玩鞭炮。我就在寻思着，这是谁家的孩子，怎么会跑到山里放鞭炮，万一引发了火灾怎么办？我将我的疑虑说给大家，大家都说，应该不会吧！

这一天，来山上游玩的人特别多，一者想出来释放新年的喜悦，二者有很多人想上山拾点柴，这在当地是一种风俗，大年初一拾“柴”，一年四季家里都进“财”，为的是讨一个好兆头。当然，还有如我们一帮亲朋一起出来照相游玩的。在当地，这座山是人们最常来的地方，一者因为道路的方便，二者因为景色宜人。

一浪一浪的人上山，一浪一浪的人下山，一浪一浪的人下山，又一浪一浪的人上山。山上很热闹，到处人声鼎沸，欢声笑语，洋溢着新年所特有的喜气和热闹。人们的衣服是崭新的，人们的笑容是崭新的，人们的问候也是崭新的。可是，就是在这样一个充盈着美好与希望的日子里，一场火灾却在悄悄地滋生和蔓延。

火是从那几个玩鞭炮少年的地方烧起的，显然，是玩鞭炮的少年在放鞭炮的时候引燃了周围的枯叶和干草。起初，只是他们身边的一点点，慢慢地越烧越大，等到他们想去踏灭的时候，已经弄不熄了，他们知道惹了乱子，仓惶逃了，等到有人发现沟里起火时，火已经烧成了一条十几米长的火带。我听有人说，起火了！匆忙停下了上山的脚步，站在半山腰惊恐地望向山底。我对周围的人说：“赶快去些人将火扑灭吧，要不然火越烧越大，可就糟糕了，冬天天干，烧起来很快的。”有人说：“这谁敢去打，跑不赢了怎么办！”有人说：“已经打 119 了，待会儿消防队就来了！”还有人说：“你一个女的，还不快走，还要去救火，待会儿还得人来救你。”看着一拨一拨的人从我身边走过，我方知道我的言语是无力的，我号召不起来大家，因为火于谁都很危险，我们没有灭火工具，没有灭火常识，谁也不敢铤而涉险。

看着火势在不停地蔓延，我只有担心和焦急的份儿，我将所有的希望都寄托在消防队员的身上，我希望他们赶快到来，用现代化的灭火工具赶快将火扑灭，以避免不必要的损失和人员伤亡。我在万分惊恐中等待着！

风助火势，火借风生，不一会儿的工夫火就蔓上了山坡，它像一个疯狂的魔鬼在肆无忌惮地伸展着它罪恶的魔爪，好像瞬间就能来到你的跟前。这让山上的人都害怕起来，再也没有游玩和观望的心情了，大家都在急急忙忙地向山下逃窜。于是，山上呼喊声，叫嚷声，追赶声，响成一片，前面的喊着后面的，后面的催着前面的，唯恐逃之不及，我夹在忙乱的人群中也慌慌张张往山下跑去。

等到我们跑下了山，站在山下空旷的广场上，再回头望望背后的山峦，那里已经是火光冲天，黑烟滚滚，火已经以它的疯狂和不可阻拦之势烧到山梁上了。此时，消防人员已经赶到，布下防火带，正在紧急灭火。所有人都将希望寄托在消防队员身上，希望他们尽快将火扑灭，以避免延及周边的地域。

经过三个多小时的紧急扑救，火终于熄灭了，我长长地松了一口气，空地上，人群散去。

数日后，我再次走向这座山坡，山上到处是一片焦黑，焦黑的土，焦黑的树，焦黑的山坡，山上四处透着一种苍凉和死寂的黑。我不知道有多少树木被烧死，我不知道，要过多长时间，这座山坡才能恢复到曾经的鲜活，或许两年，三年，甚至更长！

事故后，这三个少年不知道有没有受到追查？这三个少年的家长面对这样一场重大的森林火灾会是怎样的心情？亲历亲见这场火灾发生乃至发展的人们有没有一点愧疚或自责？当然，我也在其中，这件事，于我很多年都不能释怀，因为我也是看着火烧起来的，然后呈不可控制之势。

如果这几个少年的家长对孩子进行了火灾安全意识教育，如果当时在山上的我们所有人都能多一点主人翁精神，如果我们能对控制火灾尽一点力，这么大的火灾兴许就不会发生，最起码面积不会烧得这么大！当然，现在已经没有如果了，所幸的是，这场火灾并没有造成人员伤亡。

在又一个新年来临之际，我将多年前的一场火灾讲了出来，我不知道会不会对生活在山区的人们有一点点警示教育，但我希望大家都能悟到，火是一种非常危险的东西，用火都要以安全为重，切莫因一时疏忽大意铸成人生难以弥补之大错！

（原文刊载于2015年2月3日《商洛日报》）

说马

很多人对马的印象来自影视剧，要么是奔驰在草原，要么就在硝烟弥漫的战场。在草原，体现的是马的矫健与彪悍；在战场，体现的是马的勇敢与无畏，而这两种场景综合起来，便是马的特点。

在马身上，我们能看到一种进取精神，它总是精神矍铄姿态昂扬地沿着一条路一直往前走，除非生病，很少懈怠，也很少走走停停。它总是高昂着头，发出长长的嘶鸣，向人们宣示，我的精神状态很好，我的身体很棒，我是最英武的骏马。

骏马中的“骏”字，便是对马的神采的一种赞扬，就如说男人潇洒，女人漂亮一样。马也有它很美的一面，马既有着男人的阳刚之气，又有着女人的飘逸俊美。它高大健壮、英勇无畏，有着军人的风范与气质；但它的毛发却油亮光滑，像女人穿着的精美的毛皮大衣，它甩一甩长长的尾巴，就像女人随风吹起了长发。它永远都是那么干净整洁，清清爽爽，它在动物中，绝对是绅士一级的。试想想，马集合了人类身上的这么多美好与优点，人怎么会不喜欢？

在动物中，马属于最具有行动力的，说走就走，说跑就跑，绝不拖三拉四，绝不犹豫徘徊。它有着风一般的迅疾，有着箭一般的凌厉，纵然遇到危险与困难也能迎难而上，绝不退缩。因而喜欢马的人居多，有人画了“八马骏奔图”挂客厅，有人写了“马”字挂书房，都是想以马的精神来勉励自己。徐悲鸿因为爱马画马而名扬四海，他用他手中的一支画笔将各类马的风采和神韵展示给人们；而马也成就了徐悲鸿，让他成了极负盛名的画马专家。马应该感谢徐悲鸿对它们的偏爱，而徐悲鸿也应该感谢马成就了他的人生。于徐悲鸿来说，马是有功劳的。

而马最大的价值是在战场上。在杀机四伏的战场上，马就像一个骁勇的战士，它驮着主人左冲右杀，辗转沙场，突破一层又一层重围，闯过一个又一个险关，立下了赫赫战功。因此每一个马的主人都会对马宠爱有加，他们对它如父子，如兄弟，他们给它喝干净的水，吃上好的马料，住洁净的马厮，为的是它不辜负自己的这一片赤诚。而马对主人更是情深义重，当主人在沙场上阵亡的时候，马绝不会当即逃走，它会站在自己主人身边不停地哀鸣，围着主人的身体打转转，有的与主人同归于尽，有的最终沦为一匹野马，游荡在荒郊野外，大有万念俱灰之意。

从战场上归来，马便成了主人的坐骑。骑高头大马者，多是身份与地位显贵之人，他们要么是将军，要么是王侯及其子嗣。他们骑在马上，威风凛凛，从马上俯视着众生，显露着他们的与众不同与优越。在古代，一个家庭的富裕程度，不是用财物来衡量的，而是用马匹的多少来衡量的，马匹愈多，就表明其家底愈殷实与雄厚。这在游牧民族体现得最为明显，他们嫁女儿，不嫁钱也不嫁东西，而是嫁马匹，马匹的多少，体现着主人家的尊贵程度。

人常说，龙生龙，凤生凤，可马有时生的孩子却并非马。有人讲了这样一个笑话，说马是最倒霉的动物，它和驴交配，生下的孩子却不是马，也不姓它的姓氏。是啊，马和驴生下的孩子既非马，又非驴，却成了骡子。虽然在传统眼光里，它没有保全自己的血统，也没有做到传宗接代的本分，可是它却创造了一个物种，而骡子以它的力大无穷与老实本分为人类做着不朽的贡献。从这个意义上讲，马对人类社会的发展及生物界物种的丰富与繁衍是有贡献的。

在时下，和平年代，马从战场上退了下来，现代化的车辆、飞机、轮船代替了马的运输职能，马成了旅游景区的一个道具和玩物，供人们欣赏和闲遣。令马安居一隅，于是马变得悠闲和温顺，少了性格，也少了精神。而我还是喜欢马疾速奔跑的样子，因为那样的马，才能体现出力与美，才能带给人一种激进与昂扬的快感。或许动物和人一样，也只有在奋进的状态中才最美和最富有感染力，马如人，人又何尝不如同马一般呢？看来，动物和人一样，有目标的一生才是最有激情和魅力的。

（原文刊载于 2013 年 1 月 19 日《阳光报》）

火灾下的沉思

惊闻车家河失火，并因扑火导致6名村民身亡，我顿时惊得说不出话来。人言水火无情，此之无情，可谓令人瞠目结舌。

3月21日下午5时许，车家河一村民夫妻吵架，而后酗酒，酒醉，跑进山中，欲以火焚身，将自己烧死。结果被家人发现，将其从火堆中拉出。村民前去扑火，在扑火过程中，突然起风，火势转向，导致6人死亡，2人重伤，现正于西京医院救治。

此次火灾，死6人，重伤2人，森林过火面积达90余亩，当地消防队员、森林公安、干部群众投入扑火者达数百人，一天一夜，才将大火彻底扑灭。最为可惜的是死难者皆为家中精壮劳力，因村人的过失，殃及鱼池，此之灾难，凭空而降，实实让人叹息痛心。

听在场的人说，烧死的人已经无法辨认其面目，全身焦黑，状若焦炭。堂堂七尺男儿，在烈火焚烧之下，却竟如一截一米长之烧毁的木头，此之惨状，让人目不忍视。我独自去了板桥沟，静静地看望了这几位死难的英雄。我的哀悼是无言的，我的痛心是无言的，我的敬仰亦是无言的。他们是和平年代的烈士，他们是森林保卫战中的英雄，他们用生命护卫了我们的森林，护卫了我们这片生死相栖的土地，护卫了自己的故土家园。他们是一群普通的人，他们或许没有受过高等教育，他们或者不能讲出什么高深的哲论和大道理，但是他们却用最朴素的举动向人们诠释了他们的家国情怀。他们在山林着火的时候挺身而出，自发自觉地去扑火救火，尽自己的力量让火情消灭。可不幸的是，他们最终在烈火中壮烈牺牲。

人都说“冲动是魔鬼”，此言不虚。人在冲动的时候犯下的错误，该用什么样的代价来弥补？此时，纵火的村民肯定是痛心疾首的，他决计没有想到因为自己的一念之差会铸成如此之弥天大祸，累及这么多无辜之人，最终为他买单的竟是与他朝夕相处的村民。他的一时冲动，让6个强健的生命遭遇火焚，生命自此不再。此后，他长长的一生，都会在无尽的懊悔自责与忏悔中度过。可世上没有卖后悔药的，他纵然再后悔，再痛心疾首，再五内俱焚，再悔不当初，又能如何？他的懊悔能够让这6个死难的生命起死回生吗？一念之间千古成恨呐！

家和万事兴。一个家庭，该以和为贵，夫妻和睦了，儿女身心会健康地成长，夫妻相敬如宾、举案齐眉，孩子的生活就会开心愉悦。他们在一种良性的家庭环境中成长，就像一棵树一样，可以长得端正健壮，并且他们以父母为楷模，长大以后组成家庭后，也会是一个好丈夫或者是一个好妻子。父母和孩子和睦了，一个家庭就能朝着积极的有益的方向发展，孩子尊重父母，听从父母的话，努力上进，父母关爱孩子，努力为提高家庭的生活质量而全力拼搏，一家人都会为这个家庭的幸福生活而积极努力，相互之间传递的是一种正能量。他们宽厚待人，努力做事，有自己做人的原则和准则，知道什么事可为，什么事不可为，坚守做人的道德和底线，这于家庭，于个人，于社会都是有益的。当然，这也是我们倡导的一种行为和生活模式。

国是大家，家是小国，我们的社会是由无数个这样以家庭为单位的元素组成的，我们每一个家庭和谐了，社会才能和谐，社会和谐了，百姓的幸福指数才能真正地提高。在和平年代，说到爱国，不需要我们杀身成仁，也不需要我们血溅沙场，爱国行为仅仅就表现在做一个有责任心的人。这个责任，一方面是对家庭的责任，另一方面是对社会、对国家的责任。爱国不是一个口号，而是一种行为，一种界定在道德与法律之内的行为，一种有益于个人和社会的行为，一种不危害他人生命财产及公共设施环境安全的行为，一种不践踏民族荣誉和尊严的行为，仅此而已。作为一个人，作为一个有头脑可以思考的人，我们应该理性地做人做事，我们在做任何事情之前都先想一想，想一想事情做出后会产生怎样的后果，三思而后行，总归没有错。古语道："谨言而慎行。"就是让人要管住自己的嘴和手脚，不说不该说的话，不做不该做的事。做人当自律！

事情既已发生，无可挽回，事件背后留给我们的是沉痛的教训和无尽的反思。教训，血的教训，我等芸芸众生，我们不可视而权作未见，我们不可充耳权作未闻。

凡事，三思而后行呐！为自己，为儿孙，为自己脚下的这片土地。

（原文刊载于2015年2月3日《商洛日报》）

高考，是一场没有硝烟的战争

十载寒窗无人问，一举成名天下知。这说的是古代的科举考试，其路之艰，其利也大，这是古代人才的选拔方式。现今每年一度的高考，同样，也是一种人才的选拔方式，在众多的考生中海选，选出不同范畴、不同层次的学生，进入高等学府再教育。而高考，是进入高等学府必须过的一道关口，进了这个门，方是对考生能力和资格的认证。

每年，在高考这座桥下都会有着数以百万计的学生，他们都希望能够安然、顺利地登上这座桥。可这座桥的容量毕竟有限，盛不下那么多的人。所以，有上桥者，有不能上桥者，上桥者满心欢喜，不能上桥者，满心默然。在这中间，有着偶然，也有着必然，偶然是以必然做基础，必然呢，是水到渠成的结果。

十二年的寒窗苦读，谁都希望自己能够走进大学的校门，这中间包括用心学习的，当然也包括那些因贪玩而没有用心学习的，但走到了这一步，谁都希望能够再朝前跨一步。可高考，毕竟是一件严肃的事情，不是谁想跨就能跨过去的，没有丰富的知识做积累，没有经过辛勤的汗水来培育，要想轻轻松松地跨过去也是有点不容易。但既然是希望，那么谁也不愿放弃，都想拼尽全力纵身一搏。考生心中装着希望，他们的家长心中也装着希望，他们希望自己心爱的孩子能够鲤鱼跳龙门，然后成龙成凤，做一个在他们心目中认为是有出息的人。

考生们怀揣着梦想和希望，怀揣着家长的期待，都在默默地鼓劲，希望自己在此次竞赛中能够胜出，成为家长眼中的好孩子，成为老师心目中的好学生，同时，也让自己的生命之花开得更加灿烂。因此个个攒足了劲，给自己加压加码，期待在这次高考中考出理想的成绩。

男孩突然间变得沉稳，女孩突然间变得文静，调皮捣蛋的学生也会变得本分。一切都在突然间悄无声息地发生着变化，教室里少了嘈杂和喧哗，走廊里也没了闲散的身影，所有人都在朝着一个目标，使劲，使劲，再使劲。谁赢得了时间谁就赢得了这场战争，谁赢得了知识谁就赢得了这场战争，这是一场没有硝烟的战争，没有兵戎相见，没有炮火喧天，但是竞争的激烈并不亚于真正的战争。

参加高考的人都想胜出，可最终能够胜出的还是那些勤奋好学的人。知识来不得虚假，学问也来不得含糊，真金不怕火炼，成功从来是青睐那些有准备的人。爱迪生说过，成功 =1% 的天才 +99% 的汗水。这话是经过世世代代检验颠扑不灭的真理，我们每一个学生只有在平日的学习中打下扎实的基础，一步一个脚印，一步一个台阶，将每一阶段所学的知识牢牢掌握，并能融会贯通，学以致用，及至面临高考，又如何能不从容面对呢?

作为一个优秀的考生，还应该具备良好的心理素质。一场高考，既是能力的考验，也是心理素质的考验。储备了丰富深厚的知识，这固然非常关键，但良好的临场能力也很重要。一个考生倘若能做到从容不迫，不惊不惧，保持好的临试状态，在考试中发挥出应有的水平，这一点，相当重要。其实高考，也就是一场考试，没有什么大不了的，平时怎么做，现在还怎么做。一个学生，从小学到中学，再到高中，要经历无数次无数场考试，而高考，只不过是这许多场考试中的一场，无所谓紧张，也无所谓恐慌，心平气和地去面对就好了，良好的心态是成功的一半。

在这场没有硝烟的战争中，谁会是真正的胜利者？答案是肯定的，就是那些心态好且勤奋好学的学生，他们用手中的笔为自己的人生铺开了一张全新的画卷，从而健步走向人生的下一个旅程。

（原文刊载于 2010 年 6 月 8 日发表于《黔东南日报》）

情人节的玫瑰，你在为谁开？

在这个飘着微雪的春天，情人节如期而至，街上又响起了孟庭苇那首《没有情人的情人节》，歌声半是哀伤，半是凄凉，有歌者内心的失落，也有着对他人美好的祝福。

情人节的玫瑰，你究竟在为谁开？是为爱人而开，还是为暧昧而开？看者无法有一个确切的论断。它只在两个人之间，在两个有情人之间，这份感情是对是错，只有当事人知道，其中的快乐与否，也只有当事人心里最清楚。

爱有时是蜜汁，有时又是毒药。人人都渴望有一份甜美的爱情，可是现实生活往往非人所愿，真正获得幸福的人有多少？又有多少人能够最终一起牵手夕阳，相濡以沫地走完一生？我们在人生的路上追求，我们又常常在人生的路上迷失，爱在很多时候就像天边的彩虹，很美，很炫目，但离我们很遥远，因而总有人如飞蛾扑火，不顾一切地去追逐。

多少人爱了，散了，多少人散了，还想爱，爱就如一剂迷药，让人好了伤疤忘了痛。

在爱的路途上，很多人不是没有得到过，而是得到之后不懂得珍惜，从而最终让幸福与自己失之交臂。常常有人说，这世上没有真爱，这话让人听了总有些绝望。世上真的没有真爱吗？非也！

又是一年情人节，火红的玫瑰如约登场，街上到处弥漫着一种浪漫醉人的气息，有人在等待爱情，有人在坚守爱情，有人在品尝爱情的甜蜜，有人在吞食爱情的苦果。

爱情，历来是一种美好的情感，也是人类一个永恒的话题。因为爱情让社会稳定，因为爱情让种族得以繁衍，人类在这种爱情生活中一代一代地将薪火相传，延续着一个民族的血脉。

可是在爱情生活中，有人收获了甜美，有人尝尽了苦涩。在对的地方，遇上了对的人，必然会获得一生的幸福，这是最上乘的爱情。在对的地方，遇上了错的人，这是一种不幸与悲哀，爱情的最后，必然会走向末路。在错的地方，遇上了对的人，这是一种无奈与不甘，不管结局如何，相爱的两个人最终都会心神俱伤。

爱一个人，没有错，爱一个人，也不是罪，关键是我们如何不伤人，又如何不被人所伤，这是一个道德范畴的问题。我们在期待爱情的时候，首先要清楚明白地知道，这个人我们能不能爱，这个人我们可不可以爱，这种爱情有没有结果？如此这般，我们才不会盲目，才不会丧失理智，才不会陷入无穷无尽的爱的苦海里。

爱不是一时的冲动，也不是一时的欢娱。爱是一种灵魂与肉体的交融，如果爱了，便不能当作什么都没有发生，也便再也不能无视这个人的存在。或许这份不合时宜的爱情，会让你长长的一生都无法轻松。有人说，不恰当的爱情是人胸口上的一颗朱砂志，你不能抹去，他或她也不能抹去，都会深嵌在彼此的身体里，成为一种永恒的伤。

如果不能爱，如果不可以爱，做朋友应该是最佳的选择。在这个世界上，好东西很多，但是我们不可能将它们全部拥有。正如这爱情，我们曾经期待过，我们也曾经等待过，在该来的时候没有来，既然错过了，就不要再无谓地追悔。有些东西是追不回来的，就算追回来了，也已经不合时宜了，那么，就索性让它错过好了。其实在很多时候，学会欣赏也是一种幸福，学会欣赏一个人，学会欣赏身边的风景，学会欣赏一件艺术品，都能让我们内心愉悦，而且是一种恒久的愉悦。

爱本没有对与错，只怕爱到最后是一种伤害，这是一种我们谁也不想要的结果。如果爱，就选择你该爱的人。如果爱，请深爱。如果爱，就携手一生，写就一首人生最美的恋曲。

情人节的玫瑰已然盛开，愿天下有情人皆成眷属。真爱无悔！

（原文刊载于2012年《榆林新青年》第2期）

假如我是一名老师

曾经，我是那么渴望成为一名老师，可生活的阴差阳错，却未能让我的愿望达成，为此，我遗憾了好多年。

或许会有人问：“为什么你会这样切切地想成为一名老师呢？”那么我要回答说：“因为老师的职业在所有的行业中是最崇高的、最神圣的，也是对社会最有价值的。”

记得小时候，坐在教室里，看到老师站在讲台上，滔滔不绝地讲课，我的心中就充满了向往，认为老师是天底下最了不起的人。长大以后，这种想法非但没有改变，而且越发地根深蒂固。

我这么渴念着想成为一名老师，我就在想，假如有一天，我真的做了一名老师，我该怎么做呢？

第一，我要对所有学生一视同仁，不分优劣，不论贵贱，让每一位学生充分感受到老师的关注和关怀，让他们充分体会到存在感。

第二，我要培养学生树立健康的、正确的人生观，让他们务必成为一个对国家、对社会有用的人。

第三，我要培养他们诚实、守信、老弱不欺、贫贱不论的品质，让他们都能成为一个正直、善良、有骨气的中国人。

第四，我要培养学生自立、自强、自尊、自爱的意识，让他们成为一个具有独立意识的社会人。

第五，我要培养学生分析问题、独立解决问题的能力，因为学生总有一天要走向社会，要面对各种各样的人和事，这是学生必须要学会的。

第六，我要教会学生举一反三、融会贯通的能力，因为学生学习的最终目的是要将所学的知识运用到工作和生活中去。

第七，我要培养学生的口语表达能力。因为一个不善于表达的人，纵然腹内书有千卷，却不能把有价值的东西传达给别人，亦是无用的。

第八，我要培养学生的书面表达能力，让他们明白，学习并不是只要会读书、会考试，我们应该把所学的知识转化为我们自己的东西，能够用各类形式的文字来表达自己的思想和情感。

第九，我要挖掘学生身上的自信与潜力，让他们充分认识到自己的优势，从而意识到自己也一样可以成为一个优秀的人。

第十，我要设法培养学生的学习兴趣，让他们觉得学习是一件快乐有意思的事情，自发自愿地进行学习，而不再将学习当作一种负担。

第十一，我要让学生明白生活中什么是重要的，什么是不重要的，从而让他们能够有意识、有目的地进行学习。

第十二，我要让学生拥有一颗阳光的心，积极、热诚、努力地生活，因为这是人活着的终极意义所在，也是作为人类最不能或缺的。

值此教师节之节，将我的梦想呈现给大家，也算作是对教师节的献礼……

（原文刊载于2010年9月9日《汕头日报》）

七夕情人节

在聊天群里，看到朋友们在热议情人节，才蓦然意识到一年一度的“七夕节”已经来了。而这个节日，才是中国人真正意义上的“情人节”，才是中国人应该郑重地过一回的节日。

情人，顾名思义，原是指有感情的男人和女人。但中国的情人节，又不同于西方的情人节，它是指男女之间一对一的两性关系，确切地说，应该叫爱情，它是已婚男女和青年情侣之间那种很真很纯的两性情谊，它没有暧昧的成分，也不包含第三者在内。

七夕，原名为乞巧节。这个节日来源于汉代，东晋葛洪的《西京杂记》有“汉彩女常以七月七日穿七孔针于开襟楼，人俱习之”的记载，这是我们于古代文献中最早见到的关于七夕的记载。当然，这个节日出处很多，还有关于星座的说法，有关于时间的说法，但最让我信服的应该是关于牛郎和织女的传说。

相传在古代，有一位牛郎，家境贫寒，巧遇七仙女下凡，于是就演绎了一出天上人间的浪漫爱情故事。后来七仙女被王母娘娘召回，痴情的牛郎不顾千难万险，追上天去，王母娘娘划出一条天河挡住了牛郎的去路，从此，牛郎与织女只能隔着天河遥遥相望。可怜的牛郎为了能够与织女相会，每天都在舀天河的水，以期将水舀干。王母娘娘被牛郎对于爱情的执着所打动，特许他和织女在每年的七月七日见一次面。正是因为有了这样一个浪漫的传说，因为牛郎和织女为了追求爱情而不惜一切的信念，才让这个节日变得无比美好，才让这个节日有了一种不一样的意义与内涵。正是因为难得，所以才显得珍贵，正是因为坚贞，所以才得以永恒。

显然，牛郎和织女为我们人间的爱情树立了一座丰碑。他们用执着与坚贞告诉人们，爱就应该这样，它与物质无关，与金钱无关，与世俗无关。相爱便是相爱，它只是两个人之间的事情，只要两心相许，便没有什么可以阻挡。就算是有权有势的王母娘娘，她也是一个人，是人，就会有感情，就会有被打动的时候，只要两个人真心相爱，就一定能跨越重重困难，最终走到一起。另外，它也告诉人们，爱不是一件简单的事情，要用心去对待，不可以如买东西，今天想要了就要，明天不想要了就丢掉。爱要用真情去换取，这样的爱情才是世界上的无价之宝。

在这个世界上，男人很多，女人也很多，男人可以有机会爱很多女人，女人也会有机会爱很多男人。但我们的身体只有一个，我们的心也只有一颗，我们不可能同时和很多人生活在一起，而爱情的唯一性和独处性也决定了我们一生只能爱一个人，只有这样，我们的心才能有所归属，我们的生活才能井然有序。而谁才是我们最终相守一生的人，这需要缘分，当缘分到来的时候，就一定要把握住，别让这份难得的情缘擦肩而过。有时，得到很容易，但由于没能够好好珍惜，而让一段美好的姻缘就此错过，这也是一件很遗憾的事情。

在很多时候，不是我们不会爱，也不是我们不想爱，但是往往由于我们不够真诚，由于我们缺乏足够的耐心，而让我们与真爱失之交臂。有的人，一生都在寻找爱情，可是一生却也不曾拥有爱情，原因很简单，那就是他与她都缺少应有的坚贞，以及对于爱不到位的理解。有的人，只是一味地希望别人对自己付出，而自己却从来不肯对别人付出。有的人，心里装着一个人，眼里还装着很多人，他们不想失去身边的，也不想错过眼前的，他们在很多人中间疲惫地周旋着，到头来是丢了西瓜，也丢了芝麻。而真爱，容不得虚情假意，容不得欺骗与亵渎，它是一种真情的付出，它是一种心与心的交流，它是人世间一对一的最纯粹最洁净的感情。它不可以呈放射式，也不可以呈交叉式，它只有用专注和真情来培育，才能换得一种永恒与长久。

我们常常会很羡慕走在夕阳下两鬓苍苍的老人，他们手挽着手，亲亲密密地从我们的眼前走过。可是我们有没有想到他们风雨与共的岁月，我们有没有想到他们的人生也曾经历过万千的挫折，但是他们仍能不离不弃，相携相扶，共同支撑着一方天空，最后，终于领略到了美好的夕阳，而这，是用一份执着与无悔换来的。当我们看到他们的时候，我们是否对爱会重新有了一个定位和理解？

在两性生活中，每年都有一个七夕，每年都有一个情人节。如果每一对相爱的人，每年都可以在一起过一个甜甜美美的情人节，那么在我们长长的一生，又怎么会不写满恩爱甜蜜、深情款款，以至风月无边？爱，需要坚贞；爱，更需要经营！

（原文刊载于 2015 年 7 月 10 日《陕西日报》）

以虎论人生

提到老虎，人多有敬畏之心。说到畏，基本上是不存在的，因为人基本上没有什么机会同老虎交手；而敬，却是人类发自内心的折服，因为在老虎的身上有许多优秀的品质，而这其中有许多品质是人类所欠缺的，或者说是修为不够的人所达不到的。

在人类身上有许多弱点，比如说胆小、懦弱、怕事、自私、唯利是图、斤斤计较、妒贤嫉能，于是乎，让原本纯真善良的人变得邪恶、丑陋。人性的扭曲，使得他们的价值观严重倾斜，使得人偏离了正常发展的轨道，从而于自己于社会均已无益，生命的存在无异乎一具行尸走肉，没有了丝毫存在的意义。而在老虎身上，多数不具备这些弱点，两者相较之下，让人的形象矮了一大截。

身为人类，始于动物，但应高于动物，因为我们有思维，我们懂语言，我们有文字，我们的存在便不能只是一个简单的过程，我们须有价值、有尊严、体面地活着，这才不枉为一个直立的“人”。于是，便有了人生这个说法。人生，人生，即是人的一生，它涵盖了太多内容，有精神的，有物质的，人的生老病死，生命的价值体现，活着的体面尊严，以及与家与国那种复杂的情感。人的一生，说复杂，也真是很复杂，说简单，也便很简单。只要我们路走端了，身放正了，抬头挺胸勇敢地朝前走，人生也便不再是什么难题，归根结底，那只是一个心态的问题。

倘若我们的人生能够如虎一样，勇毅、果敢、坚定，那么就算人生会有波折，会有风浪，也无法阻止我们向前的脚步。每一个人只管走好自己的路，做自己该做的，说自己该说的，社会也就不会这么经纬交织，复杂得如一团乱麻了。

人生的事，说大可以扩展到一个国家，说小，又仅仅只是个人生存的问题。但是个人与社会又是息息相关，密不可分，无法切割开来，所以人活着须得有远见卓识，绝不可只一味地贪图蚊蝇小利，为了身边的一棵小树小草而放弃了美好远大的前程。

老虎之所以能够成为百兽之王，就在于它志向高远，它不会为贪图享受而长卧于青青的溪水边，也不会为身边翩飞的蝴蝶而迷途难返，更不会为狐狸的阿谀奉承而丢失自己的原则。在它行过的道路之中，沿途都有风景，它在看过之后，赏过之后，依然选择继续前行，这是它最难能可贵的地方。所以它最后不光拥有了整座森林，还得到了百兽的拥戴，它用自己的品德为自己的人生竖起了一根鲜亮的标杆。

每个人的人生都是自己走出来的，你选择了怎样的道路，便会有怎样的人生，有人辉煌，有人黯淡，有人平实，有人凶险，道走直，路渐宽，路走偏，再难返。生活中，我们多数人都是平凡的人，我们不求大辉煌、大灿烂，我们只求能够坚实地走过人生的每一步。因为生命于我们每一个人来说只有一次，浪费了便不可能再有。父母不能够重新赐予我们生命，上天也不能够让我们重新来过一次，所以我们只有自己把握好自己的人生，在自己有限的年月里，从容地走过，及至生命的终结，不再懊恼，不再后悔便可。当我们合上眼睛的时候，我们依然能够对自己说："我这一生没有白活。"这便是对生命最好的回馈，生而无悔，死亦安然，人的一生，得此足矣。

（原文刊载于2010年1月14日《都市女报》）

漫说中国的女装

过节的时候要穿漂亮的服装，喜庆的日子里要穿漂亮的服装，有重大活动的时候要穿漂亮的服装，这充分体现了服装在人们生活中的重要。它是我们美好生活的象征，它是我们多彩生活的点缀。

对于中国的女装，最让我欣赏的有两种：一种是旗袍，另一种是唐装。

旗袍流行于清末，刚好是在打破了封建旧传统的时候，人们的观念已慢慢趋向于开化，再加上西方一些新思想的注入，人们在着装方面就有了大胆的创新，这一创新便成了中国服装史上一个永恒的经典。它以那合体的剪裁和精细的做工，让女性身体曼妙的曲线一露无遗；而它又以那质感很好的面料，体现出了女性的高贵、典雅、卓尔不群，让女性的美在一刹那间发挥得淋漓尽致。就像电影《似水年华》，整个情节差不多都是用女主人公的旗袍串连起来的，她的欢喜、她的忧伤，都让人感觉到那么特别，那么韵味十足……

这就是服装所显现出来的巨大魅力。

但是要说最能体现女人味的，却莫过于唐装了。唐装，当然是唐朝的产物了。在那个时候国家的政治、经济、文化都达到了一个鼎盛时期。在文化方面，当时宫廷鼓乐盛极一时，所以也就造就了好些个著名的诗人和词人，同时也带动了服装文化的发展。由于舞蹈的需要，服装开始朝唯美发展。“露颈、露胸、露胳膊”，我权且简称“三露”吧，使女人肢体开始裸露的服装，开创了中国服装史上的一个先河。但是这种露却是露而不媚，露而不俗，既不会让人觉得太过于拘谨，又不会让人觉得有放荡之感。它把人类的肢体语言与服装的美巧妙地结合起来，它把女人的美通过服装展现出来，又把服装的美附着于女人身上。薄丝轻纱所裹着的玲珑身段，给人一种影影绰绰、欲说还休的美，它以含蓄、婉约、优雅将女人的阴柔之美发挥到了极致。试想：当一个身着唐装的女子款款向你走来，你的心中不会升起一丝丝的柔情和怜惜之意？

我想作为女人，不管社会如何发展，不管岁月如何变迁，我们都应该保留女人身上的特质：温柔、典雅和妩媚！

（原文刊载于2009年7月6日《陕西工人报》）